规则怪谈

每条看似荒诞的规则背后，都有着细思极恐的真相

无罪的嫌疑人

小郭嘉 ◎ 著

中国友谊出版公司

图书在版编目（ＣＩＰ）数据

规则怪谈. 无罪的嫌疑人 / 小郭嘉著. -- 北京 ：
中国友谊出版公司，2025. 7. -- ISBN 978-7-5057-6081-
3

Ⅰ．I247.5

中国国家版本馆CIP数据核字第202575G2V4号

书名	**规则怪谈：无罪的嫌疑人**
作者	小郭嘉
出版	中国友谊出版公司
发行	中国友谊出版公司
经销	新华书店
印刷	三河市嘉科万达彩色印刷有限公司
规格	880毫米×1230毫米　32开
	8.75印张　203千字
版次	2025年7月第1版
印次	2025年7月第1次印刷
书号	ISBN 978-7-5057-6081-3
定价	48.00元
地址	北京市朝阳区西坝河南里17号楼
邮编	100028
电话	（010）64678009

目录

规 则 怪 谈： 无 罪 的 嫌 疑 人

规则 Ⅰ

外 来 者

序章

海滩上没有灯光，恰巧今晚的天空只挂着一点月牙儿，苏则目所能及的只有漆黑的海和更加黢黑的深夜。

海浪一阵接着一阵，反复冲刷着海滩。苏则的耳朵中不时传来海浪的声音，与此同时，他还清楚地听到另一种旋律在海滩上回荡。难道这就是人鱼的歌声？

但他不知道，海滩上还有第三种声音，那是逐渐靠近的脚步声，只不过完全被海浪所覆盖。

很快，第四种声音也出现了——棍棒打在后脑勺的一记闷响。

人鱼岛的传说

这天风和日丽，汽艇在平静的海面拖出一道长长的波纹，驶向远处的草藏岛。草藏岛，也被叫作人鱼岛，是一座南北长、东西窄的孤岛，岛上三面都是陡崖，直伸入海，唯有西面是地势平缓的海滩，因此也成为出入该岛的唯一渡口。

汽艇上包括船家在内共有五个人，掌舵的船家自称姓周，是个五十多岁的小个子男人，由于常年生活在海边，皮肤被晒得黝黑。值得一提的是，由于草藏岛太过偏远，而且也不是旅游胜地，若是船费定得高，乘客不乐意；相反定得低了，这趟出海就成了赔本生意，所以 G 市的船都不愿意跑。唯独这位老周头乐此不疲，价格收得也公道，久而久之，自然包揽了来往人鱼岛的全部生意。不过，他也有自己的规则，那就是每三天只往返一趟人鱼岛。

在老周头身后，四名乘客两两一排。坐在第一排右侧的是个美少女，她头戴杏色草帽，乌黑柔顺的长发上系着一个橙色的蝴蝶结，蝴蝶结丝带的两端被刻意拉成一长一短，轻轻地耷拉着，搭配身上的白色长裙，显得十分青春活力。

"船家，还有多久才能到人鱼岛？"女生问。

船家回头冲她笑了笑，露出两排洁白的牙齿："快了，再有一两个小时就成。"

"还要这么久啊，能不能提提速？"

"你们也是没赶上好时候，今天海面的风浪虽然看着平静，实际上是暗流涌动，可不敢开得太快。"

"暗流涌动会怎么样？"

"那就说不准咯。好心提醒一句，你们上了岛也得注意些，说不定风暴就要来临了。"说完，船家就再次专注于掌舵。

女生也不再追问，不过，她发现坐在对面的男人正用疑惑的目光看着自己。

男人的年纪在四十五岁左右，西装革履，从头到脚的打扮都算得上精致奢华，俨然一副成功人士的模样，也许是工作太过操劳，他的眼窝深陷，发际线也比同龄人向后移了一大截。

大概是想说什么吧？女生心想，所以收了收下巴，等待对方先开口。

果不其然，中年男人忍不住发问："小姑娘，你刚才说前面是人鱼岛？"

"是啊，我看网上是这么叫的。"女生回答。

中年男人更加疑惑了："奇怪了，我记得前面应该是草臧岛。"

女生笑着说："是同一个地方，只不过因为一个美丽的传说，那里也被称为人鱼岛。"

"什么样的传说？"中年男人问。

"月圆之夜，人鱼坐在海岸边，唱着绮丽的歌，等待未归的恋人。"女生回答。

"原来如此。"中年男人微微皱眉，似乎对这种传说不甚喜欢，接着，他看向女生身旁的年轻男人，问，"两位是情侣吗？"

"是啊。最近才确定关系。"女生欢快地回答道，然后用肩膀轻轻撞上男友的胳膊，"你说对吧？"

"是，没错。"这位男友从上船就始终注视着女生默不作声，带着一副忧心忡忡的神情。

"真好啊，有情人能够终成眷属。"男人投来羡慕的目光，很快又深情地望向前面。

前面是人鱼岛的方向，他在看那座岛吗，还是单纯地望向远方呢？女生无法判断，不过，她感觉与对方暂时无法展开新的谈话了。

所以，女生自然地把目光移向船上另一位沉默不语的乘客——那是个风度翩翩、额头上绑着发带的帅气男人，可惜是个扑克脸。

也许是察觉到女生的目光，冰山美男转过头，表情产生了极其细微的变化，在女生正要开口打招呼之际，他立刻又把头转向湛蓝的海面。

真是个性格恶劣的家伙，女生心想。

到达小岛西侧的港口时已是午后。船家简单叮嘱几句后，便原路返回，中年男人和冰山美男也各自离去，只剩下那对情侣向着岛上的旅舍走去。

"为什么你要跟来？"年轻男人冲身旁的女生抱怨道。

女生拨了拨耳边的长发，得意地笑着："因为'真正的犯罪策划师曾经似乎出现于人鱼岛'，这则重要情报是我从爸爸嘴里套出来的。"

"你到底用什么办法问出来的？"

"山人自有妙计。"

"不会是用来糊弄你的假情报吧？"

"绝对错不了。"

"还有为什么我们要假扮成情侣，我们看起来压根儿就不搭吧。"

"因为我接下来想写一首甜蜜的小情歌，苦于没有恋爱经验，所以就想趁此机会感受一下。喂，你那眼神是什么意思，嫌弃我？"

"倒不是嫌弃……"

"我告诉你，觊觎本小姐美貌、追求本小姐的人多的是，能和我假扮情侣是你的荣幸。"

"话虽如此，你来这里之前经过你姐姐同意了吗？"

"当然没有，她才不会同意让我参与这次行动。"

"果然，要是让她知道我带着你一块儿调查，非得扒我一层皮不可。"

“来都来了，就别想那些可怕的事情。你看，前面这不就到了我们今晚住宿的地方吗？别磨磨叽叽了，快进去办理入住手续。”女生说完，率先走进旅社。

年轻男人看着女生丢下的两个大行李箱，长长地叹了一口气："我有种非常不好的预感。"

草臧岛上只有一家旅舍。

旅舍没有名字，门口的招牌上只有用黑色毛笔书写的"客栈"两个大字。旅舍是单层的木制建筑，从外表看完全是古装影视剧里常见的样子，内部的装潢也是古色古香的风格，而且近年来显然有过翻新，加之店家打扫得干净整洁，丝毫不觉得破旧。

站在柜台里的老板娘是个半老徐娘，妆容清新淡雅，留着干练的短发，见到有客人上门便立即热情地迎了上去。

“欢迎欢迎，二位看着眼生，是来岛上旅游的吗？我是这家客栈的老板娘，姓士，单名一个娟字，乡亲们都喊我娟娘。不知道二位怎么称呼？”

“我叫苏则。”

“段琪婕……她是我妹妹，我叫段琪妤。”

娟娘似乎并不在意，她将一本纸质登记簿和黑色水笔递给他们："麻烦在这上面写上名字，不需要出示身份证。多嘴问一句，二位是情侣吗？"

苏则瞥了眼段琪婕，挤出一丝笑容："是的。"

“郎才女貌，真是般配啊。”娟娘眯起眼睛笑着说，"二位打算在岛上玩多长时间，三天还是六天？我们这儿别的没有，主要就是返璞归真，亲近大自然。两位对房间有什么要求吗？例如房间的朝向、走廊的位置等。"

"要两间房，没有了。"年轻男人说。

"欸？"旅社老板娘诧异地来回看着两个人。

段琪婕面带笑容，从容地说："其实我们才刚开始交往，还没到那一步。"

"啊，是我唐突了，还请见谅。"老板娘尴尬地笑了笑，马上转移话题说道，"那我这就带两位去看看房间，眼下是旅游淡季，几乎不会有客人，小店的所有客房都可供选择，这边请。行李不用担心，我这就找人帮二位搬进去。阿乘，帮忙拿下行李。"

老板娘话音刚落，一个体形健硕的中年男人立刻应声而出。

"你们好，我叫俞乘，两位如果有什么需要尽管吩咐我。"他满脸堆着笑，和客人们依次打招呼。

"说起来，刚才同我们一起乘船上岛的还有另外两个男人。"段琪婕说。

"托二位的福，今天还真是热闹。"老板娘说着，走在前面带路，"二位这边请。"

房间的陈设十分简单，一张床、一张桌子、两条长木凳、一个衣柜、两盆绿植，墙上也只有时钟和一幅水墨画，以上便是所有了。

苏则丝毫不介意，倒是段琪婕对此十分新奇，看了一圈之后，露出满意的笑容。

"就这儿了。"她开心地说。

"两位应该还没有吃午饭吧？不妨试试小店的招牌食宴，都是我们这儿的特色菜，外面是尝不到的。"老板娘自信地说道。

"那就有劳老板娘准备了。"苏则说。

"既然如此，请二位稍等，很快就能吃了。"老板娘说完，便打算离开，但走到门口又突然停下，转过身直勾勾盯着苏则，"今晚就是月圆之夜，二位如果没事就别外出，尤其是苏先生，更加不要靠近你们方才上岛时的那片海滩。"

"是因为海边会涨潮吗？"苏则问道。

"不，是有其他原因。"老板娘回答。

段琪婕突然反应过来，问："月圆之夜……难道是因为美人鱼在海边歌唱，等待恋人归来的浪漫传说？"

老板娘的脸色瞬间沉了下来："小姑娘，那可不是什么浪漫的传说。"

"看来这则传说另有隐情？"苏则追问道。

老板娘欲言又止，略显紧张地说："只是乡野怪谈罢了，我也是为了安全起见，才随便对二位提这么一嘴，希望不要坏了你们的雅兴。"

说罢，老板娘便离开了。

"下一步你打算做什么？"段琪婕说。

"先把行李放好，坐下来喘口气，等吃完午饭我们去岛上转一转。"苏则说。

万警官的介绍

吃过午饭，二人在客栈门口会合。刚走出客栈没几步，迎面就有一位年轻警员冲着他们招手。

二人原本以为对方是与身后的谁打招呼，可回过头一看才发现，附近没有其他人。

"是苏则先生和段琪妤所长吧？"警员笑脸相迎，精气神满满地说，"G市海上边防派出所民警万朋来竭诚为二位服务。"

"多谢万警官。"苏则一时语塞，便随口应和道。

"说起来，菠萝包侦探所总共有四位侦探吧？"万朋来问。

"邓教授和诺诺似乎是水土不服，偏偏我们只找到一位愿意来这座岛的船家，那位船家说今天不出发就得等到三天后，所以我们决定先行一步登岛，他们看情况支援。"段琪婕抢先回答，然后她困惑地看向苏则，没想到苏则也是一脸蒙，于是，她接着问，"不知道万警官找我们有什么事？"

万朋来也有些疑惑："是严桓正队长联络我说诸位要来岛上调查，希望我能够提供些许帮助。他没告诉你们吗？"

段琪婕与苏则交换了一个眼神，说："倒是提了一句，不过，严队说的是旧相识，我们原以为会和他年纪相仿，没想到是万警官这样的青年才俊。"

"青年才俊可不敢当。"万朋来不好意思地摸着后脑勺，"两年前我从警校毕业，曾经被借调到刑警队学习过一段时间，当时就是受严队直接领导。不过，我资历尚浅，难免考虑不周，还请二位多担待。"

"我们初来乍到，还请万警官多多关照才对。"

"互相关照，互相关照。"

苏则挠挠眉毛，有些无奈地说："万警官，客套话就到此为止，还是先请你为我们介绍岛上的情况吧。"

"也是，我们不妨边走边说。"万朋来的表情立刻严肃，开始介绍说，"这里是草臧岛，岛上只有一个村子，士家村，村民几乎都是这一姓氏，极少有外来人口愿意定居此处的。关于这个村子的起源，由于年代久远，已经无从考证。截至目前，岛上常住人口三十七人。"

"就这么点人吗？"段琪婕问。

万朋来叹了口气说："曾经常住人口最多的时候超过了二百人，怎奈随着时代发展，越来越多的年轻人选择离开，但这也是必然的趋势吧。另外，这里的很多方面都相对封闭和落后，我想你们应该也注意到了，从靠近这座岛开始手机就无法接收到信号，因为岛上没有基站。简单来说，电子产品在这里是几乎不存在的。"看着苏则和段琪婕惊讶的表情，万朋来笑了笑，继续说，"除了没有电子设备，这里的娱乐活动也非常匮乏，几乎可以说是没有。几年前有个外来商人提出想要将小岛改造成度假村，不过村民们似乎不太愿意被外界打扰，商人多番劝说愣是没同意，这事情最终也就黄了。"

"既然没有电子设备，那岛上的村民怎么和外界取得联系，养信鸽还是点燃烽火台？"

"都不是，村民们很少主动联络外界，他们的生活大多自给自足，实在需要从外面购进物品就拜托老周头，就是刚才送你们上岛的那位船家，由他带到岛上来。"

"那位船家每隔三天才来一趟吧？"

"没错，几十年都是如此，这是他定下的规则，当然，天气条件实在不允许的情况下除外。"

"那不就意味着接下来三天，这里是孤岛？"

"那倒是不至于，这里不是还有我嘛。"万朋来说完，拍了拍自己的胸脯。

"这么说起来，万警官你又是怎么到这儿来的，难不成是直升机空降？"

"哪儿来这么高级的登场方式，我是驾驶警用摩托艇来的。"

段琪婕望着四周的景象，还是禁不住发出感叹："真没想到现在还有这么落后的村子，走在这儿有种时光倒流，回到两百年前的感觉。"

苏则附和道："我们住的地方也是，乍一看外表以为是古风主题民宿，结果看内部的装潢和装饰品才发现那根本就和古装剧里的客栈一模一样。"

"我记得店门口的招牌写的也是客栈，现在回想起来，还怪实诚的哪！"段琪婕说。

"倒也不完全是，小岛北面有一座古老的瞭望塔，如果遇上紧急情况，在那里燃放信号弹是可以被我们派出所监测到的。另外，刚才载你们上岛的船家周叔每三天都会来一次，村民们有什么需求和消息都会通过他传递。我们派出所也会时常到岛上来巡视。"万朋来说。

"但是，以上所说的办法在恶劣的天气条件下都是无法实现的吧？"苏则一针见血地说。

"苏先生的思维果然敏锐。"万朋来苦笑了两声，"所里的领导曾经提议过在岛上修建基站，结果遭到大部分村民的拒绝，理由是不希望被过多高科技影响原本淳朴的生活。不过，自我上任之日算起，这两年来岛上只有一起警情，近年来陆陆续续迁走的村民也说在村长的带领下，邻里和睦，相处愉快。"

"万警官，你不会想说这个村子民风淳朴之类的话吧？"

"是啊，你们刚才在旅店办理入住的时候没有用到身份证对吧？"

"确实老板娘只让我们登记了姓名。"

"此前我已经劝说过老板娘很多次了，出于安全考虑要登记客人的身份证，可是老板娘总嫌我啰唆，还说这世上哪有那么多坏人。苏先生，看您的表情，似乎并不认同。"

"刚才送我们上岛的船家，还有旅店的老板娘，似乎都在隐瞒关于这座岛的某种秘密，而且我的感觉告诉我，这恐怕不妙。"

突然一句尖锐的骂声打断了他们的对话。

"李尚景，你这个畜生，竟然还有脸来找我的女儿！"

中年人脖子上的青筋明显凸起，他揪起对方的衣领，怒不可遏。

"村长，我知道这几年杳无音信是我的错，但是我没有一秒钟忘记过小汐。"

李尚景正是与苏则他们一起乘船来的商人，他双手牢牢抓住村长手腕，但动作不是想要挣脱，更像是在恳切地央求。

"立刻从岛上离开，别再让我看到你，否则你就别想走了。"

"村长，我求求您了，您就让我和小汐见上一面吧。"

"你说什么？想见小汐？你还有脸提小汐？"村长说着，抡起拳头一把将李尚景打倒在地，接着整个人又扑了上去。

眼见这架势，万朋来大叫了声"不好"，就立刻前去将村长拉开，随后又是一阵苦口婆心的劝导，才得以拽着李尚景逃离现场。

段琪婕目睹了全过程，打趣地说："我猜刚才的事肯定不是万警官口中的民风淳朴，喂，你说句话呀，好戏都散场了你怎么还盯着看？"

"那个人是村长，他应该比其他人更了解当年的考察团。"

"慢着，你不会打算立刻冲上去问吧？虽然考察团和他们刚才的争吵应该没有关系，但是现在的气氛超级不妙啊。"

反正还得在草藏岛待上三天，苏则也就不急于一时，而且以两个外来者的身份贸然前去询问，村长未必会如实相告，还是由万警官陪同上门拜访最为稳妥。

这时候，又出现了一个和村长容貌相似的男人，他快步走到村长身边，两个人附耳交谈几句，便一起匆匆离去。

"我们的导游走了，怎么办？"

"我们也自给自足呗。先找个高处，最好是能俯瞰整座小岛和村子的地方。"苏则说。

坚强的少年

苏则和段琪婕是踩着夕阳余晖回到客栈的。与他们前后脚回来的还有那位冰山美男，苏则称呼他为关医生，并且亲切地和他打起招呼，关医生也微笑着予以回应。

"你们认识？"段琪婕问。

"下午等你出来时遇到关医生，就闲聊了几句。"苏则说。

"段小姐，早上我并非有意无视你，只是被海浪晃得头晕，实在无法开口说话，请见谅。"关医生说。

"既然只是个误会，那也就没有什么见不见谅的了。"她莞尔一笑，伸出右手，"我叫段琪婕，请多多关照。"

关医生轻轻握住她的指尖："我是关玉门，幸会。"

"几位是一同回来的吗？真巧啊。"老板娘正巧从里面走出来，"顺带一提，小店的露天温泉可是一绝，全天候开放，几位切莫错过。"

"这里还有温泉啊！"段琪婕欣喜地说道。

"而且是从山上流下来的天然温泉哦。你们可能不知道，这座岛上有座休眠火山，就在岛屿东北方向的深山里，外面被重重树木包裹着，若是从村子里看过去只会觉得是一座很高的山。曾经还有一批专家学者特意为此来考察，虽然不清楚考察的结果是什么，但是那些人对小店的温泉那是赞不绝口，家父生前每每提及此事都自豪不已。"老板娘说。

听到这里，苏则立刻来了兴致："老板娘，你知道考察团里都有谁吗？"

"应该是些生物学家还是地质学家之类的专家吧。"老板娘稍作思索后，回答道。

"那些人之中有没有一个姓司徒的中年人？"

"这个嘛，当时是家父在经营小店，考察团具体都有哪些人我并不知情。"

"他们也是住在这里吗？"

"这点我是可以确定的，因为岛上一直以来都只有我们这一家旅舍。"

"既然他们入住了，就需要办理登记，至少像我们刚才那样留下姓名。"

"话是如此，但如果是团体入住，为了节省时间，小店通常只需要带队的一两个人登记姓名。而且，事情过去这么多年，当时使用的登记簿也不可能保存到现在。"

苏则似乎还不打算放弃，他拿出一张黑白照片递给老板娘："麻烦你再看一眼，照片上的这个人你有印象吗？"

老板娘接过照片，照片里是一个留着胡楂的中年男人，一只手挠着蓬松散乱的头发，像是在逃避镜头似的把脑袋转向旁边。

老板娘顿了一下，重新看向两位客人："冒昧问一句，两位此行是来找人的吗？"

苏则露出一丝苦涩的笑容，说："照片里的这个人是我一位……朋友，不，算是故交的爷爷，多年前杳无音信，我们最近调查发现他有可能来过这座岛。"

听到这里，老板娘再度拿起照片端详，但最终还是摇了摇头："很抱歉，那时候我只是个七八岁的孩童，实在记不清了。"

苏则将照片重新收好："不好意思，是我失礼了。"

"这样吧，我把以前的老照片翻出来看看，说不定能有发现。"老板娘说。

"那真是麻烦你了。"苏则鞠了一躬，以示感谢。

老板娘摆摆手："太客气了。那几位稍作休息，晚饭做好后会送到你们的房间。"

回到房间后，段琪婕迫不及待地想躺在温泉池里好好享受一番，所以抱起干净的衣物就出发了。正当她哼着小曲，满怀期待地走在走廊上，即将走到拐角处的时候，突然面前闪过一个人影。段琪婕没有心理准备，被吓得大声尖叫。那人似乎也受到了惊吓，跌坐在地上，两个人的身体都不住地向后挪动，逐渐拉开了些距离，就这样，段琪婕才敢去观察眼前的人。

那人少年模样，身形单薄，尤其是面庞白得可怕，颧骨高突，嘴唇无血色，像个虚弱的病人，但是一双大眼睛快速眨动着，很是灵动。

很快，苏则和关玉门闻声赶来。

"怎么了，他对你做了什么吗？"苏则问道。

少年连忙摇头："不是的，我什么都没做。"

老板娘带着阿乘也闻声赶来，看见那个少年的身体微微颤抖，她立即上前将他搂在怀里，关切地问道："小良，你没事吧，这是怎么了？"

阿乘快步走到老板娘身前，然后转过身问道："客人们，发生什么事了？是不是有什么误会？"

"误会，只是个误会，我刚才走神了，回过神来的时候，正好他从拐角处走出来，所以就把我吓到了，不好意思，都怪我胆子小，还一惊一乍的。"段琪婕连忙解释。

"没事就好。"老板娘如释重负，笑着说，"这是我儿子，小良，他一直在店里帮我的忙。"

"他身体不舒服吗？脸色看起来很差。"段琪婕问。

老板娘心疼地抚摸着少年的头，说："小良从小就体弱多病，去医院检查过，医生说这是天生的，治不好，还说不能让他做重体力活。"

苏则看着眼前的少年，又回过头看向关玉门："关先生，你不就是医生吗，要不帮小良看看？"

关医生犹豫了片刻，最终同意了，他走到小良侧面蹲下："请伸出左手，手掌向上。"

小良看了母亲一眼，伸出了手。关医生左手托住小良的手腕，向上抬起到接近心脏高度，右手搭在小良的动脉处开始诊脉。

关医生闭眼凝神，过了几秒，说："他的脉象确实比常人虚弱。很抱歉，我的能力有限，无法提供有用的帮助。"

小良忽地把手收回："不，我早就接受这个事实了。"说完，他踉跄着站起身离去，只留下一个倔强的背影。

老板娘语气哀伤地说："真是失礼了，那孩子……"

"他很坚强。"关医生缓缓说道。

草藏岛的传说

今日晚餐的主食是将米饭在锅里摊薄煎制的酥脆米饼，搭配自家饲养的鸡肉与岛上特有的野菜，异常清新美味。

段琪婕盘腿坐在床上，眼前的笔记本电脑显示的是最新版的音乐软件。

不过，灵感缺失真是世间最悲伤的事情，音乐软件已经在初始界面停留了半个小时。还不能放弃，段琪婕噘着嘴和自己的脑子较上了劲，这是她最后的抗争。就这样，时钟的指针一圈一圈地继续旋转着，直到门外传来"当、当当"的敲门声。

这两次敲门声是分开的，先是轻轻地"当"了一声，稍作停顿后，又敲了两次，后面这两声"当当"较为紧凑，应该是有急事，但这三次敲门的声音不重，说明对方挺有礼貌。

正在段琪婕暗自分析的时候，第三次敲门声响起，这次依旧是"当当"。如果是苏则，这个时候一定已经自报家门，那么会是谁呢？

"来了来了。"

段琪婕连声答应，将笔记本电脑盖住，走下床来打开门。发现是那个虚弱的少年站在门口，一副惴惴不安的样子。

"小良，有什么事吗？"

"段小姐，打扰了，我就是想来问问苏先生是否已经回来。"

"苏……你是说阿则？他出去了吗？"

"大概半小时前，我在门口碰见他，他说房间里闷得慌，想出去透透气。"小良低着头，只是用手指着房间，眼睛并不敢往里看，"你们没住在一起？"

"他住在隔壁房间。"

段琪婕也顾不上多解释，立即跑过去敲苏则房间的门，可是始终没有人应答，响亮的敲门声倒是把关医生给引来了。

"发生什么事了？"关医生问。

"苏则刚才说出去透透气，到现在还没回来，我担心他去了海滩。"

段琪婕回答。

"不可以，今天是月圆之夜，海滩很危险！"小良惊呼道。

"我陪你去海滩找他。"关医生说。

"我也去。"小良说。

关医生看了一眼他纤瘦的身体："你留下。如果我们半个小时后还没回来，麻烦你找人来救我们。"

关玉门和段琪婕飞奔出门，但很快就被迫停下脚步，烛火通明的客栈与外面漆黑一片的村子形成强烈对比。他们似乎都忽略了一件事：现在他们身处的并非现代化的城市，随处可见明亮晃眼的路灯，这里是名副其实的偏僻海岛，道路两旁一盏灯都见不着。

"老板娘应该也提醒过你们今晚不要外出吧？"关玉门问。

"是提过一嘴，但也没说具体原因。"段琪婕回答。

"真是会给人惹麻烦。"关玉门抱怨道，"你在这里等我一下，我回去拿手电筒。"

段琪婕望着关玉门转身而去的背影，不禁心生疑惑，因为他说出那句抱怨的语气不像是在评价一个认识不超过二十四小时的人。

一分钟后，关玉门带着两个手电筒回来。

"按下红色按钮是强光模式，但是别随便对着别人的眼睛照，那是防身用的，相当刺眼。"关玉门解释道，不过后半句提醒显然来得晚了些。

段琪婕慌忙把手电筒放下："抱歉，我在找红色按钮是哪个。"

关玉门强忍着强光带来的眩晕感，抬手指向前方："没事，我们快去找人，先去海滩。"

"关医生，你指反了，海滩在这边。"段琪婕小声纠正道。

海滩没有灯光，恰巧今晚的天空只挂着一点月牙儿，苏则目所能及的只有漆黑的海和更加黢黑的深夜。

　　浪潮一阵接着一阵，反复冲刷着海滩。苏则的耳中不时传来海浪的声音，与此同时，他还清楚地听到另一种旋律在海滩回荡。难道这就是人鱼的歌声？

　　但他不知道，海滩上还有第三种声音，那是逐渐靠近的脚步声，只不过完全被海浪覆盖。

　　很快，第四种声音也出现了——棍棒打在后脑勺的一记闷响。

　　无法知晓昏迷了多久，苏则只记得自己是被人摇醒的。虽说从昏迷中醒来，但是他意识还是极其模糊的，眼前漆黑一片，脸上又湿又硬，像是敷着极其劣质的面膜，喉咙很干，尝试着咽下一口唾液，却发现嘴里咸得发齁，反倒又呕了一口水出来，也多亏这一呕，耳朵终于能听见声音了。

　　"关医生，他怎么样？"

　　"暂时死不了，不过得先把他搬回去，脑后的伤必须尽快处理，否则容易感染。来，搭把手，把他放在我背上。"

　　被这么一提醒，苏则才想起来自己昏迷的原因是被人敲了一闷棍。自己初来乍到，按理说和岛上村民并无恩怨，怎么会平白无故遭这罪？苏则越想越纳闷，脑后的疼痛感竟也随之而来，他双眼一闭，再度失去知觉。

　　苏则第二次清醒时，已经回到了客栈的房间。

　　"这是怎么了？"老板娘和俞乘匆匆赶来，看见苏则头上缠着绷带，身上衣物也湿漉漉的，一下子就明白了，"苏先生，你去海滩了吧？但这副模样，难道是……"

　　"我被人袭击了。"苏则说，"原本我只是出去透透气，走着走着就到了海滩附近，接着又听到某种奇怪的声音，一阵一阵的，又有些飘忽不定，既不像海浪声，也不太像歌声。我站在沙滩上，想听清楚那个声音的源头，突然间觉得后脑勺痛了一下，就失去意识，再次醒来时小妤和关医生就在我的身边了。"

"我们发现他的时候，他面朝下倒在沙滩上。"段琪婕说。

老板娘面色惨白："也未必是人。"

"老板娘，如果你知道什么，还请不要隐瞒，眼下的事态已经十分严重，可以定义为杀人未遂。"关医生立即追问，他的表情平和，语气里却透露出一种不容拒绝的威严。

老板娘吞吞吐吐多次却开不了口，直到小良推门进来，她才终于鼓起勇气："草臧岛有个传说，月圆之夜，海妖跪在海岸边，唱着凄厉的歌，吸引过往的年轻男人。次日，男人的尸首漂浮海面。"

"这和我听到的传说完全不一样。"段琪婕惊呼道。

"我刚才所说的是岛上代代相传的童谣，不会有错。"老板娘笃定地说。

"难道我听到的是海妖的歌声？"苏则不予置否，而是低声念叨道。

老板娘他们离开后，关医生再次检查了苏则的伤势，然后转身对段琪婕说："目前情况还算稳定，我的建议是多给他一点时间休息，静观其变。"

"谢谢你，关医生。"段琪婕说完，又看向苏则，"那我们也走了，你早点休息，有什么事就大声喊出来，我在隔壁能听见。"

"无须担心，这点小伤而已。"苏则强撑着挤出一丝微笑，"不过，我还有话要问你们，刚才小良找你们的时候，是什么状态？"

段琪婕疑惑不解："状态是指？"

苏则举例问道："他有没有气喘吁吁？鞋子和裤腿是干净的还是潮湿的？手上是否有伤痕或者用力过后充血涨红的痕迹？"

段琪婕不禁咽了口唾液："你在怀疑小良？"

"是，算上那位被万警官带走的商人，我们四个人是今天才到这里的，至少你们三个没有杀死我的理由，因此会袭击我的无疑就是岛上的原住民，也许他们当中存在不欢迎外来者的极端主义者，也许是我们今天在岛上的某个行动无意间触及部分人的底线，唔，或许也和我们正在寻找的人有关。"苏则顿了一下，接着说，"总而言之，我现在有理由怀疑岛上的所有人。"

"这不是你现在该考虑的事。"关医生的声音完全压制住苏则，他用命令的口吻说，"总而言之，眼下你最需要的是休息。今晚我会守在门外，如果有什么事你就叫，顺便也能防止凶手再度袭击你。"

苏则虽然还想反驳，但是脑袋晕得不行，只能选择妥协。

次日清晨，苏则艰难地站起来，头依旧在痛，后脑勺的肿块也还没消散，他是在昏睡状态中被惊醒的，所以意识还有些模糊，从床铺到门口短短的几步路变得甚为艰难，但是万朋来在门外的敲门声越发猛烈和急促。已经分不清自己是愤怒还是无奈，苏则用尽全力转动门把手。

门开了。万朋来因为焦急而变得皱巴的面庞立即迎了上来，看来是发生了紧急情况。万朋来顾不上礼貌性地寒暄，就直接开口说："苏先生，大事不好了，岛上发生了一起命案。"

悲剧

出了客栈，一行人在万朋来的带领下步行大约二十分钟，来到了村子的东南角，那里依稀有几间民房。

大概是万朋来嘱咐过不许靠近，所以围观的村民只是远远看着，但只要稍加观察他们的手势和目光汇集之处，就不难判断出案发现场的位置。

那是一间木石结构的老房子，看起来要比附近的几间民房都大一些，屋外有一块勉强算作院子的空地，院子已然荒废，除了一口水井、一张摇椅，便再无他物。

苏则让段琪婕向围观村民询问情况，将她留在外面，自己则和关医生跟着万朋来进入屋内。屋内陈设简陋，只随意摆放了几样必需的家具，因为疏于打理，柜子表层已经积灰，空酒瓶散落满地，显得杂乱邋遢，正好符合中老年鳏居男人的特点。

被害者是名男性，尸体脸朝门，向右侧躺在四方木桌前面，额头有明显伤痕，双目圆睁，脸上的表情定格在极度惊恐的瞬间。在尸体与木桌之间还有一张倒下的长木凳和一个摔碎的陶土碗。

虽然已经不是第一次目睹尸体，但是强烈的不适感还是让苏则有些头晕，他踉跄着后退，一只手扶住门框勉强站住身子。

万朋来见状，立即上前关切地问："苏先生，你怎么了？"

"没事，不小心绊了一跤。"苏则逞强地回答。

万朋来满脸歉意地说："实在不好意思，我不知道苏先生你受伤，大清早地就把你吵醒。"

苏则挤出一丝微笑："命案要紧，再说我这只是皮外伤罢了，不碍事。"

关医生站在一旁，瞪着苏则说："万幸的是，目前看来没有造成脑震荡，但是依然不能剧烈运动。"

万朋来看着表情冷若冰山的医生，疑惑地问道："来的路上我就想问了，这位是？"

"他是昨天和我们一同上岛的关医生。"苏则说。

关医生手上提着银色的医药箱，镇静地说："关玉门，我曾经从事过法医工作，或许能够帮上忙。"

"法医？那你会验尸吗？"万朋来诧异地问道。

"略懂。"关医生说完，低头观察起尸体。

万朋来先是欣喜，随即又有些担忧，他看着苏则，低声问道："苏先生，依你看我们能相信这位医生吗？"

"我认为可以。万警官，岛上还有别的医生吗？"苏则反问。

"医生倒是有一位，不过验尸这种事情恐怕是指望不上。另外，这位关医生也算是嫌疑人。"

"关于这点，我可以担保，他绝对是无辜的。"

"你能确定吗？"

"详细的理由之后再向你说明，眼下我建议还是相信他。"

万朋来稍作犹疑，随即短促地"唉"了一声，说："罢了，特殊时期行特殊之事。"说完，他走到关医生身旁，"关医生，麻烦你仔细检查尸体，看看能不能发现有助于找出凶手的线索。"

似乎是在等待这句话，关医生毫不犹豫地点头答应，目光坚毅。

苏则再次看了一眼尸体，觉得眼熟："万警官，我昨天见过死者。"

"真的？什么时候？"万朋来诧异地问。

"还记得昨天和村长起冲突的那个男人吗？就在你把那个男人带走之后，我看见死者来找村长，两人低声说了几句话之后，就一同离开了。"苏则回答。

万警官"哦"了一声，脸上诧异的表情也随之消失："死者名叫士延叔，今年五十一岁，是村长的弟弟，鉴于这层关系，岛上村民也喊他一句士三爷。多年前丧偶，目前独居，虽然有一个儿子，不过关系很不好，听说已经断绝了父子关系。尸体是早上六点左右被住在隔壁的一对老夫妇发现的。"万警官指着院子外面，接着说，"老夫妇从院子外面经过时，正好瞅见死者的一只脚，担心是不是出了事，又不敢自己进来，所以就把附近的几户邻居都叫醒，其中有两位胆大的进到屋子里，就看到了现在这幅景象。我问过了，当时进来的两个人什么都没碰，之后也再没有村民进来过，所以现场还算是完好的。"

苏则低头看了眼用石头铺砌的地面，失望地摇了摇头，旋即又因为这个动作感到些许眩晕。

万朋来似乎早就注意到了这件事，带着遗憾的语气说："这样凹凸不平的地面是无法提取到鞋印的。"

说完，他们同时向关医生的背影投去期许的目光。

不知何时，关医生已经戴上白色手套，蹲在尸体旁边，举着手电筒仔细察看尸身表面，随后提起尸体手臂又轻轻放下。

另一边，万朋来凑到苏则身边，小声说："关医生的动作看起来有模有样，像是一名专业法医。"

"我就说他可以信任吧。"

"苏先生高见。"

"那也是万警官随机应变，慧眼识人。"

初步检查过后，关医生回头看着已相谈甚欢的两个人，说："二位，是先听我的检查结果，还是继续互相吹捧。"

万警官闻言，连忙清了清嗓子，严肃起来："关医生请说。"

"你们过来看，尸体表面有两处外伤，一处在额头靠左的位置，一处在左侧太阳穴，由此可以推断，凶手大概率是右撇子。从创痕来看，皆为被钝器击打导致，而且应该不是表面平滑的钝器。另外，在额头的创伤处我还发现了这个。"关医生举起一个白色的袋子，里面是一小块黑褐色物质。

万朋来隔着袋子轻轻揉捏，随后又举到眼前仔细观察："这个质地不算柔软，但也不像金属或者玻璃那般坚硬和扎手。"

"是木头吧。"苏则指着门口墙边的一小摞木柴，说，"那些原本应该是用来生火做饭的柴火，如果当作木棍使用，长短和粗细倒也称手。"

关医生接着说："尸身上没有发现中毒迹象，也没有窒息或者溺死的表征，所以初步推断，应该是遭到钝器击打致死。另外，尸斑集中在尸体右半部分身躯，没有发现被捆绑或者拖拽移动过的痕迹，这里极大概率就是第一案发现场。还有一点，死者左手掌靠近手腕的位置有血迹。"

"木桌的边缘有半枚手掌印，凳子侧面也有血迹。"苏则补充说道。

"万警官，我想借你一用。"关玉门说。

不速之客

"借我一用的意思是？"万朋来问。

"大概是想让你扮演死者，借此还原案发过程。"苏则猜测道。

关玉门点点头："但只是我的个人看法，不一定准确。"

万朋来倒是丝毫不介意："哪怕是一种思路，也对破案有帮助，因此我非常乐意配合。那么，我该怎么做呢？"

得到万朋来同意后，关医生接着说："接下来由我扮演凶手，万警官你扮演死者，在我说出猜想的同时，我们进行无实物的慢动作演示。首先，原本站在桌子前面谈话的死者和凶手不知道因为什么起了争执，死者用力推了凶手一把，推我。"

"啊，好，推你一把。"

"凶手被推得向后退，然后摔倒坐在门边，这时候死者不想作罢，又扑了上来，情急之下，凶手抄起手边的柴火朝死者打去，正好击中死者的额头，死者受了伤，下意识地用左手按住伤口，踉跄着后退。"

"左手，接着是往后退。"

眼看万朋来越来越接近桌子，苏则立即喊停，搬来另一张相同大小的木凳放在万朋来膝盖后侧，自己以扎马步的姿势站在他的身后，然后右手悬空平放，使小臂与桌子保持相同高度："万警官，接下来请你想象身后就是桌子，我的双腿就是桌腿，手臂就是桌子边缘。"

万朋来扭头看见尸体就倒在右侧后方，一下子明白了苏则的意思，于是停住："关医生，接下来呢？"

"摔倒，准确地说是向后瘫坐下去，由于臀部坐在凳子的前部边缘，所以摔倒在地，凳子也跟着倒下。"关医生说，然后站起身走了过去，"还没结束，凶手逐渐靠近，而死者头晕无力，仍挣扎着打算站起来。"

"头晕……无力……还要挣扎吗？慢着，我酝酿一下。"

万朋来闭上眼睛，努力想象那种场景。几秒钟之后，他的手开始向后摸索，先是触碰到凳子，但是凳子太矮，无法支撑他的身体站起来，于是手开始往更高的地方摸。这次是苏则的腿，手抓在大约膝盖的位置，将身体缓缓向上提起，同时另一只手按在苏则的小臂上。

即将站起来的时候，听到关玉门的声音。"到此为止。"

万朋来诧异地睁开眼睛，关医生的右拳正在向自己的左侧太阳穴移动，速度很慢，但施加了足以使身体重心稍微向右倾斜的力。

"根据伤口的深浅程度及位置，我认为，凶手第一下是打在额头，因为伤口较浅，随后更加用力击打太阳穴，造成致命伤。尸体因此向右倒下，呈现出如我们目前所看到的姿势。以上就是我的结论。"关医生说。

万朋来重新调整好重心，赞许道："苏先生，我认为关医生的推论很有见地，基本上还原了案发经过。"

"接下来如果能找到凶器……"

苏则话正说到一半，就被门外的吵嚷声打断。

"都说了，疼，快放开我。"男人不耐烦地抱怨道。

"这个声音是士连盛。"万警官看了一眼地上的尸体，说，"就是与死者关系很差的儿子。"

苏则朝门口看去，只见士连盛被村长揪着耳朵，一路生拉硬拽进了屋子。

士连盛看见屋内还有其他人，觉得当前这副模样面上挂不住，不由得把声音压低："放开我，大伯。"

村长确实放开了手，不过也把士连盛往前甩了出去。士连盛跌坐在地上，当他抬起头的时候，视线正好落在父亲的尸体上，吓得他又着急忙慌地向后爬了好几米。

"我要走了。"士连盛气喘吁吁地说。

"你说什么？你再说一遍？"村长大吼道。

士连盛叫嚷着："说就说，我要离开这里，是您硬把我押过来看尸体，现在看完了，我为什么不能走？"

"逆子，躺在那里的可是你亲爹，你怎么能说出这种话？"

"那是从前，现在我已经和他断绝关系，不管谁先死都不需要对方收尸。大伯，他是您的兄弟，您要是乐意，就帮他把后事办了，要是不乐意，就找块木板让他顺着大海漂走，反正他的梦想是出海当船长，您就当遂了他的心愿。"

村长闻言，气得面色发紫，青筋暴起，捡起地上的柴火就砸了过去，紧跟着又补了一脚。士连盛也算眼疾手快，把这两下都躲开了，还趁机连滚带爬地溜走了。村长心知追不上，只能在原地干瞪眼，嘴里不住地念叨着"不肖子孙"。

当他回过头看见屋子里除了万警官还有两个陌生人时，厌恶的表情久久定格在脸上。

"万警官，这两个人是？"

"村长，容我为你介绍，苏先生，关医生，他们二位是我请来协助调查令弟被杀一案的。"

"协助？你让他们现在就走，走得越远越好，我不想看见他们。"

"村长何出此言？"

"岛上原本风平浪静，昨天这几个外来人刚来，我三弟就遭此横祸，要我说凶手就在他们之中。"

"村长，这话可不能乱说，凡事都得讲证据。"

"那你就拿出他们不是凶手的证据。实话告诉你，要不是给万警官你面子，我早把他们几个绑了丢进海里喂鱼，给我三弟报仇。"村长说着越发气愤。

苏则走到万警官和村长中间，胸有成竹地说："如果说我能证明自己不是凶手，又当如何？"

村长一时语塞，但语气依旧咄咄逼人："你要怎么证明？"

"死者遇害的时候，我被人袭击了，失去意识倒在沙滩上，任由海水冲刷身体。"

"难道说昨晚你去了海滩?"

"是啊,如果不是客栈的小良好心提醒,小妤和关医生及时赶到,我已经是海面上漂浮的一具死尸了。证据就是我后脑勺依旧隐隐作痛的肿块,你们也别拿海妖的传说吓唬我,凶手是人,就在岛上的所有人之中,这点毋庸置疑,因为海妖不会使用木棍这种无趣的凶器,不是吗?"

"是又怎么样?"

"所以我是最不可能行凶的人,而且我是绝对不会杀人的人。"

"什么意思?"

"苏先生,事到如今还是亮出真实身份吧。"万警官往苏则身边挪了两步,低声问道。

苏则点点头,说:"失礼了,我是菠萝包侦探事务所的侦探,名叫苏则,此次前来是为了调查一个人的行踪。"

"侦探?"村长听到这两个字时,脸上的神情在不经意间有过短暂惶恐。

万朋来紧跟着解释道:"加上门外的那位女生段琪妤,他们都是了不起的侦探,一直以来帮助警方破获多起凶杀案。"

"找人?谁?"村长盯着苏则,不过表情稍有缓和。

"司徒枫。"苏则说。

村长眉头微微皱起,似乎是真的在回忆,几秒钟之后,他开口说:"不知道。"

这个过程中,苏则也在仔细观察村长的一举一动,因此他有理由相信村长没有撒谎。

就在这时,屋外又变得喧闹起来,听着声儿像是有什么大人物驾到。苏则听见好几个人的声音，都在说着同样的话，他竖起耳朵，依稀能听清这样一句话：雷保正来了。

另一位医生

雷保正十分年轻，看起来二十岁不到的样子，一头微卷的浅棕色长发，有着西方人立体的五官，皮肤白皙，四肢修长，身穿黑色长袍，怀里捧着一本厚厚的书。他注视着地上的尸体，目光哀伤，嘴里轻声叹息。

这位年轻人进来之后，村长立刻走过去与其耳语几句，他的态度与面对万警官时的那种敷衍应付截然不同，虽然不像下级对上司那般谦卑，但是肉眼可见地充满礼貌，苏则认为那是源于心底的尊敬。

雷保正握住村长的手，温柔地道了声"节哀"，随后朝万朋来轻轻点头示意，缓缓走到尸体旁蹲下。

他抬起头，来回看了看关玉门和苏则，然后又转向万警官，轻声问道："我可以帮他合上双眼吗？"

在得到同意的答复后，他伸出右手合上尸体的眼睛，带着悲痛的表情。

这个时候，苏则也看清楚雷保正怀里抱着的书——那是一本名为《中草药大全》的书。

"我来给各位介绍一下，这位是雷保正。"说到这里，万朋来刻意稍作停顿，同时朝着苏则使了个眼色，才接着说，"这两位分别是私家侦探苏则和关医生，是我请来协助侦破此案的。"

雷保正先是用余光扫向村长，然后看着尸体沉默了几秒钟，像是在默哀，最后才站起来问万朋来："万警官，你们查出什么了吗？"

"目前还不方便透露。"万朋来秉持着警方一贯的保密性原则。

"万警官，带着你的人离开吧。"村长说。

"村长，现在发生了命案，我身为警察有义务查清真相。"万朋来反驳道。

"这是我的家事，我会用岛上的方式解决，轮不到你们这些外人插手。"村长显然是在强压心中火气。

"三位还是先请回吧，虽然你们在执行公事，但是也请理解我们这穷乡僻壤的陋俗。"雷保正说，他的声音十分柔和，同时也带着一种不容争辩的威严。

可是苏则并不打算乖乖听话："为什么要我们离开，难道这件命案有什么难言之隐不能被我们知道？"

村长勃然大怒，脸上的肌肉开始抽搐："混账，我三弟尸骨未寒，容不得你们这些外来人在这里妄议。"

苏则并不示弱，平淡地说："就是这样，往往心虚的人都会这么说。"

村长久久地怒视着苏则，炙热的视线仿佛想要将苏则烧成灰烬。

万朋来知晓如果此刻继续强硬下去，很有可能要与村民发生正面冲突，这显然不是明智的选择，于是用眼神示意苏则和关玉门撤退。关玉门看来早有此意，快速收拾好自己的医药箱。苏则无奈地撇了撇嘴，也跟在万朋来身后走出屋子。

看热闹的村民在院子外面站成一个弧形，他们虽然心里好奇，但大多数还是听从万警官指令，不敢太靠近案发现场，唯独有一个皮肤黝黑的壮汉昂首挺胸地戳在院子正中央。

这个壮汉的身高少说也有一米九，长得虎背熊腰，上身穿着一件黑色背心，更凸显出他强健的肌肉。他恭敬地目送万朋来从身旁过去，随后猛然抬手将苏则和关玉门拦了下来。

苏则仰视着对方，不悦地质问道："让开，还是说你想打架吗？"

壮汉凶狠地瞪着他，一动不动。

万朋来见状，高呼道："士展，你这是做什么？"他刻意提高了音量，目的是想让屋子里的那两个人也听到。

如万朋来所料，雷保正闻声便走了出来，他的手轻轻搭在壮汉的肩头："士展，是村长让他们离开的。"

这位名叫士展的壮汉听后立即退到一边，闭上眼睛，微微颔首。

雷保正走到院子外面，冲围观的村民挥挥手："大家也别在这里站着了，都回去吧。"然后回过身来，对万朋来他们说，"荒野山民不懂礼数，还请三位见谅。"

"雷保正言重了。"

"万警官，士家三爷的尸首无法交给你们了，因为后事要按照村里的方式办，这是祖上流传下来的规矩，规矩是不能坏的，希望你能理解。"

万朋来在心里嘀咕着"我们警方也是遵循规章制度办案哪"，但是考虑到眼下自己孤身一人在这里，真要是和村民们对着干，怕是要吃大亏，只好先勉强应允。

村民遵照雷保正的话各自散去，只剩下段琪婕还站在那儿，看起来无精打采。

"小妤。"走近之后，苏则轻声叫道。

段琪婕低头不语，一脸呆滞地盯着地面，也不知道是走神了没听见，还是昨晚没休息好，一时间没反应过来自己正在假扮姐姐这件事。

"段琪妤。"这次苏则提高了音量。

"啊，发生什么事了？"段琪婕如梦方醒，声音里完全不见了昨天那股咋咋呼呼的劲。

"你先回客栈。"苏则回答，没给对方询问原因的时间，他立刻接下去说，"客栈里还有三名嫌疑人，你去找他们聊聊。"

"是指老板娘他们吗？"段琪婕问，她的困惑与疲惫完全写在了脸上，"你还真的怀疑他们？"

"照例询问总不过分吧，你问问他们昨晚的行踪，有没有听到什么异动，重点是死者的人际关系和酒。"

"酒？"

"昨天老板娘送饭到我房间的时候还带了一瓶酒，刚才我在死者屋子里看见了外形相同的酒瓶。"苏则说。

万朋来插嘴道："关于这个我补充一点，村子里除了个别家里有自己酿酒的习惯，绝大多数都是向客栈买酒，因为俞乘精通酿酒之道，所以她家的酒格外香醇，深得大家喜欢。"

"还有这种事，看来我错过了好东西。"关医生说。

"难道苏先生怀疑客栈的人昨晚过去送酒，然后出于一些原因起了争端，将死者杀害？"万朋来问。

"这算是一种可能性，至少客栈的人能够借着送酒的名义到案发现场，合情合理。"苏则回答。

"苏先生这话在理呀。"万朋来诚恳地转向段琪婕，说，"段所长，那客栈那边就拜托你了。"

苏则又特意叮嘱了一句："问完之后你就回到自己房间，记住把门锁好，没事别出来，晚点我们会去找你会合。"

段琪婕点点头答应，便朝着客栈方向走去。

万朋来观察着苏则的表情变化，微笑着说："苏先生在侦探所的地位很高呀，竟然能指挥所长。"

"只是分工与擅长的领域不同，况且平常都是邓教授发号施令，大家早都习惯了吧。"苏则苦笑着挠了挠脸颊，接着问，"万警官，我们也不能闲着，得先找相关人员了解情况。"

"是啊，我建议就从今早发现尸体的那对老夫妻开始。"万朋来指着身后不远处的一处院子说道。

探 索

老夫妻的证词

老夫妻都已年逾八十，佝偻着背，从屋里走出来，两个人共用一根拐杖，走起路来都是颤颤巍巍的。万朋来见状，立即上去搀扶他们到椅子前坐下。

"两位老人家，昨晚你们听到什么异样的声音了吗？"万朋来问。

老夫妻相视一眼，老头子说："异样？没有。和往常差不多。"

"就没有听到隔壁吵吵闹闹的声音？"万朋来接着问。

老夫妇与死者算是最近的邻居，但两处屋子也并非紧挨着，中间还隔着三到五米的距离。

"有，但是往常也有。"老头子回答。

听到这里，万朋来眼前一亮，连忙问道："这么说往常死者也和别人发生过争吵，都有哪些人？"

"和自己。"老头子回答。

"啊？"

"他几乎每天晚上都要喝酒，喝过酒之后，他就开始自言自语，说着说着就骂起来了，也听不清楚在骂谁。"

"可是，从现场的情况分析，昨晚死者大概与凶手有过打斗，这和骂人的声音不同，你们听到了吗？"

"我们听见碗摔在地上的声音，似乎还有其他人说话的声音。"

"那个声音熟悉吗？是你们认识的某个人吗？"

"声音很轻，听不清楚。"

"你们没过去看看吗？"

老夫妻的目光再度交会，这次对视的时间更长一些，然后轮到老婆子开口回答。"没有。"她笃定地说。

"万一看到不该看的，那可就不好了。"老头子接着补充道。

苏则心想，若是这对老夫妻目睹了杀人的过程，又恰巧被凶手发现，以他们的身体状况确实是难逃一死，不去凑热闹倒是明智之举，但是又总觉得有些说不上来的怪异。

"打斗大概发生了多久？"万朋来接着问。

老头子苦恼地摇了摇头："多久？说不清楚，我也没在心里数数，总之没过一会儿就安静了。"

万朋来看向苏则和关医生，他有种独自查案的感觉，因为从刚才开始那两个人始终一言不发，准确地说，关医生的视线始终都被远方吸引，可是那里除了一大片逐渐远去的云朵，空无一物。苏则至少是以审视的目光盯着老夫妻，而且老头子显然是感受到对方炙热的目光，开始调整坐姿，喉结因为咽下唾液大幅振动了一下。

如万朋来所料，苏则发问了："对于死者身亡的事实，你们其实是希望它发生的，对吗？"

老夫妻惊讶地一下子瞪大了双眼，他们脸上僵硬的肌肉仿佛在说"你怎么知道"，而不是"你怎么可以这么说"。

苏则缓缓闭上眼睛："看来是被我说中了。"

老头子点头承认。

"老头子。"老婆子低声唤了一句，原本打算说些什么，随即手背传来老伴手掌的温度，便作罢了。

"你们讨厌死者？"苏则继续问。

"除了村长之外，应该没有人喜欢他，连亲生儿子都和他断绝关系了不是吗？"老头子反问道，语气中带着讥讽。

"他们父子俩的关系为什么那么差？"苏则来回看了看这对老夫妇的脸，问道。

"那是别人的家事，我们哪好意思随意打听，也许人老了就会变得讨人厌。"说到这里，老头子缓缓转向三人，张着嘴好像在笑，但是他的牙齿早已残缺不全，面部表情因此扭曲得有些不自然，苏则不禁在心里打了个寒战。

"老人家，还请说说早上发现尸体的过程。"万朋来说。

"我们有早上在这附近转一圈的习惯，今天早晨也这么做了。我们路过他家院子外面，看见院门是虚掩着的，觉着奇怪就往里面多瞅了两眼，结果就看见他的脚在地上。我们担心出了什么事，自己又不敢进去，所以就去找了住在附近的其他邻居，他们进去之后就看见尸体了。"老头子说。

"这么说你们没有进到案发现场亲眼看到尸体？"万朋来问。

"没有。"老头子回答。

"那看见尸体的邻居进去了多久？"万朋来问。

"很快，他们走进院子，站在里面那扇门前看了眼，就吓得跑出来大喊'死人了，死人了'，然后就去找万警官你了。"老婆子回答。

万朋来在笔记本上快速记下，然后看向苏则："苏先生，你还有什么要问的吗？"

苏则耸耸肩回应。

万朋来合上笔记本，说："既然如此，那就先到此为止，二位如果想起什么别的线索，请尽快告诉我。"

从老夫妻家中出来之后，万朋来边走边问："苏先生，刚才你是怎么想到那对老夫妻希望士延叔死的？"

"原因很简单，我在他们的脸上看不到恐惧。"苏则回答。

"恐惧？"

"这是个连防盗门都没有的村子，住在隔壁的邻居被人残忍地杀害，这不是一件可怕的事情吗？当然，也有可能是他们活得久，所以看淡生死，便不再畏惧死亡，但是……"

"但是，他们却害怕看到不该看的，这显然自相矛盾。"万朋来恍然大悟。

"不愧是前刑警，思维真是敏锐。"苏则的表情不像是在恭维，他继续说，"既然并非不害怕死亡，那我只能想到，他们是希望死者死亡。"

"原来如此。苏先生，你认为那对老夫妇也有嫌疑？"

"这可不好说，你观察过老头子手上的拐杖吗？或许也算不上拐杖，只是一根又直又长的木棍，而且表面粗糙，符合我们对凶器的猜想。"

"但是他们恐怕不具备与死者搏斗并且将其杀死的身体条件。"

"如果你要说的是他们颤颤巍巍的姿态，那么我只能给你浇盆冷水，我观察过他们行走时的膝盖，以及脚掌落地瞬间的重心变化，很遗憾，这些特征与需要依靠拐杖才能行走的人不同。换而言之，颤颤巍巍是在我们面前多余的伪装。"关玉门说。

万朋来很是惊讶："关医生,你连重心变化这种细微的破绽都看得出来吗?"

"我认识的人里有一个话剧团的演员,他的演技精湛,尤其擅长模仿不同年龄段人群的动作和姿态,我曾经听他分析过。"关玉门说。

苏则停下脚步,他们此时的位置正好在士延叔院子外面:"万警官,村长和那位保正还在案发现场吗?"

万朋来稍稍踮起脚,朝院子里望了望:"应该还在,我看见士展还站在门口,所以至少村长还在。"

"他们不会在搬动尸体吧?"苏则接着问。

"看不清楚,不过那是迟早的事情。"万朋来无奈地回答,"按照岛上的丧葬规矩,死者入土前会先被转移到墓园附近的一个小屋,那里算是一间简易的灵堂,两天之后再行下葬。"

"由此可知,那对老夫妻还撒了一个谎。"苏则说,"我目测了一下,那对老夫妻的身高至少比万警官你矮了十厘米,这还是在他们挺直腰背的情况下。你刚刚为了看院子里面都得踮着脚,他们又如何能站在院子外看见案发现场死者的脚呢?据他们所说,发现尸体的时候院门是虚掩着的。何为虚掩?我想应该是门大体关上,留下一条细窄的缝,可是刚才在案发现场的时候,院门是完全敞开的,我站在尸体脚边往外看,结果根本看不到外面。"

"看来是不打算轻易对我们说实话了,要不我们继续前往下一家?"万朋来问。

"万警官想来是心里有了打算,那就前方带路吧。"苏则说。

不孝子

士连盛独自居住在一间小屋。他和死者虽说是父子，但苏则觉得两个人的性格似乎截然不同，士连盛将院子打扫得干干净净，炉灶架在院子一角，上方搭个棚子遮风挡雨，屋后的几块田地此时也种满青菜，比起死者的住处，这里显然更有生活的气息。

苏则他们到来的时候，士连盛坐在院中，手里正鼓弄着一柄锄头。见到有人来，士连盛立刻放下手中的事情，起身迎接。

"又见面了，万警官。"他笑呵呵地说道。

万朋来本该道一声节哀，但想了想还是作罢，索性挤出一丝笑容，说："是啊。刚看见你埋头坐在那里，忙什么呢？"

"锄头用久了，有些松动，我正寻思着是不是该换根木柄了。"说完，士连盛的目光很自然地落在苏则和关玉门身上，"这两位是？"

"他们是受我邀请协助调查命案的苏先生和关医生。"万朋来稍作停顿后，接着说，"连盛，我们这次来是想了解关于令尊……"

"万警官，我和他已经断绝关系，你知道的。"士连盛骤然变脸，他先是深吸一口气，然后全部吐出，同时将头转向旁边，"算了，我配合调查就是。不过，我建议三位先进来喝杯水，然后我们坐下慢慢聊。"

万朋来给另外两人递了个眼色，说："那可太好了，忙活一早上连口水都还没喝过呢，不瞒你说，我这嘴里啊早就干得不行了。"

士连盛说了句"请"，将三人让进屋子里。

给客人们倒完水后，士连盛开门见山地说："你们想知道什么就问吧，不过丑话先说在前头，我未必能够回答得上来，毕竟我和他已经没有关系了。"

"昨晚你在哪里？"万朋来问。

士连盛指着桌上一本名叫《志怪杂谈》的书，说："就在这里，整晚都在看书。"

"不介意我翻翻吧？"苏则问。

"请便。"士连盛说，"我不喜欢夜间出门，更何况昨天是月圆之夜。"

"你也害怕那个传说？"苏则问，眼睛始终盯着手上翻动的书页。

"或许吧，至少我不会在这种事情上冒险。"士连盛噘了噘嘴，不以为意，"对了，听说李尚景那老小子又回来了？他不会真的是来找小汐的吧？"

"没错。"万朋来说。

"哟，那得有多伤心，没想到这世上竟然真有这般痴情的呆子。"士连盛打趣道。

苏则放下书："你和他关系很好？"

士连盛摇了摇头："那倒不是，也就是泛泛之交，那老小子能说会道的，我就陪他多聊了几句，权当解闷。"

"当初李尚景为什么跑来这里？"苏则问。

士连盛仰着下巴，思考了一会儿："那是五年前的事情了，李尚景说我们这儿很有卖点，适合发展旅游业。起初他想花钱买下整座岛，给我们钱让我们搬走，遭到拒绝后又妥协说我们可以继续留下，只是要配合他的改造计划。可即便如此，还是被雷保正和大伯父否决。彼时的雷保正可不像现在这位这么斯斯文文的，红头发红胡须，膀大腰圆，力气大着呢，就因为买岛的事情，李尚景差点就挨了他的揍。

不过，李尚景那小子还算有毅力，后来又坚持在岛上住了两三个月，其间他挨家挨户上门劝说。他就是那时候找上的我，在我面前吹了半天牛皮，净是些听不懂的废话，但是我也没拦着，就当是在听笑话。怎么不算笑话？岛上所有重大事情除非得到雷保正和大伯父同意，尤其是雷保正，否则谁答应了都是白搭，他连这么基础的道理都不明白就瞎努力，难道不好笑吗？"

苏则回想起之前在案发现场时村长的态度，不免有些疑惑："听你这话，雷保正在岛上的地位似乎比村长还高。"

士连盛耸耸肩："这个该怎么说呢？总之我们从小就被父母告知要听雷保正的命令，我也说不清楚原因，只知道这是岛上的规矩，必须遵守。即便大伯父是村长，我想也不能例外。"

苏则挑了挑眉，缓缓地点了点头："原来如此，你继续刚才的话吧。"

"虽然李尚景在买岛这件事情上失败了，但是把小汐那傻丫头骗得团团转，还说以后要娶她，结果就这么一走了之。可惜小汐信以为真了，还天天坐在港口等他回来。"士连盛说。

"村长的女儿真的是投海殉情吗？"万朋来问。

"小汐失踪之后，大家在岛上找了个遍也没找到她的踪迹，再加上她此前天天茶不思饭不想的样子，就猜测她是投海自尽了。"说到这里，士连盛吸了吸鼻子，神情凝重。

万朋来吃了一惊，他记得关于这件案子的卷宗里明确记录着士连汐是投海自尽："也就是说，整件事情其实并没有人亲眼所见？"

"我记得，那晚和昨天一样，也是个月圆之夜，因为那个传说，村民们基本上不会出门，更不会去港口，不过……"士连盛欲言又止。

"不过什么？"万朋来追问道。

士连盛抬起眼皮，语气有些微妙："不过如果小汐去了，也许有个人会去。"

"谁？"苏则不耐烦地问。

士连盛喝了一口水："就是客栈家的士良。我有好几次经过港口的时候都看见小汐坐在海边，而士良就在远处偷偷盯着她。"

万朋来伸直后背，稍稍挺胸："你的意思是他在跟踪村长的女儿？那么村长的女儿就有可能是被他推入海中的？"

士连盛否认说："士良从小就喜欢小汐，可是他那副病恹恹的身子，小汐怎么会喜欢呢？他自己大概也是这样认为的，所以一直以来都只敢躲在背后偷偷注视着小汐。"

如果是爱而不得呢？苏则在心里暗忖，他抬眼看其他人的表情，大概他们也想到了。

"说起来，如果小汐还活着，这时候应该已经是保正家的新娘了。"士连盛突然又说道。

苏则觉得这岛上的情感故事越听越复杂，不禁把身体向后靠，困惑地问："可是那女孩不会答应吧？"

士连盛撇了撇嘴，轻轻晃动了一下食指："没用的，雷保正看上的女孩都必须无条件嫁给他，这是保正的特权。"

一阵沉默。

士连盛起身拿来水壶，给每个人的杯中又加满水，接着说："其实，你们与其怀疑我，不如去盘问客栈家的人，毕竟情杀可比仇杀更直接。"

万朋来微微瞪大了眼："你是说死者和客栈老板娘之间也有故事？"

士连盛先是一愣，又忽地笑了："死者？这个称呼不错。故事就是死者最开始都是亲自上门买酒，可是他三番五次调戏那美娟娘，终致俞乘恼怒，对其大打出手，因此结下梁子。"

万朋来犹疑地望向他："既然结下梁子，理当是断了联系，可我们还在死者家里发现客栈的酒瓶。"

"这就要提到死者的另一个毛病，那便是嗜酒如命。挨打之后，他确实不再踏入客栈，取而代之的是让客栈的人给他把酒送到家里。"士连盛说，语气真就像是个说书人。

"那客栈也愿意继续做他的生意？"万朋来问。

"你都说了这是生意，而且估计也是看在村长的面子上。"士连盛回答。

"照你这么说，客栈老板娘和俞乘的关系也不一般。"苏则说。

"他们之间的关系明眼人一看便知，若不是碍于村规，他们怕是早就把喜事办咯。"

士连盛越说越起劲，可是苏则听着越发困惑。

"这里边又有村规什么事？"他问。

"外乡人需要在岛上居住满十年才能够与士姓族人通婚。"万朋来解释道。

"你们的村规管得也太宽了些。"苏则吐槽。

士连盛抬起下巴，自信地说："所以等我哪天当上村长，第一件事就是把那些迂腐的、不合时宜的规则全部废止。"

"你想当村长？"万朋来也是第一次听说这件事，诧异地问道。

"想啊。"士连盛几乎是脱口而出。

"连盛，你为什么想要担任村长？"

"为了窥探这个村子最大的秘密。"

"最大的秘密是指？"

"万警官，现在我也无法回答你，等到哪天我成为村长，到时候才能告诉你。"

苏则的猜想

从士连盛家里出来后，苏则摸着咕咕叫的肚子，有些难为情地笑了。

"其实我也饿了，从早上忙到现在，不饿反而不正常。走，我带你们去吃早餐。"万朋来明快地说。

三个人沿着村子主路走了大约五分钟，来到一家饭店。饭店开在室外，顶上拉着一块厚厚的油布挡雨遮阳。

店主是个满脸胡楂的中年男人，名叫士勤嘉，由于常年掌勺，所以左手小臂的肌肉尤为健硕。他远远见到万朋来就亲切地打招呼说道："万警官，我就猜着您今天又该来了。"

万朋来笑呵呵地说："嘉哥，还是你了解我。"

士勤嘉打量着苏则和关玉门，又看看万朋来："哟，这二位瞧着面生，是游客？"

"他们既是我的熟人，也是侦探，原本是来岛上找人，刚好碰上命案，我就请他们帮忙一起调查。"万朋来介绍道。

士勤嘉看来对命案也已经有所耳闻："是为士家老三的死啊。"

"你也听说了？"

"村子就这么巴掌大的地方，有点什么事情很快就传开了。不说这些与我无关的话题，三位要点什么？"

"你看着上吧。"

"那好，三位稍坐，菜马上就来。"说罢，士勤嘉就去准备了。

不多时，菜尽数上桌，三个人也懒得整那些客套的把戏，只是一个简单的眼神交流，便开始各自的狼吞虎咽。饱餐过后，万朋来满足地打了个饱嗝儿，另外两个人看起来也比刚才有精神。

"万警官，昨晚你在哪儿？"苏则的身体向前探出些许，微笑着说，"我倒是没有要怀疑你的意思，但是我在想你既然到了岛上，或许昨晚会外出巡视，那么说不定就能注意到一些可疑的细节。"

"原来是这样啊，若是换了平常，我是会在村子里巡查一番，只是昨晚是月圆之夜，岛上的村民们对那个离奇的传说心有余悸，所以会选择闭门不出，我以为没有巡视的必要。虽然也有些担心你们几位，但是我想客栈老板娘通常会对初次上岛的游客加以提醒的，而且我以为你们的好奇心……"万朋来看着苏则头上的绷带，嘴里的话戛然而止。

"抱歉，我让你失望了。"苏则尴尬地笑了笑。

"不过，也可以理解，毕竟头一次来这里，长夜漫漫又无事可做，难免会想出门走走。"万朋来说，眼中突然闪过一抹疑惑，"说来也奇怪，昨晚村民们应该不会出门，尤其是渡口的那片海滩，到底是谁袭击了苏先生？"

"我也想不明白对方的动机，据关医生检查，我后脑勺的伤势并不致命，当时是面朝下倒在沙滩上，有可能会因为之后的涨潮溺毙。"苏则说。

"等一下，我记得岛上流传的那个恐怖传说里，第二天海上会漂浮一具男尸，难道是为了和传说对应故意这么做？"万朋来问。

关玉门竖起食指，轻轻晃了晃："我只能说有造成溺毙的可能，但恐怕概率很小，因为当海水上涨没过他的面部，更大可能是他会因为灌进鼻腔的海水而被呛醒。所以如果要想让万警官的假设成立，对方需要让他丧失挣扎的能力，例如绑住四肢，或者继续攻击加重他的伤势，直至深度昏迷。"

"喂，姓关的，你说到'继续攻击'的时候是不是在偷笑？"

"没有，只是你看我的角度问题，导致你觉得我的嘴角向上。"

"果然是嘴角压不住。"

"医者仁心，万警官误会了。"

"苏先生，你还打算继续相信他吗？"

"算了，毕竟我的伤是他包扎的。但是这句话应该小声密谋吧，万警官？"

"啊，抱歉，我太大意了。"

三个人对视之后轻松地笑了笑，不过很快又恢复严肃。

苏则伸出右手，指尖轻敲了几下桌面："回归正题，袭击者应该并不打算将我杀死，更像是一种威胁。"

万朋来琢磨了一会儿，问："难道与你们正在追查的那个人有关？"

"有这个可能，也不能排除是昨天下午我和小妤在岛上闲逛时，无意间目睹了什么不该看到的东西。"

"所以你才让段所长锁好门待在房间里。"

"这也是为了以防万一。"

因为想不到更加合理的解释，三人陷入了苦恼的沉思。

半分钟后，万朋来率先打破了沉默："苏先生，关于士连盛你怎么看？"

"目前还不好评价，不过，他很可能在看书这件事情上撒谎了。"苏则跷起腿，晃着杯子说。

万朋来也举起杯子，发现杯中已空，只得放下："何以见得？"

"按照他所说，书是四天前收到的，他是第二天才开始看，因此算上昨晚，他已经连续看了三个晚上。那本书总共是 320 页，我注意到其中有三页的右上角有一道明显折痕，应该是起到书签的作用，分别是 62 页、121 页和 163 页。据他所说，这本书尚未读完，所以，昨晚他合上书的时候应该是读到 163 页。"

"前两晚都读了将近 60 页，昨晚只读了 42 页，可是他刚才明明说自己读到比前两天更晚才上床睡觉。如果他打盹睡过去了，不对，他说自己看得可起劲了，那么他要么是中途把书放下，要么就是先做完某件事才开始看书。"

"而且我认为他似乎在有意把我们的注意力转向其他人。例如，他一开始说自己不喜欢夜间出门，后来又说自己好几次撞见每天晚上都去海滩的士连汐和士良。"说罢，苏则习惯性地伸手搔搔头，但不小心碰到伤口，痛得他不禁叫了一声。

他这一叫，让关玉门和万朋来都跟着紧张了起来，纷纷投来关切的目光。

"苏先生，要不要先送你回去休息？"万朋来问。

"皮肉伤而已，无妨。"苏则咽了口唾液，继续说，"现在问题的关键在于士连盛真的具备足以杀人的动机吗？"

万朋来环抱双臂沉思着，又抬头望了望头顶的油布，过了好一会儿才开口说："照目前的情况，如果没有子嗣的士延伯离世，村长的位置最有可能传给三弟士延叔，但是如果连士延叔也……"

"那就只剩下士连盛了。"关玉门说。

"没错，而且他是村长这支血脉唯一存活的家族成员。"万朋来说。

苏则晃着杯子的手停了下来："对村长之位的觊觎吗？人类糟糕的执念啊，难道真的已经强烈到可以杀害自己的生身父亲？"

"苏先生，村长的权力也是不小的诱惑，尤其是在这样一个偏远村庄，究竟是世外桃源，抑或法外之地，恐怕都只在村长的一念之间。"

"万警官，昨天初次见面时你可不是这么向我们介绍的。"

"哪有一上来就把实话都说出来的。"万朋来无奈地苦笑着，"苏先生，等案件结束后，也请对我以实相告。"

苏则抬起头，正好对上万朋来真挚的目光，两个人对视了几秒钟后，苏则夸张地挑动一下眉毛，率先将视线移开。

"再说吧，万警官，我们接下来去哪儿？"

"是时候去见见村长了。"

村长

士展双眼平视前方，就像一尊石像岿然不动地守在村长屋子的门前，他的身躯庞大，将进出的门完全挡住。

万警官无奈地叹了口气，直接冲着屋子里喊道："村长，我们想要向你了解一些事情！"

过了几秒钟，屋子里传来村长不耐烦的声音："让他们进来吧。"

士展得令，十分恭敬地把路让开。

村长昂首挺胸坐在四方桌前，双手搭在桌面，对进屋的三个人怒目相视。他们围着四方桌坐下，村长把士展也喊了进来，让他坐在靠门口的凳子上，然后率先发问："你们来是通知我凶手抓住了是吗？"

"这个……还在调查。"万朋来说。

村长用鼻子重重地哼了一声："那你们还来这里做什么？"

苏则站起来走到万朋来的背后，用手肘捅了一下他的肩膀，自己则在屋子里来回踱步。

万朋来尴尬地挤出微笑："村长，我们来是想了解一些关于令弟的情况，以便尽快找出凶手。"

村长没好气地反驳说："凶手？我早上就告诉你了，凶手就在四个外来人中间，要么是他们这帮侦探，要么是李尚景那个畜生。"

万朋来连连摆手："不会的，关医生和两位侦探都是初次到岛上来，不具备杀人的动机，李尚景是来找令爱……"

村长气得直跺脚："闭嘴，不准把我女儿和那个畜生联系在一起。"

"可是，他也没理由杀死令弟。"

"这我不管，你要说理由，岛上的居民也没理由杀老三。"

苏则突然回头，他稍稍弯下腰，身体向着村长的方向探出去："这可不一定吧？"

村长瞪大了眼睛："你这话是什么意思？"

"据我们所知，令弟的人缘可不好，时常与人起冲突，若不是有你这个当村长的大哥在，恐怕早就……"苏则故意戛然而止。

万朋来见村长脸上红一阵白一阵，担心他对苏则不利，连忙打起圆场："苏先生的意思是士三爷性格冲动，容易与人起争端，会不会是和谁结下深仇大恨，引来杀身之祸？"

万朋来虽然年轻，但毕竟是警察，村长碍于此也不敢发作，只能长长叹一口气，让自己平心静气："老三确实经常和村里人有些小打小闹，但若是真要到拼命的程度，我认为没有。"士延伯的表情像是突然想起了什么，肩膀微微地抽动了一下，然后又喃喃补上一句，"应该不会有。"

"如果是士连盛呢？"苏则看在眼里，所以试探性地问道。

"不可以。他们是亲父子啊！"村长大声惊呼道。

"你说的是不可以，那就代表并非不可能。"苏则一语中的。

"我们家四兄弟，就属老三的脾气最像老头子，一根筋还总爱动怒，否则也不会和自己儿子闹到这般田地。"村长发出一声悲切的叹息，"可是即便是这样，你们真的相信他会杀自己的亲爹？"

"至少他有动机。"苏则斩钉截铁地说。

村长依然不信："可他们已经断绝关系，过去的仇恨也应该已经一笔勾销。"

"除此之外，或许还有一个动机：他想当村长。"万朋来的语气很平和，但表情很严肃。

村长霍地站起身，低头看着年轻警察问："荒唐，他如果觊觎我的位置，就应该杀了我，杀老三做什么？"

苏则朝士展努了努下巴："只要有这位守着，士连盛想对你下手恐怕并不简单。而且，如果现在你死了，你这一脉便再无子嗣，那么村长之位大概率就会由你的兄弟继承，所以他就先杀了士延叔，再等到你百年之后，他就能顺理成章继承村长之位。"

村长一屁股又坐下了，表情好像瞬间泄了气，他捏着鼻根，长长地叹了口气："士家村不会有下一任村长了。我死之后村子会交由雷保正管理，等到他死后，也就没有必要管理了，因为到了那时候，这座岛上恐怕不会再有村民。"

"士连盛知道这些吗？"万朋来问。

村长垂下眼，深吸了一口气："不知道，这个决定我只和雷保正说过。"

万朋来挠了挠脖子："雷保正同意了吗？"

"他同意了，甚至看起来像是如释重负。"村长说，"他的性格其实不适合担任保正，这个职位对他来说太过沉重。"

苏则觉得村长的话另有深意，他和万朋来对视了一眼，然而后者皱着眉头，显然也是一头雾水。

"沉重是指？"万朋来问。

"这与你们无关。"村长突然板起脸，掐断了这个话题，"还有什么想问的，如果没有了就不要在这里烦我。"

说完，村长抬头看了一眼士展，士展会意，立刻站起来向三人逼近，一副准备送客的姿态。

万朋来也赶紧起身，抬手拦住士展，说："等一下，我们还没问完，是吧，苏先生？"

苏则和万朋来交换了下眼神，不动声色地问道："村长，你昨天晚上在哪里？"

村长拍了一下桌子，力道之大，连扣着的相框都随之晃动："你们竟敢怀疑到我头上来？"

万朋来连忙解释道："村长别激动，我们这是例行询问，对谁都一样。"

村长用鼻子重重哼了一声："我就在这屋子里坐着，一步都没出去过。"

"可有人证？"万朋来问。

"一个人住，哪儿来的人证？"村长回答。

苏则朝士展努了努下巴："他不在？"

"我在自己家里。"士展回答。

"他就住在隔壁，我有事叫唤一声他就过来了。"村长说。

苏则接着问士展："你也是一个人？"

"没错。"士展回答。

苏则撇了撇嘴，又转头看向村长，问："昨天下午我亲眼见到就在万警官带走李尚景之后，死者来找过你，你们短暂交谈后，就一同离开。在那之后，你们去了哪里？"

"有家村民的屋顶坏了，我、老三，还有士展约好一块儿过去帮忙修缮，但是见我迟迟不到，老三不放心，就过来找我，我们忙到傍晚就各自回家。"村长不耐烦地问，"这下该问完了吧？"

孤岛

从村长家里被赶出来后，万朋来翻看着笔记本，眉头紧锁："苏先生，你觉得这次的命案能和几年前村长女儿殉情自尽扯上关系吗？"

"这个嘛，多少有点勉强了。"苏则摩挲着下巴，说，"假设士连汐是投海自尽，那么引发悲剧的元凶也该是李尚景。相反，如果当年是他杀，那现在躺在那儿的怎么也不该是士延叔，难道是叔叔杀死亲侄女？动机呢？也说不通啊！"

"而且如果杀死村长女儿的是士延叔，凶手为何过了这么多年才选择复仇？莫非昨晚士延叔喝醉酒自己说出来了？真的有这么巧吗？"

"如果凶手是李尚景就能回答你的第一个疑问，但是依照我们刚才在现场还原的作案过程，同样有矛盾的地方。"

"村长对李尚景的态度已是深恶痛绝，而据我所知，士延叔向来对这位村长大哥言听计从，怎么可能与李尚景坐在一张桌子上喝酒？"

"我也是这么想的，完全想不出合理的解释。"苏则说。

"仅凭目前我们掌握的线索想要推理出真相，恐怕为时尚早。"说完，万朋来发出无奈的叹息。

"不仅是线索，人手也不够。"关医生突然插话道。

这句话倒是提醒了苏则，他问："说到人手，万警官，岛上发生了命案，你不是应该优先向市局求援吗？"

万朋来摸了摸后脑勺，有些难以启齿："还是被苏先生你注意到了啊！"

苏则原本只是随口问问，看见万朋来这副模样，不禁心头一颤："你昨天说这里无法使用手机，那么想要向上级求援就只能你本人乘坐警用船回去，可是从我睁眼开始你就一直在我的眼前晃悠，到底怎么回事？"

关医生突然插嘴："不好的预感。"

苏则白了他一眼，哑巴下嘴说："这种时候你别乌鸦嘴呀。"

万朋来招手示意两个人靠近些，然后才压低声音说："其实，我的警用摩托艇不见了，岛上储存的信号弹也因为受潮无法使用。"

"什么？这么严重的事情你怎么不早说？"

"小声点，苏先生，要是让其他村民听见那才是真的严重。"

"这是什么时候的事？"

"昨晚睡觉前还在原处，早上村民来报案的时候我才发现不见了。"

"该不会凶手搭乘你的船逃跑了吧？"

万朋来断然否定："不可能，启动的钥匙一直都在我身上，所以就算凶手真的想逃，也不可能利用我的摩托艇。"

苏则皱着眉沉吟一会儿，说："那就只剩下一个更糟的解释，凶手压根儿就不打算逃跑，而是不希望你乘船回去搬救兵。"

万朋来瞪大了两眼，低声问："难道凶手的杀人计划还没结束？"

"恐怕是的，所以他不希望有更多的警察前来碍事。"苏则看着万朋来，说，"但是话又说回来，想要对警用船下手，就必须先知道船只停放的位置。"

"如果苏先生你想说凶手就在知晓停船位置的人之中，那么岛上的村民就一个都无法排除，因为临时警务室附近有一处海岸地势较为平缓，适合上下船，我每次来这里都会把摩托艇停靠在那儿，对于村民而言这是公开的信息。另外，昨天我把李尚景带回过警务室，所以他也知道这一点。"

"既然提到了李尚景，他还在警务室吗？"

万朋来摇摇头："他从我这里知道士连汐至今下落不明之后就痛苦地大哭起来，我原本打算等他情绪稳定后就用摩托艇送他离开，可是他执意要留在岛上，还说要去寻找过去的记忆。"

"一个人被杀，警用船不知所终，下一次有船只上岛是在两天之后。也就是说，现在，这个人鱼岛已经成为无法求援、货真价实的孤岛。"关玉门仿佛在毫无感情地朗读故事背景。

"喂，姓关的，你别说得好像自己置身事外一样。"苏则抱怨道。

"我绝对不会成为凶手的目标。"关玉门淡然地说。

"凭什么？"

"我好奇心不重，而且我听劝。"

"你……"

"好了，两位，现在可不是吵架的时候。这样，我想到一个好东西，就是我亲手绘制的草藏岛地图。"说着万朋来将图纸在地面展开，然后指着图中所示逐一解释，"如二位所见，小岛呈南北走向，四面被海环绕，出入的港口设在西面的海滩，东、南、北三面皆是树林和陡崖，尤以北面密林最为繁茂，更有一座休眠火山隐藏其中。村子建在小岛中央的平坦开阔地，昨天你们入住的客栈就在村子以北靠近港口的这里，我的警务室在西南面，今早我们去的案发现场在东南方向。"

苏则指着地图东侧一处打着问号的地方问："怎么只有这里打着问号？"

"这里是士家宗祠，之所以打问号是因为我并没真正进去过，不清楚里面究竟是什么样子。"万朋来回答。

"你不好奇？"

"当然好奇，但是按照村规，外族人不得入内，听说现在即便是士姓族人也不能擅自进入。"

"竟然如此神秘，你以警察的身份也进不去吗？"

"很遗憾，警察的身份在这里可不好用。况且此前岛上一直无事发生，如果无端闯入恐怕会引起不必要的冲突，那就麻烦了。另外，雷保正就住在宗祠前方的小屋，保护宗祠是他的职责。"

"自家族人都进不去的宗祠竟然交由一个外人看守，这村子的规矩可真有意思。也罢，今天我们进去参观参观，看看里面究竟藏了什么宝贝。"

苏则语出惊人，万朋来不由得心中一颤："这恐怕不妥吧？"

"怎么不妥？万警官，之前岛上平安无事，贸然闯入实属无端，但是今天有村民被残忍杀害，人命关天，这是多么严重的大事情。而你，身为海防所民警，理应探查所有凶手可能藏匿的区域，这是你的职责所在。"苏则的眼神中闪烁着坚定而认真的光芒。显然，他并不是在说笑。

万朋来觉得有道理，但再仔细想想似乎又有哪里不对："苏先生，你不会在诓我吧？"

苏则用明快的语气开口说："这你就别管了，等会儿看我打头阵，你们紧跟在我身后，一鼓作气冲进去再说。出发。"

雷保正

别看苏则刚才说得气势如虹，真到了宗祠前面还是不禁心头一紧。当然，他不是被眼前的四十级石阶挡住去路，而是因为时不时就有阴冷的寒风从石阶上方迎面吹来，风中还伴随着一些难以形容的奇怪声响。

"苏先生，要不还是算了吧。"万朋来注视着苏则犹豫不定的背影，轻声劝道。

关玉门皱着眉头，咂巴下嘴说："要是害怕的话就站到后面去，我来开路。"

苏则抬头仰望，可是这里只能看见宗祠露出的房檐一角。"少啰唆，乖乖跟在我身后。"他不甘心地咬着牙说道。

苏则右脚刚踏上石阶，头顶传来一声喝止。

三人看去，石阶正上方伫立着的正是雷保正。这位棕发飘逸的俊朗青年，怀中依旧抱着那本厚厚的书，不同的是扣住书的右手手指肉眼可见地用力。

雷保正一边走下石阶，一边说："还请几位在这里停下脚步，我身后的这片区域是士家宗祠，是不容许外人踏足的禁地。"他的声音轻柔却带着不容置疑的气势，正如他挺直的身躯和沉稳的步伐，都在无形中带给人压迫感。

就连苏则也从眼前的男人身上感受到一股不同于恐惧的威严，下意识地向后退了几步。雷保正踩在苏则刚才站立的地方，满意地微微一笑。

"感谢理解。"他说道。

"你刚才说再往前是禁地？"苏则问。

"是的，不容许外人踏足宗祠是这个村子的规则。"雷保正十分笃定地回答。

"为什么？"

"因为埋藏有秘密，就像每个人内心都有不希望被其他人知晓的阴暗面。"

"也就是说，这里面埋藏着某些不可告人的东西。"

"或许吧，至少是不能对外公开的秘密，所以请恕我无可奉告。而且，我相信这里面的秘密与昨夜发生的惨案无关。"

"说不定凶手行凶之后就躲在里面。"

"这是不可能的。我就住在那里的小屋，没有人进去过。"

"如果是趁你睡着之后呢？"

"即便是士家族人，也需要得到村长和保正的同意才能进入宗祠，这是每一位村民都知晓且必须遵守的规则。"

苏则还想说些什么，但被雷保正伸手阻止了："侦探先生，由于此前时不时会有游客上岛，为了防止他们无意间闯入，我不得不采取一些警戒措施，如果有人擅自进入，我就一定会知道。"

万朋来看着态度强硬的雷保正，又看看苏则，后者眼中透出的光显然表明不打算就此放弃。正当他思索解决方法时，身后的关玉门突然开口："如果我们硬闯呢？"

"那我只能全力阻拦你们。"雷保正说，没有丝毫犹豫。

苏则冷笑了一声："真是遗憾，就凭你是挡不住我的。"

"我定当舍命阻拦。"雷保正将书放在石阶上，毅然张开了双臂，

"但是，即便你们从我身上踩过去，只要胆敢踏进宗祠一步，就相当于与全村为敌，如果你们真的决定了，就尽管放马过来。"

万朋来连忙站出来打圆场："雷保正你别误会，我们此次前来是例行询问，没有要动手的意思，你看是不是找个地方坐下慢慢聊呢？"

雷保正警惕地看向苏则，两个人又僵持了几秒钟，直到苏则先无奈地叹了口气，雷保正这才弯下腰把书捡起来，缓口气，说："寒舍简陋，如果三位不嫌弃，可以进来坐坐。"

一走进小屋，三人就闻到浓烈的中药味，随即发现墙边立着一个大药柜，药柜的每个抽屉都贴着一小张红纸，写着药材的名字。

关玉门走上前察看，顿时轻声惊呼："这里竟然有好几种市面上罕见的药材。"

"那里摆放的都是些岛上能见到的草药，你若是喜欢，尽管带走。"雷保正端来茶水，"这是我自己煎煮的凉茶，有益气安神的功效，三位不妨尝尝。"

"多谢。"苏则端起杯子放到嘴边轻呷一口，瞬间面露难色。

雷保正看在眼里，抿嘴笑笑："苦口良药，其实最好是一饮而尽。"

苏则苦得舌头在嘴里不停打转，忙不迭地放下杯子，转头看向其他二人。万朋来咬着牙喝下大半杯，关玉门则喝了个精光。

"有这么好喝吗？"苏则瞪大眼睛，低声问道。

"我最近失眠。"关玉门一脸淡然地回答。

无话可说，苏则决定换个话题，他朝雷保正转过头去，问："雷保正也精通医术？"

雷保正露出苦笑，脸红起来说道："不敢说是精通，只是保正的身份由我们家族世代沿袭，除此之外，作为岛上唯一的大夫，医术也是必须代代相传的。"

"必须的意思是无法选择吗？"

"是的，保正一族自降生以来就带着使命和职责，同时也受到村民们爱戴，所以自然需要遵守一些特别的规则，例如我们家族每一代只能有一个孩子。"

"可如果刚好生的是双胞胎呢？"

"那就只能做取舍了。"

"做取舍的意思不会是……"

雷保正没有回答，他垂下眼睑，浅蓝色的瞳孔里透出哀伤。

万朋来咳嗽一声，硬是拉回正题说："雷保正，请告诉我们你昨天的行踪。"

"昨天我没有出去过，都在这里。"雷保正说。

"可有人能够证明？"万朋来已经习惯了这个回答，没有停顿连续问道。

"昨天下午有两位感染风寒的村民来过，其他时间我都是孤身一人。"雷保正跟着说出了那两位村民的名字。

万朋来虽然都仔细写了下来，但内心并不认为有什么用处。

苏则懒得绕圈子，索性直接问："雷保正认为谁最有嫌疑？"

雷保正微微低下头，思考了片刻，又扬起下巴："说不准，我是大夫，医的是病症，至于村民们心里藏的事，我可看不见。"

"那么你本人对士延叔怀有杀意吗？"

"他还不至于坏到这种程度。"

苏则一直在留意他的神情，遗憾的是，对方的情绪十分平静，看不出有任何波动，回答也称得上无懈可击。

万朋来心想，应该很难从雷保正这儿得到更多线索，他看了看苏则，正好苏则也看了过来，两人目光交会，苏则也只能无奈地抽动一下嘴角。万朋来更加确信了，于是留下一句"如果今后想到什么，还望及时告知"这样的客套话，就带着苏则和关玉门离开了。

雷保正客气地送三人到门口，并且目送他们远去才转身进屋。苏则心里明白对方是想督促他们真的离开，而不是进入宗祠。

他越想越毛躁，咂了咂嘴："刚才那位雷保正看起来倒不像是在对我们撒谎，就是不能说的秘密太多，例如那个光是靠近就让人觉得阴森的宗祠。万警官，真的不能用警方的特权进去看看吗？"

"就算你这么说也不行，正因为是警察才要遵照程序行事，否则就算收集到证据在法庭上也无法成立。苏先生，你怀疑宗祠与这次的案件有关吗？"

"不，大概率没有关系，只是单纯在意而已，他们越是隐藏，我就越想进去翻个底朝天。"

"没想到你还有像小孩子一样叛逆的一面。"

"过奖了。"苏则不以为意地说。

万朋来有些无奈地苦笑着："我没有要夸奖你的意思。算了，还是想想接下来怎么办。"

"总不能把岛上的村民都问一遍，先不说要花费大量时间，他们也未必愿意说实话。"

"确实如此。"

"万警官，你在岛上就没有眼线吗？"

"这里又不是什么犯罪团伙，怎么可能会有眼线这种奇怪的角色在关键时刻登场。"

苏则有些失望地歪了歪头："那么信得过，或者私交比较好，能够给我们提供确切情报的朋友也行。"

"就算你这么说……"万朋来摸后脑勺的动作突然停下，露出灵光一闪的表情，"如果是这么说，可能还真的有一个知情者。"

失意的画家

万朋来所说的知情者是一个肥胖的中年男人，长发凌乱，目光透过厚厚的眼镜片盯着一幅半成品画作，不加修剪的胡楂在他油腻的面庞上恣意生长，衣服皱巴得厉害，东一块西一点还沾染不少颜料。他侧对着门坐在小屋正中央，右手捧着颜料盘，抓着刷子的左手停在半空中。他似乎不想在除画画以外的其他事情上分心，所以对于万朋来他们的到来也仅仅是用余光瞥了一眼而已，没有做出更多表示。

苏则满脸不悦，但还是凑到万朋来耳边小声问道："万警官，这个肥宅又是哪位人物？"

万朋来也尽可能压低音量："他叫刘常宫，是个画家，也是岛上常住居民中唯二的外来者之一，三年前来这里取材，之后就再没离开过，似乎是打算在此创作出一幅绝世之作。"

"说实话，他看起来有些阴暗。"苏则说。

"据岛上村民所说，他的性格孤僻，平常都不爱与人说话，唯独聊起画画相关的话题，就像是变了一个人似的能言善辩。"万朋来顿了一下，看向身旁的苏则，"或许苏先生对画作有所了解？"

"不，完全欣赏不来。"苏则回答。

紧接着两个人又同时看向关玉门，这位医生百无聊赖地打了个大大的哈欠，脸上的表情完美地诠释了四个字：与我何干？

"他很有名吗？"苏则接着问。

"说起这个我还特意去查过，曾经算是小有名气，有过一幅画作卖出了不错的价格。"万朋来回答。

"难道是过气画家为了逃避现实才跑到与世隔绝的小岛？"

"听说是因为无法忍受城市的喧嚣才来的。"

"纠正一下，我不是无法忍受城市的喧嚣，而是因为城市的噪声影响我创作的灵感。"说完，刘常宫第一次正眼看向来客，看着他们目瞪口呆的表情，他冷哼了一声，接着说，"我的听觉要比普通人更灵敏，所以有话就直接说，我讨厌别人在我面前做出咬耳朵这种多余的事。"

苏则尝试把音量降得更低，轻声嘀咕道："这样总听不到吧？"

一秒之后，刘常宫无情地回答："勉强可以。"

苏则低下头认错："抱歉，我再也不做这种愚蠢的事了。"

刘常宫将手中的刷子放下，问："所以几位前来有何贵干？"

"村长的弟弟士延叔在家中被人杀害了。"万朋来回答。

刘常宫不屑地说："原来一大早外面吵吵闹闹就为了这事。可这与我有什么关系？"

"就是想来问问刘老师能否给我们提供一些线索。"万朋来似乎已经料到对方的话，毫不犹豫地说。

已经很久没被人称作"老师"了，刘常宫有些怀念，同时又十分享受这个称呼，态度明显比之前缓和不少："线索吗？但是我与士延叔不熟，基本上没有说过话，也完全没有共同话题，毕竟那种莽夫对于美感不具备丝毫理解力。"

万朋来眼见有成效，便继续说："我听说刘老师经常奔走于岛上的各个角落，并且有走到哪儿画到哪儿的习惯。"

刘常宫挠了两下眉毛："你对我还挺了解，我确实有将看到的景象在画纸上记录下来的习惯，不过，我的注意力都在景象之上，即便有人从眼前经过，我也未必会记得住。"

"假设有人正好经过，会不会出现在你的画里？"

"画里吗？这倒是有可能，如果我作画的时候，那人始终都在，那一定会出现在画里，如果只是一闪而过那就另当别论了。而且通常我只会勾勒出人体的形状，至于面容是不会体现的。"

"身上所穿的服装呢？"

"款式和风格不确定，至少颜色应该是不会错的。"

万朋来看到了一丝希望，不禁兴奋起来："那么刘老师，请问昨天你是否有外出？"

刘常宫思考了一会儿，说："有，昨天下午，或许是接近傍晚的时候出门，到了晚上才回来。"

"以防万一还是得问一句，昨晚你有没有看见什么可疑的人物？"

"记不清了。"

"能让我们看看昨天的画作吗？"

"有兴趣就看吧。都在门外的垃圾箱里，就是那个黑色的大箱子，最上面的两幅就是，如果喜欢就送给你们，全部拿走也行，反正我也打算将它们烧掉。"

"将画烧毁？"

"那个箱子里装着的全部是过往的败笔。明明就差一点了，都怪昨天的海浪，夹杂太多不和谐音，使我的画丧失了美感。"

万朋来随口附和了一句，便带着苏则和关玉门退出屋子，留下刘常宫独自对着画纸喋喋不休。

走到院子里的时候，万朋来轻声叫住苏则，随即眼睛瞥向屋子里，同时抬起左手，模仿刘常宫用刷子画画的动作，苏则点头示意。

紧接着，他们从箱子里找出昨天的两幅画，迫不及待地展开，一幅是描绘夕阳下的村道，另一幅是远眺夜晚的海面。可惜两幅都是单纯的风景画，既没有出现人物，也不在案发现场附近。

"看来画里没有我们想要的东西。"万警官失落地自言自语道。

"这不是画得很好吗？艺术家的眼光真是无法理解，既然他不想要，我就带走留作纪念。"苏则指着画中那几乎被黑云遮盖的月亮说道。他的记忆里有过相同的月色，昨晚的海滩，倒下前的最后一刻，留在他眼中的微弱光亮。

客栈家的人

这天草臧岛的上空经常飘过成片的云彩，时不时还有强劲的东南风吹来，倒是比往日清凉了许多。

万朋来三人之后又对几家村民进行问讯，其中就包括雷保正口中感染风寒的两位，不过，结果依然令人失望，甚至还不如前面几家。

太阳终于在西沉至海平面的时候露出了真容，万朋来望着已经不再刺眼的阳光，宣布当天的调查暂且告一段落，众人先回客栈休息。

"哗啦"一声，推拉门被打开，随即听到俞乘亲切的招呼声："几位回来了，温泉随时开放，几位若是疲累，不妨进去泡上一泡。"

"阿乘，你这提着桶水是要去哪儿？"万朋来问。

"这不太阳差不多快落山了，去给门口种的花花草草浇水。"俞乘回答。

"原来那些是你们在精心打理啊，我说呢，看着格外艳丽。"苏则夸赞道。

俞乘腼腆地笑了笑："谈不上精心打理，就是按时浇点水罢了。"

"那不耽误你忙，我们先进去。"擦肩而过之后，万朋来突然灵机一动，回过头又把俞乘叫住，"阿乘，你今天怎么用左手提水？"

"啊？"这话还真把俞乘给问蒙了，他低头看看自己的左手，尴尬地笑着说，"万警官何出此言？我自打出生就是左撇子，小时候还因为不愿意改成右撇子挨过家里不少骂。"

万朋来故作苦恼般摇摇头："我记得上回见你是用右手提水。"

"说不定是哪次我左手受伤，只好用右手干活，正巧被您撞见。不过，我这两年左手受过伤吗？我也记不得了。"

"兴许是我记错了，你别在意。"

俞乘眯着眼睛一笑而过，朝门口走去。他右手掀起门帘，夕阳映照下，他的影子在地面被拉扯成长长一条："其实士延叔不在了，对村子反而是好事。"

还没等万朋来他们反应过来，门帘又被放下了。

三人敲了敲段琪婕的房门，门很快就打开了。也许是睡了一顿饱觉，段琪婕又恢复了前一天的活力。

"去他的房间说吧，正好也该给他换药了。"关玉门指着苏则头上的绷带，提议道。

"你们今天有什么收获？"走在最后的段琪婕，刚把门关上就迫不及待开口问道。

"不能说没有，却分辨不出来究竟是真是假。"万朋来在沙发上坐下，跷起了腿。

"你这边呢？"苏则问。

"关于你要我问的酒和死者的人际关系，我都问了一遍。首先，酒确实是客栈的，由小良定期送过去。至于死者和岛上村民的关系，老板娘的原话是一团糟。还说死者粗鲁，只知道蛮干，似乎还喜欢耍酒疯。"说完，段琪婕露出了厌恶的表情。

这时候，老板娘在外面敲门，得到同意后便开门进来，她手上的托盘里装着四碗茶水。

"老板娘，我又来叨扰了。"

"万警官哪里的话，您能来真是让小店蓬荜生辉呢。对了，前些天才做了您最喜欢的辣椒酱，就等着您来。"

"那我可一定要再次品尝老板娘的手艺。"

"今晚要喝一杯吗？"娟娘话刚说出口，便意识到自己失言，连忙用手遮住嘴，尴尬地低头道歉。

"不，这不是你的错。酒就先寄存在店里，等案件解决之后，我们再来喝庆功酒。"万朋来宽慰道。

"届时恭候各位光临。晚饭还需要些许时间，做完后我就给各位送来。"

"麻烦老板娘了。另外，小良在店里吗？有些事情我想问问他。"苏则问。

听到这里，娟娘立刻变得紧张起来，她疑惑的目光在几个人脸上来回移动："那孩子很善良的，绝对不会做坏事的。"

苏则露出安慰的微笑，说："你误会了，我们不是怀疑小良，只是向他打听一些事情。"

娟娘听着稍微安心一些，轻轻点头之后，说了句"我这就叫他过来"，然后就朝厨房走去。

不多时，小良走进房间，他坐在苏则对面，脸色依然苍白，胸口随着呼吸有节奏地起伏："苏先生，妈妈说您有事问我。"

"只是简单地了解一些事情。"苏则也不兜圈子，问，"平时都是你给死者，也就是士延叔送酒吗？"

"是，岛上除了士家三爷，还有几位长期稳定的客人，都是由我定期为他们送去。"

"士延叔的定期是多久？"

"每三天送一次，每次五瓶。"

"昨天送了吗？"

"送了，但是没送成。"

"为什么？他没在家？"

"按照约定，士家三爷每次都会把空酒瓶放在院子口，我每次送酒的时候就把空瓶带走，将新的酒放在那里，但是昨天院子口没有空酒瓶，所以我判断他应该是没喝完，就带着酒回来了。至于他是否在家，我不知道。"

"你没有进去瞧瞧？"

"他太凶了，我尽量避免和他接触。"

苏则盯着士良的脸，点点头："是这样啊，那么昨天你是什么时间去送的？"

士良淡定如初，也看着苏则说："傍晚。因为士家三爷通常都是晚上喝酒，所以他让我傍晚就送过去。回来之后，我把酒放下想回房间休息，结果在走廊上遇见了段姐姐。"

"实在不好意思，当时是我不好，把你吓到了。"段琪婕说。

"我知道的，你是被我这副模样吓到了。"士良说。

"不是这样的。"

段琪婕还想继续说些什么安慰他，但是士良摇了摇头，不以为意地说："习惯了。"

万朋来不想看到房间里的气氛继续尴尬下去，开口说道："我建议先把注意力回到案件本身，苏先生，你还有其他问题吧？"

苏则立刻会意，接着问："小良，昨天傍晚你去给士家三爷送酒时有没有发现与往常不同的事情？"

士良缓慢地眨了两下眼睛，慎重地摇头。

苏则沉默了片刻，重新开口问："接下来是关于雷保正的事，你们年纪相仿，是从小一起长大的玩伴吗？"

士良似乎在选择合适的措辞，犹豫了一下："以前算是，后来接触的次数就越来越少了。"

"方便告诉我们其中的原因吗？"苏则问。

"因为长大了。"士良冲着面前疑惑的众人苦涩一笑，"长大就意味着懂更多的事，我们知道了他是未来的保正，他也开始学着成为一名真正的保正。也说不清楚具体是哪天，等回过头来注意到的时候，才恍然大悟，已经全部改变了啊。"

在苏则的脑海里雷保正的形象逐渐复杂起来："他……"

士良注意到这点，解释道："他很好，亲切，又有耐心，只是我们之间有了一道阻隔，看不见，却真实存在。"

苏则想起今天面对雷保正时的场景，还有那个外表柔弱的年轻人身上散发出的强大气场："他的身上有种压迫感。"

士良歪着头："压迫？大概是吧，明明他几乎不会用命令的口吻对我们说话，我依然感觉到从自己心底生起一股畏惧，或许这就是妈妈所说的敬意。"

五年前的海滩

苏则思索一下，谨慎地问："你刚才说的'我们'也包含村长的女儿吗？"

士良的眼里出现了慌张，他放在膝盖上的双手向内回收，指关节高高凸起。

"你曾经喜欢村长的女儿对吗？"苏则侧着头注视着士良，继续发问。

士良点了点头，说："不只是过去，我现在依然喜欢。"

"我听说，五年前李尚景走后，士连汐每天晚上都会去渡口痴情地等待，而你躲在她身后默默地守护她，有这回事吗？"

"你听谁说的？哦，我想应该是士连盛吧，那个口无遮拦的家伙。"

"这么说来你是承认自己跟踪过她？"

"原来士连盛用的是'跟踪'，我就说嘛，从他嘴里怎么可能蹦出'守护'这两个字。"

"但在我看来，那应该就是守护。"苏则坚定地说。

"守护吗？真是讽刺。"士良自嘲般冷笑了一声，"可终究我还是没守护好她。"

"能和我们聊聊当年的故事吗？"

"小汐对我很好，她从来不会因为我病恹恹的样子嫌弃我，反而在其他孩子欺负我的时候，挡在我的身前保护我，我很感激她，可是我也知道，她保护我是出于对朋友的爱护。"

士良闭上眼睛，脑中闪过一个画面，画面里小男孩和小女孩屈膝坐在海滩。

女孩看着男孩说:"我们是从小一起长大的珍贵伙伴,以后我们还要做一辈子最好的朋友。"

男孩用力点头。

"那我们拉钩,拉过钩就不许反悔。"女孩说,笑容灿烂。

"拉钩。"男孩点头,有力且坚定。

那天女孩的笑颜永远印在男孩的眼里、心里、记忆里,成为他一生最闪耀的光芒。

士良再度睁开眼睛时,眼眶已然微红,他稍稍昂起下巴:"我相信她,所以发誓要用我的方式一直守护她。"

"后来,李尚景出现了。"苏则说,他迫不及待地将故事线拉到关键节点。

"是啊,那个男人的到来打破了某种平静。不久之后,我意识到小汐正在被这个男人吸引,但是那又能怎么样呢?我根本无力阻止,只能默默地祈祷她能幸福。几个月后,李尚景走了,我发现小汐的手腕上多了一个花环,她说,这是信物,他们的信物。"

"李尚景离开后,士连汐就开始在海滩等候他归来吗?"

"不,在我的记忆里并非如此。那个男人刚离开没几天,曾经寄来过一封信,小汐很兴奋,举着信在我面前来回晃悠。看着她幸福的模样,我也无话可说,没承想那竟然是仅有的一封。"

"难以置信,五年时间只有一封信?"

"是啊,小汐每天都在盼望和期待中度过,就这样,一个月过去了,小汐什么都没等来,此时她仍然乐观地相信着。可是,短短几天后,她突然就变了。"

"她开始怀疑?"

"我想那应该算不上怀疑，而是焦急、渴望，还有恐惧。她立刻就想见到李尚景，她好像有许多话要说，并且只能说给那个男人听，于是，她开始每天晚上到渡口等待。我尝试着劝说她，安慰她，但是没有用，她总是对我说着感谢的话，然后痛苦地摇头。还有几次，她像是自言自语般说'爸爸是不会同意的'。"

　　"什么事需要得到村长同意？"

　　士良遗憾地抿起嘴唇："她不说，也不允许我去问村长，甚至请求我不要让村长知道。"

　　"士连汐在渡口等待这件事持续了多久？"苏则问。

　　"从农历五月二十二开始，到六月十五，共计二十三天。"士良几乎是脱口而出。

　　记得真清楚。苏则看着眼前的少年，不禁有些心疼。

　　段琪婕突然反应过来："慢着，说到农历，我记得昨天就是六月十五。"

　　"段姐姐没有记错，昨天就是小汐的忌日。"士良说。

　　"所以你在背后默默守护了她二十三天？"段琪婕问。

　　"只有二十二天。少了最后一天。"士良回答。

　　苏则越发好奇，连忙追问起来："士连汐失踪当晚都发生了什么？她怎么会无缘无故地消失呢？"

　　士良用力咬着下嘴唇，一脸无法释然的表情，过了好一会儿才艰难地说："我不清楚。"

　　"你没有跟着她？"

　　"我那天病了，不知道是什么病，刚起床时还好好的，后来就不对劲了，整个头都是昏昏沉沉的，身上也使不出力气。"

　　"恰巧是那一天吗？"

"是的，偏偏是那天，如果那天能早一些跟着她……"士良看着懊悔不已。

苏则疑惑不解："为什么是早一些？你不是生病了吗？"

这时候，门外传来碗筷碰撞的声音，万朋来微微苦笑，说道："二位也别在外面蹲着了，一块儿进来聊聊吧。"

只听门外面老板娘低声嗔怪了俞乘两句，这才推开门，赔笑道："几位别误会，我们也不是有意偷听，刚好……"

"理解。"万朋来语气里没有丝毫责怪的意思，"二位也请坐吧。"

老板娘看了一眼自己的儿子，也不好再找借口。

俞乘一坐下就开始道歉："实在不好意思，都是我拉着她在门口听。"

"无妨，本来就不是什么不能让你们听见的话。"万朋来宽慰道，"苏先生，刚才我们说到哪里？"

"说到早一些。"苏则说，"难道你之后还是去了海滩？"

士良看向母亲，带着哀伤的目光："我做不到，但是我拜托妈妈代替我去看看。"

娟娘点点头。

"老板娘，还记得你出门时是什么时间吗？"

"不记得。我当时还在担心小良，其余的都没放在心上。"

"这么问可能有些不合适，老板娘，请你诚实地回答，你真的到海滩去看了吗？"

"我去了。"娟娘脱口而出，但是很快又垂下头，或许是因为心虚，她面对士良的注视时，目光也不停地躲闪。

"妈妈。"士良轻唤了一声。

"我没有走下石阶去到海滩，只敢站在道口远远地望了一眼，发现没有人在就匆匆回头了。"说完，娟娘终于看向士良，"抱歉，这么多年妈妈一直都在骗你。"

"我已经猜到了。"士良的语气里没有责怪的意思，"那晚你回来之后也像这样不敢看我，我就知道了。"

"老板娘，你能确定当时海滩上没有人吗？"苏则问。

"应该是没有的。"娟娘迟疑了一秒，缓缓说道。

"那么海面上呢？"苏则又问。

娟娘惊呼一声，愧疚地连连摇头："我真的不知道。"

灵光一闪

吃过晚餐后，四人的讨论再次开始。

"我注意到一件奇怪的事情，我们在客栈吃了两天饭，却没有一块鱼肉，虾、螃蟹、贝壳类海鲜也没有，甚至连鱼干、海带这种干货也没吃到，这里可是四面环海的岛屿，太蹊跷了。"段琪婕说。

"不仅如此，我们上岸的地方明明是个渡口，竟然一艘驳船也没有。今天去村民家里的时候，也没见到渔网、鱼竿之类的工具。"苏则补充说道。

"万警官，我记得昨天你给我们介绍这里的时候，曾提到过岛上的村民很少主动联系外界，难不成真的一艘船都没有吗？"段琪婕问。

"确实是一艘船也没有。"万朋来把脚放下，又换了只脚跷上去，"据说是祖先遭遇过相当严重的海难，于是便将所有船只拆毁，还定下村规禁止子孙后代造船出海。岛上的海鲜比较稀少，但也并非完全没有，毕竟偶尔还是有被海水冲上岸的嘛。"

段琪婕忍不住摇了摇头："真不知道该说这些村民是对祖先孝顺，还是冥顽不灵，怎么什么规则都乐意遵守？"

"不同于我们生活的现代都市，这里本质上还是封闭的旧社会，观念、制度、村民的思想都远远落后，无法理解的事情多得数不清。不过，慢慢地我也就习惯了，简单来说，就是不能使用我们平常的世界观看待这里，而是要把这里当作一个接触到的，例如游戏、小说或者漫画里设定的全新世界，去重新接受、学习和适应。"说到这里，万朋来叹了一口气，"虽然话是这么说，但是想要真的做到果然还是有难度啊。"

"光是听着就感觉很困难啊。"段琪婕说。

万朋来突然像个小孩哼哼唧唧地抱怨起来："谁说不是呢。村民们本来对我就不信任，偏偏现在还遇上如此棘手的命案，苏先生，快给焦头烂额的我出点主意啊。"

段琪婕被这一幕惊得张大嘴巴："什么情况，这个时候需要谁来哄哄他吗？"

苏则懒得搭理，自顾自地说："眼下不能继续对村民们逐一进行讯问，不仅浪费时间，他们也未必愿意如实相告。"

万朋来瞬间恢复正经，从椅子上站了起来："苏先生的意思是我们接下来要从证据入手？"

"错。"苏则断然否定，"想沿着证据这条线推进下去恐怕很难实现。首先，我们没有足够的技术手段支持，即便提取到了关键证据也无法及时检测；再者，这里四面环海，凶手想要破坏关键证据简直是易如反掌。"

"那么苏先生有什么建议？"

"动机，我认为接近凶手的最有效办法是弄清楚凶手的动机，从动机入手推断出凶手的轮廓以及接下来可能采取的行动。"

"难道苏先生已经有思绪了？"

"暂时还没有，光是这一桩命案还不够。"

"你还想等更多的案件发生吗？"

"很遗憾，现在的我们太过被动，除了等待基本无事可做，更重要的是我不认为凶手会就此停手。"

"凶手很快又会动手。"原本一言不发的关玉门突然说道。

"你怎么会知道？"段琪婕问。

"感觉。"关玉门并未提高回答时的音量，因为其他人都不约而同地陷入了沉默。

万朋来看向关玉门，表情一言难尽："欸？只是感觉？"

关玉门眨了眨眼，坚定地说："我的第六感很准。"

"可以用来买彩票吗？"段琪婕问。

"不行，第六感是突然灵光一闪的产物，并非我能够控制。"关玉门一本正经地解释道。

万朋来好不容易才将吐槽的冲动压了下去，然后说："我看今天就先到此为止吧，我去村子里巡视一番，也就回警务室休息了。"

"万警官，我建议你今晚也在客栈住下。"关玉门说，"你别忘了，这里就有一个差点成为尸体的人。"

"关医生，你的意思是凶手会再次对苏先生下手？唔，确实不能排除这种可能性。"

"说来也怪，为何就偏偏盯上我了呢？难不成是嫉妒我的美貌？"说完，苏则哈哈大笑，但笑声逐渐无力，"开个玩笑嘛，你们怎么也不知道配合，无趣。"

段琪婕呼了一口气，挺了挺胸，说："我猜想，应该是因为昨天下午我们在岛上探查之时，无意间撞见了什么不该看见的，但我们却不自知，或者是凶手以为我们看见了。"

"两位真是默契，白天苏先生也曾提到过这个想法。"万朋来说。

段琪婕看向苏则，问："那你以为凶手是谁？"

"我还没想好。"苏则回答。

"我想到了。"段琪婕得意一笑。

"真的假的？"万朋来诧异不已。

"难道是侦探之魂觉醒了？"关玉门插话道。

"幼稚。"段琪婕朝他翻了个白眼，便不再卖关子，说："凶手就是画家和那个不孝子。"

"凶手是两个人？"万朋来问。

段琪婕深吸一口气，说："没错，我想事情应该是这样的：昨天下午，士连盛和刘常宫原本是在某处密谋如何杀死士延叔，正巧发现我和苏则路过，他们也不确定我们是否听到了什么，但始终心有余悸。昨晚他们按计划前往士延叔家中行凶，途中正巧撞见苏则向着渡口走去，于是暗暗跟在后面，又乘其不备从身后将苏则打晕。紧接着，他们想起岛上代代流传的海妖传说，于是决定将昏迷不醒的苏则丢在沙滩，等待涨潮后涌上来的海水将其杀死。最后，他们继续实施杀死士延叔的计划。"

"岛上村民原本就对这个传说深信不疑，所以只会越发恐惧，而不会起疑，真是妙计呀。"万朋来忍不住拍掌叫好，但只拍了一下，就停住了，"既然可以嫁祸海妖杀人，为什么不把士延叔也打晕搬到海滩呢？"

段琪婕竖起食指，在眼前缓缓晃了两下："当然不行，昨天是月圆之夜，岛上的村民不敢出门，所以士延叔出现在海滩于理不合，但是苏则这个外乡人就不同。而且在传说中，第二天海面上只出现一具男人的尸体。"

"原来如此，真不愧是所长。"万朋来称赞道。

"我先去睡了，你们出去时帮我把门带上。"苏则说。

段琪婕回头看去，才发现苏则竟然已经趴在了床上："喂，你是对本小姐的推理有什么意见吗？"

"不，你说得很有道理，只是我确实是困了。"苏则解释道。

"昨晚几乎都没睡，我也差不多该到极限了。"关玉门说。

"我还是想在村子里巡视一番再回来，否则实在放心不下。"万朋来说。

关玉门拍着万朋来的肩膀说："保重，我可不希望明天一早帮你验尸。"

"关医生，别说这么吓人的话。"万朋来苦笑着说道。

"还是要多注意安全，你自己也说过，警察的身份在这座岛上并没有那么管用。"苏则说。

万朋来垂下眼睑，稍作思考后，坚定地点了点头。

当晚，火光照亮了村子的上空，伴随着浓烈刺鼻的黑烟再度拉开悲剧的帷幕。

执 念

新的悲剧

起火的地点是刘常宫居住的木屋。所幸附近的村民及时发现，立即将火焰扑灭，才没有让火势蔓延开来。

尸体面朝着画架坐着，二者都被烧得面目全非，画笔和颜料盘掉在脚边，也只剩下部分残骸。

根据体形和身上衣物，基本可以认定死者就是刘常宫。尸体的脑袋偏向一侧，双手自然下垂在身体两侧，且口鼻内烟灰极少，由此关玉门推断凶手是杀死刘常宫后再纵火焚烧。

万朋来走进屋子，皱着眉说："我大致看过了，有两处被火烧得最为严重，恐怕都是本次火灾的起火点。第一处如二位所见，是尸体所在的位置，第二处是门口的黑色大箱子。"

"刘常宫放置废弃画作的那个箱子？"苏则问。

"没错。所以我有理由怀疑凶手纵火的原因不是毁尸灭迹，他真正的目标是这些画。"万朋来回答。

苏则对此完全赞同："正如我们希望从死者的画里找出线索，凶手应该也想到了这一点，所以他担心自己的身影意外出现在画里。"

"关医生，死者身上有什么线索？"

"应该是先被人用利器割断颈动脉，再点火焚烧。至于凶器，我在尸体坐着的椅子底下找到了一把短柄镰刀，目前还不清楚用途。"

这场火吸引来岛上众多村民，客栈家的，早餐店的，拄着拐杖的老夫妇，左顾右盼的不孝子，还有一整天不见踪影的李尚景也出现在人群的边缘，当然其中也少不了怒气冲冲的村长。

村长嘴上骂骂咧咧地将人群喝退，身体左右摇晃着走向烧黑的屋子，他的步伐实在奇怪，众人纷纷投去目光，才发现村长脚上穿着两只不同的鞋，一高一低。

见到苏则他们从屋里出来，村长士延伯立即上前质问："怎么回事，这回又出什么事了？"

"画家刘常宫被杀了，凶手试图点火毁尸灭迹。"

"又有人死了？你们……"村长指着苏则，气得嘴唇直发抖。

那个名叫士展的壮汉就站在村长身后，怒目圆睁，手臂上的肌肉绷得紧紧的，仿佛随时冲锋陷阵的战士，只等待村长一声令下。

"村长，你先冷静，案件还需要调查。"

"万警官，自从这几个外来人上岛，就接连发生命案，你得给我们一个交代。"

"村长，你想要的交代我会给你，不过，还是请你先看看所有人是不是都在这里。"苏则说，"这场火足以将岛上的所有人吸引来，如果有谁不在其中，那就只有两种可能：第一，那人是凶手，此刻正躲在某个地方，不敢前来；第二，那人已经无法自由行动。"

村长先是一愣，随后倒吸一口凉气，显然他也想到了最坏的结果。

他转过头，快速将眼中的面孔与记忆里的名字逐一对应，突然他的肩头微微颤抖，紧接着走近人群，惊呼道："雷保正来过吗？有谁看见雷保正了吗？"

类似的问题他重复了许多遍，语气也越发接近哀号，像一个绝望的老人迫切地想要得到一个肯定的回答。可是，事与愿违。

苏则大喊一声"不好"，便向着宗祠的方向跑去，万朋来也紧随其后。

保正家的门是虚掩着的。

万朋来与苏则对视了一眼之后，用力把门推开，然后一个闪身跳进屋里，苏则紧随其后，紧接着两道手电筒光束在屋子的各处角落迅速移动。确认屋子里没有其他活人之后，他们最终将光束对准那具死状凄惨的尸体。

年轻的雷保正背对着门的方向，被绑在椅子上，头向后仰着，双目圆睁，眼中满是惊恐，最瘆人的是他的嘴被细长的药材塞得满满当当。

岛上的其他人也都陆续赶到。

村长跌跌撞撞地闯进屋子里，正准备大声呵斥苏则他们，猛然间看见雷保正的尸体，立即吓得一屁股瘫坐在地上。他指着尸体，又慌张地看向万朋来，嘴唇不住地颤抖，半天愣是挤不出声音。

紧跟着进屋的关玉门见到此状，立刻绷起脸，极其严肃地说："万警官，接下来我要开始验尸，请不要让闲杂人等进来打扰。"

万朋来点头应允："村长，请到外面等候。"

关玉门突然说："不，鉴于死者是村子里的保正，身份较为特殊，如果村长愿意，正好留下来做个见证。"

"要我在这里看你验尸？不不不，我还是去外面等着。"说罢，村长连滚带爬地逃出屋去。

关玉门懒得搭理他，伸手将门掩上，而后从工具箱里取出手套戴好，走向尸体。万朋来和苏则对视之后，也各自开始在屋内寻找线索。

"苏先生，关医生，你们说雷保正采摘中药时是不是会用到镰刀呢？"万朋来突然指着桌子边上的一个竹篓问道。

关玉门忙着手上的工作，头也没抬："我想是会的。"

"万警官，你想说什么？"苏则问。

万朋来歪着头："这竹篓里装着短柄锄头和短刀，就是没有镰刀，或者本来就没有？"

"再找找吧。"关玉门停下手中的动作，沉思了一秒后说道。

苏则举着手电筒仔细搜查，突然他的目光停在桌面的茶盘上，昨天刚来询问的时候，茶盘里的九个杯子是依照九宫格整齐码放的。"万警官，你过来看这两个杯子。"

万朋来拿起杯子瞧了瞧："只有这两个杯子里还有液体残留。"

"而且摆放的位置也不与其他几个对齐。"

"会不会是死者被害前曾与凶手坐在这里喝茶谈话？"

万朋来把杯子凑到鼻子前闻了一下，马上拿开："光是用闻都觉得苦，这里面装着的应该是雷保正自己煎煮的凉茶。"说罢，万朋来又准备用手指蘸取杯中液体。

关玉门连忙上前制止："等等，小心杯中有毒。"说罢，他从工具箱里取出银针，对两个茶杯逐一检测，如他所料，还真就在其中一个杯子里发现了毒。

"看来凶手是趁雷保正不注意，偷偷将毒下进杯子里的。"万朋来分析道。

关玉门不予置否，继续说他的初步验尸结果："从尸体的僵硬程度判断，死亡时间应该在刘常宫之前。因为药材的尖刺割破了他的口腔，所以口腔和嘴部周围有血迹，但是出血量不大，说明是死后插入的，而且插入得很深，已经抵达气管。"

"看来凶手对他积怨已久，抑或是有深仇大恨。"苏则说。

关玉门接着说："另外，在他的后背也发现了许多新旧不一的伤痕，有些刚刚结痂，应该是一两天前受的伤，剩余的则像是数十天的旧伤。从伤痕的形状和深浅判断，应该是被某种细长的条状物反复鞭打造成的，但都是皮外伤，而且只是在皮肤表层，尚未伤及筋骨，加上处理得当，及时用药，并无大碍。"

"也就是说这些伤只是看着瘆人，实际上并不致命。"万朋来说。

关玉门点点头："没错。从他的耳后、嘴唇和手指可知，真正的死因是中毒，但是导致他死亡的究竟是何种毒药，我不敢妄下结论，这完全超出了我的能力范围。"

李尚景

从雷保正家里出来时，门外只剩下村长和士展，不难推测，其他人一定是被村长勒令离开的。

面对村长的逼问，万朋来他们只透露雷保正是被人下毒致死，再问其他的都只是三言两语含糊带过，然后便匆匆告辞。

走了没多远就看见段琪婕和李尚景，准确的说法是段琪婕，以及被她拦住去路的李尚景。

三人立即上前，并且万朋来提出了将李尚景带回临时警务室问讯的要求，李尚景很爽快地答应了。不多时，一行人来到临时警务室。

各自坐定后，苏则看着李尚景大背心加沙滩短裤的打扮，试探地问："李尚景，你昨天身上穿的那身行头呢？"

李尚景没有立刻回答，而是抬头看向挂在墙上的时钟："万警官，你那表停了。"

万朋来也看向时钟，发现指针确实一动不动："是啊，很久没换电池了。你想知道时间？"

"是。"

"现在是二十三点三分。"

"你们一定要现在问吗？"

听完李尚景的问题，众人面面相觑，全都疑惑不解。

"你是困了吗？"万朋来试探性地问道。

李尚景笑了笑，不予置否："算了，你们刚才问我什么来着？"

"我问你昨天身上穿的那身行头去哪儿了？"苏则又问了一遍。

"扔了。"李尚景回答，很是简短干脆。

"扔了？我看你那身打扮可都是名牌，单单是手腕上戴的那块表都得值不少钱吧。"

"那些穿戴原本都是为了见小汐准备的，既然见不到了，还留着做什么。"

"太可惜了，简直是暴殄天物。早知道你要扔，就扔给我得了，我看你我身形相近，兴许还能穿得上。"苏则故意用夸张的语气，慢条斯理地说道。

李尚景冷哼一声："你既然这么喜欢，就去海里捞吧。"

苏则眯起眼睛："都丢进海里了？你就这么不喜欢那些衣物？"

李尚景双手抓着胳膊，弓着腰，头也向下垂，看起来相当痛苦：

"并非如此,只是当时恰巧在山崖,山崖下就是大海,我脱下所穿衣物撕毁,将手表砸坏,后来又一起丢进海里,不过是在借此宣泄心中的万分悲痛。"

苏则并不打算给他感伤的时间,立即加快语速追问:"李尚景,昨天从警务室离开之后你都去了哪里?"

李尚景似乎早就想好了应对的答案,几乎是脱口而出:"昨天从这里离开后,我就在岛上漫无目的地走,不知不觉走到了玉女台,想起以前我和小汐经常相约在那里见面,心中悲痛不已,就留在了那里。"

苏则疑惑地看向万朋来:"玉女台是什么地方?"

"在小岛东面崖壁有一处向外突出的平台,那里矗立着一块怪异的石头。相传在朝阳升起之时,似一位跪立祈祷的少女,故而被岛上村民称作玉女石,崖壁也由此得名玉女台。"万朋来解释道。

"原来如此。"苏则转头看向李尚景,继续问,"这么说你一整晚都在玉女台,其间是否离开过?"

"不曾离开。"李尚景回答。

"那今天一整天你又在哪里?都做了些什么?"

"昨日几乎是一整天没吃过东西,早上实在是饥饿难耐,就在早餐店里吃了包子,还打包几块饼带走。之后到了墓园,跪在小汐的坟前向她道歉。入夜后又回到了玉女台,直到刚才看见村子里起火,我才赶过去。"

"万警官,墓园又在哪里?"

"在村子的东北面,士家族人死后都安葬在那儿。"

"士勤嘉的早餐店我们也去了,怎么没看见你?"

"我应该是在你们后面去的,老板提了一句,说是万警官他们也刚走不久。"

"那么你和雷保正的关系是？"

"不熟。"

"五年前你来到岛上的时候和他没有接触吗？"

"我接触的是上一任雷保正，至于他，我实在没什么印象。"

"李尚景，你时隔五年重新回到这里真的只是为了找士连汐？"

"当然，这是我们约好的，我就是来兑现自己诺言的。"

"可是据我们调查得知，这五年你除了寄来过一封信，便音信全无。"

"怎么可能只有一封信？我每个月都会给小汐寄信，从未间断，反而是我一封回信都没收到，后来我就去问老周头，他说信确实是送上岸了，但是按照岛上的规则，凡是上岛的物件无论大小，都得经过村长审核批准。我一下子就明白了，信是被村长收起来了，他瞧不上我。"

"那你就没打算做点什么？"

"原本我以为如果能给岛上吸引游客，带来更多收益，村长就会逐渐认可我的能力，进而允许小汐和我在一起。"

"吸引游客？这座岛美丽的传说难道是你传播出去的？"段琪婕问。

"那是我想象中的画面，是小汐在海滩等待我的画面，也是我这几年拼死工作的动力。"他说得十分真挚，同时情绪也有些激动。

"你先冷静点。"万警官做了个安抚的手势，说道。

李尚景连续做了几下深呼吸，说："有一次，我和一个旅行社的朋友喝酒时，无意间聊起这个画面，他听完就说或许是个不错的宣传语，当即借着酒意编出了这么个传说。我原本就有将小岛改造成度假乐园的想法，所以就将传说放到网上，借此吸引更多游客上岛游玩；同时，也希望村长能因此对我改观，认可我和小汐之间的爱。"

"我在网上看到这则传说最后的更新时间是四年前，而且游客们关于这座岛的评价也是差评居多。"段琪婕说，"例如'无聊''岛上什么也没有，也不能使用手机''简直就是原始部落'诸如此类的，也有少部分评价认为这里适合修身养性，回归大自然。"

"也对，和现在大多数的景区商业化痕迹过于浓重正好相反，这里完全没有商业化的气息，反而让大多数人不适应了。"苏则苦笑着说道。

"四年前，我不再对小岛进行宣传，当然不是因为那些差评，而是我看到其中的一条评论。"李尚景低下头，随即又缓缓抬起，"听说村长家的女儿是个美人，可惜这次没能见到。"

"难道说是因为你的占有欲？"段琪婕问。

"没错。看到那条评论的时候，我猛然意识到自己此前的行为是多么危险和愚蠢，小汐是我的，是只属于我一个人的宝藏，我怎么可以给他人染指的机会？万一，他们上岛的目的是小汐……"李尚景的话戛然而止，他不敢继续想象下去，即便已经不会有更糟的结果了。

"你不相信那个姑娘？"段琪婕问。

"不，怎么会呢？我们是互相爱着对方的，我们情比金坚，还有信物。这是她亲手为我们制作的花环，一人一条。"李尚景举起右手，他的手腕上戴着一条做工相当简易的花环，说是花环，实际上是将蔓草和藤扭搓到一起编成的圆环，与他昨天的名牌打扮格格不入。

"李尚景，问个个人隐私，你和小汐姑娘的关系？"万警官问。

"不是说了吗？我们彼此相爱，是恋人，虽然没能得到她父亲认可。"说到后半句话，他的声音明显减弱。

"万警官，你的问法还是过于委婉了。"苏则说。

万警官不好意思地笑了笑："毕竟涉及个人隐私。"

"还是我来问吧。"段琪婕看向李尚景，单刀直入，"两位的关系发展到哪一步了，是否已经有肉体关系？"

"这个……"

"看你吞吞吐吐的样子，那就是有了。"

"在我离开的前一天晚上，我们最后一次在玉女台见面，其间我们互相诉说了对离别的不舍，以及分隔两地的煎熬，但更多的是恐惧，我害怕她随时会忘记我，或者哪天她喜欢上别人。小汐提议我们对着彼此的花环发誓，后来又说要把自己最重要的贞操给我。我当然知道这事情非同小可，但是我实在没忍住，我……我是个浑蛋。"李尚景愧疚地低下头，突然他好像想到了什么，大叫一声，然后嘴里喃喃说道，"难道这是老天对我的惩罚吗？为什么小汐不能等我回来？为什么？"

再之后，李尚景开始号啕大哭，中间因为过于悲伤险些背过气去，众人只得安慰他的情绪。许久之后，他终于稍显平静，但是看起来已经疲劳至极，无法继续问讯。

李尚景离开之后，段琪婕好奇地问："万警官，刚才你怎么突然八卦起李尚景和士连汐的关系进展到哪一步？"

万朋来撇撇嘴，严肃地解释说："才不是八卦，只是之前听士良描述的时候，就觉得士连汐的情绪变化有些突然，于是想到会不会是因为怀孕导致的恐慌和焦虑。"

苏则觉得言之有理："如果是这样，或许也能解释她为什么要投海自尽了。"

"苏先生，你认为李尚景是否具备动机？"

"首先，我认为他没有杀士延叔的动机，因此杀害刘常宫的动机自然也就不存在。其次，如果他知道雷保正倾慕于士连汐，或许会形成动机。"

"只是雷保正倾慕于士连汐这件事是士连盛告诉我们的，真假难辨啊。"

"这也是我所顾虑的，那家伙的话恐怕不可轻信。说起来，他完全具备杀死士延叔和刘常宫的动机，再加上如果他想要的是权力，那么提前杀死没有子嗣的雷保正，等他当上村长之日，就没有人可以与之制衡了。"

"我看有必要再次对他进行讯问。"万朋来说，语气坚决。

交易

四个人简单商议过后，便前往士连盛家中。起初，他们还都是面带笑容相互打趣，但是进到屋内之后，情况就彻底反转了。士连盛坐在椅子里被团团围住，四个人就这么一动不动站在那里俯视着他，苏则眼中甚至出现恫吓的目光。

"士连盛，我最后再问你一遍，前天晚上你到底去了哪里？"

"我去了雷保正那里。"

"你还是懂得投机取巧呀，昨天他活着的时候你不说，等到今天死无对证了，你说你去了他那儿，谁信啊？"

"我说的都是真的，你们要相信我呀。"

"既然是真的，昨天怎么不说？"

"因为，因为这事情它就不能外传啊。"士连盛有口难言，急得在原地转起圈来，"哎呀，他……我……"

苏则见状，朝万朋来挤了挤眼睛："万警官，我看还是得依照古法，上点大刑他才肯招。"

"你，你们这是刑讯逼供知道吗？"

万朋来立刻会意，跟着搭腔道："苏先生，这刑讯逼供确实不合乎办案程序。"

"万警官此言差矣，你是刑警，当然要遵守这些个程序，我和关医生一介布衣，哪还用遵守那些弯弯绕的东西。再说了，这里是孤岛荒郊，又没有监控器对着拍，你的执法记录仪……"

"说来也巧，怎么就刚好没电了呢？"

"这就是天意。你要是不想参与可以先和小妤出去等着，我们俩给他上点手段，反正这里也没有外人，只要我们都不说，就没人知道。关医生，你这箱子里的手段够用吗？"

关玉门打开箱子，将工具拿出来一一展示："三种型号针管，刀、剪刀、小锤都有，镊子、棉花、绷带、外伤药、内用药也都备着了，上一秒动完刑，下一秒立刻就能为他实施治疗，断不会有生命之忧。"

万朋来故作遗憾地叹了口气："哎，既然如此，我看非常时期恐怕也只能采取非常手段了。"

"万警官处变不惊，又能够当机立断，真乃大将之风。"

"苏先生过奖了，那接下来交给二位。"

"脏活当然是由我们来干，万警官到外面稍作等候，等我们用了刑，将这里收拾干净之后再请你进来。"

"也好，段所长，那我们出去透透气？"

"行啊，这屋子闷得慌，可把我憋坏了。"

"你们别在这儿吓唬人啊，我可是下一任村长，信不信我叫人来，欸，小万警官，你要去哪里？别走啊。我警告你们别再靠近了，我这一天天的也没闲着，经常翻山越岭，身手好得很，不是，你们到底是侦探还是流氓？"

"我们是恶人。"苏则说。

"别过来了，我投降。"士连盛眼见万朋来真的走出去了，立刻举手服软。

众人重新坐定后，苏则再次提醒了一遍："把你知道的情况通通说出来，我们的耐心是有限的。"

士连盛叹了口气，问："你们应该查验了雷保正的尸体吧？"

"当然。"万朋来回答。

"既然如此，他背后的伤你们也就该看到了。"士连盛往前伸了伸脖子，小声说道。

苏则加重了语气，质问道："看得一清二楚，我们还在他的床底下搜出一根用布包裹起来、血迹斑斑的荆条。老实交代，那些伤是不是你造成的？"

士连盛点头承认，但又立刻否认："是，但那都是他要求的。"

"把话说清楚，这到底又是怎么回事？"万朋来问。

事情要从两个月前说起。

天边灰蒙蒙的，看样子不久又会有一场大雨。

士连盛闭上眼睛，悠闲地躺在院子里的摇椅上，一边吹着风，一边缓慢地前后摇晃，别提多舒服。眼看随时都有可能睡着，突然摇椅停止不动，而且这感觉显然是被人用力摁住。士连盛咂了一下舌头，不耐烦地睁开眼睛，眼前是雷保正随风拂动的棕色长发和那张总是挂着亲切笑容的面庞。

"是你呀，吓我一跳。"士连盛对着头顶那团乌云眯起了眼睛。

"我有那么可怕吗？"雷保正柔声问道。

"不，是脏话到嘴边，差点就骂出来了。"

"想骂就骂呗，又不是没被你骂过，那是多少年前来着，十年，还是十五年？"

"那可不行，现在你是保正。"

雷保正脸色一沉，有个瞬间露出了异样的表情，在士连盛眼中，这种异样名为厌恶。不过，异样很快消失了，取而代之的是更加温和的笑容。

"怎么在外面坐着，等着淋雨吗？"

"知道要下雨你还跑出来，你不怕被雨淋湿吗？"

"我是来找你的。"

"你能找我做什么，总不会想说为了村民们的健康安全，要我帮你以身试药吧？我拒绝。"

"我知道你没有那么伟大。"

"别以为你是保正就可以随便小看我，你到底有何贵干？"

"我想和你做个交易。"

"交易？和我？"

"你还想知道草藏村的秘密吗？"

听到这里，士连盛的眼睛一下子就亮了："果然村子一直藏着巨大的秘密对吧，快告诉我，秘密究竟是什么？"

雷保正抬手阻拦越发靠近的士连盛："现在还不行，如果你想知道，就必须答应我的条件。"

"我答应，只要能知道秘密。"士连盛的兴奋劲稍微下降了些，随即眉头一皱，"但是我又怎么知道你不是在骗我？万一你食言了又当如何？"

"我是保正，我赌上保正一族的荣誉起誓。这样你总该相信我了吧？"雷保正说。他的目光太过坚毅，让士连盛没有怀疑的理由，甚至有些畏缩。

"条件是什么？"士连盛问。

"我要赎罪。"雷保正回答。

罪与罚

赎罪？

苏则默念着这两个字，他的脑中突然冒出一个可怕的想法。

"他要赎什么罪？"万朋来着急问道。

士连盛摇摇头："他说时候到了自然会告诉我。"

"那么他说的赎罪和他背后的伤有什么关系？总不能是以承受皮肉之苦来赎罪吧？"万朋来问。

"还真让你猜中了。雷保正说古有负荆请罪，他原本也打算效仿，但因为罪孽深重，只是如此难以偿还，所以就要求我以荆条狠狠鞭打他的后背。每七天鞭打一次，每次都打到皮开肉绽，无法坚持了才允许我停下，你们看到的荆条已经是第十根了。"

"他还需要再被打多长时间？"

"具体的日期他没有说，只说是要打到罪孽都偿还完为止。"

"这种事他为什么偏偏找你，而不去找村长帮忙？"

"我也是这么问他的，可是他说大伯父一定不会帮他，更不会赞同他的想法，而我是村子里最合适的人选，因为他相信我嘴最严，绝对不会把这件事说出去。这下你们该相信我说的话了吧？"

"不信。"

"那我赌上村长一族的荣誉起誓。"

"滚蛋，我又不是这村子的人，谁在乎你们的荣誉？再说村长和你有什么关系？"

"你……你对我们村子放尊重些。"

"少废话，先老实交代你前天晚上是什么时间去的雷保正家，又是什么时间离开的。"

"前几次都是要等到深夜村民们睡下之后，但昨晚是月圆之夜，村民们不会出门走动，不必担心被人看到，所以晚饭后没多久我就去了，大概是晚上七点半。鞭刑加上之后的上药花费将近一个半小时，我回到家的时候是刚过九点。"

"据你所说，你还没有从雷保正那里知晓秘密。"

"是啊，所以我根本没有杀害他的动机。"

"当然有，恰恰是因为你尚未得知，让你以为自己上当受骗，恼羞成怒，于是将其杀害。"

"不对，如果我把他杀了谁来告诉我秘密，那我之前的那些荆条岂不是白打了？再说荆条是打在他背上，又不是痛在我身上，我至于吗？"

"士连盛，昨天你曾经提到过这个草臧村最大的秘密，你到底知晓多少，现在必须如实交代。"

"在村子平和的表面下隐藏着深不见底的黑暗。"

"黑暗……"

"在我小时候，仲伯父偶然间提过一次，还说那是只有村长和保正才有资格知晓的秘密。"

"但是据我所知，士延仲并没有担任过村长，保正的职位也是一脉单传，他又怎么能知道？"

"是大伯父酒醉之后不小心说漏嘴的。"

"所以，有三个人知道所谓的黑暗。"

"不，是四个人。昨天躺在那儿的老头子也知道，不过他向来对大伯父言听计从，估计是大伯父交代过要保密，所以此前无论我怎么逼问，他都缄口不言。"

"到底会是什么样的黑暗？"

"具体的内容我也不清楚，那时候我还小，究竟是我没当回事所以忘了，抑或仲伯父不曾细说，现在已经无从确认。后来我私底下问过仲伯父，他说什么都不愿意提及这件事，而且他的表情我至今记忆犹新，那是极度恐惧的神情。"

"你口中所说的这位仲伯父依然住在这个村子里吗？"

"早就不在了。十二年前，仲伯父一家三口选择离岛，到内陆生活，两年后，不知道出于什么原因又回来了，但是第二天夜里，一家三口就都死了。"

"我记得卷宗上说的是暴病身亡。"万朋来说完，看了眼士连盛，发现对方的脸上露出了苦笑，一下子恍然大悟，"莫非不是这样？"

"那是对外，不，是用来应付你们警方的说法。据大伯父所说，仲伯父疯了，先是亲手将妻女杀死，最后自杀身亡。详细的情况你得去问大伯父，当时他到的时候，仲伯母和堂妹已经倒在地上，他是亲眼看着仲伯父将刀刺进自己心脏的。"

真相的影子

出了士连盛家，四人已是饥肠辘辘，于是又到士勤嘉的店里吃了早餐，顺便稍作休整。

万朋来拿起筷子，又放下了："苏先生，你现在有什么想法？"

"我在想雷保正所说的罪孽究竟是什么。"苏则说。

"确实让人好奇，究竟是多么严重的过错才能逼得他自残，而且不止一次。"万朋来说。

"我在猜想，会不会和士连汐有关？"段琪婕问。

"你的意思是士连汐其实是被雷保正……"万朋来欲言又止。

"我们对雷保正的了解还远远不够啊。"段琪婕说。

"那么接下来我们不妨找个足够了解他的人问问。"苏则说。

"你是说村长？"段琪婕问。

"只能是他了。"万朋来回答。

"可是那老家伙都不给我们好脸色，恐怕是指望不上。"苏则说。

万朋来努了努嘴，他心里其实也没把握，不过总归是要碰碰运气的。

村长家的院子里，士展依旧像个高大的石像守在那里。万朋来原本已经打算大声朝屋子里呼喊，没想到当他走到士展面前的时候，对方竟然侧过身子，低眉颔首，恭敬地让出道路来。

万朋来抬头直视士展的眼睛，脚下则一步一停，谨慎地从士展身边经过。就在这期间，关玉门和段琪婕已经迈步通过，甚至都没用余光看过士展一眼。

苏则偏要绕到士展身后，他显然是刻意停下脚步，问："这次你不拦着我们？"

"村长在等着你们。"士展说，他的情绪毫无波动。

村长的态度完全出乎众人的意料，他非但没有动怒，甚至还给人一种如释重负的感觉。

"我就知道你们几个又得来，甚至这次还多带了一个。"说罢，他抬手示意众人落座。

"既然如此，你也该知道我们的来意了。"万朋来说。

"想问什么就问，我会看心情回答的。"村长身体向后仰，背部完全贴在椅背上，看着十分惬意。

"你们家雷保正死了，你怎么看起来一点都不难过？"

"欸，小姑娘，话可不能乱说，雷保正和我们家可没有半点血缘关系。"

"不对，你看起来甚至还有些开心。"苏则说。

"我是村长，开心开心怎么了？"村长脸上真的露出了笑容，"我是村长啊，自从我继任村长之位开始，这是我第一次觉得自己是个村长，是真正的村长。我再也不用受制于人，我才是真真正正的村长，我不该开心吗？"村长张着嘴没有笑出声，但是脸上的表情逐渐变得张狂、扭曲。

苏则快速瞥了眼门口，确认那里没人，问："所以你希望雷保正死？"

村长用力把空气吸进鼻腔，又缓缓吐出："今天之前我当然不希望，我一直很尊敬他的。只是放到现在，如果我有选择的权利，那我希望他能早点死。"

苏则看向村长的目光中多了一丝怜悯："你真的就这么享受权

力吗？"

"你不会明白的，我明明才是村长，凡事却不能单独做主，永远被人压半头的滋味是多么痛苦，可与之相比，更加痛苦的是在此之前我竟然从来没想过要结束这种痛苦。"说完这些，村长突然沉下脸来，眼露凶光，"你们想问的不是这些吧？"

苏则和万朋来对视一眼后，反倒是安心地笑了，这才像是他们所熟悉的那个村长："接下来开始聊回正题。你刚才那句话是想告诉我们，你不是杀害雷保正的凶手？"

村长瞪了苏则一眼，脸上的表情仿佛在说明知故问："当然不是我。就算我动过杀心，也有的是时间和机会杀他，何必急于这个节骨眼儿，再怎么样也得等你们几个碍眼的离开了之后动手。"

"那么岛上谁有杀害雷保正的动机？"

"想不到。"

"他可有仇家或者近期与谁起过争执？"

"不太可能。这任雷保正坚强、善良、待人温柔，很难想象他会与人起冲突，要说有过争执，不就是你们吗？昨天我去找他的时候，他将你们妄图闯入宗祠的事情告诉我了。"

"我们只是为了确认凶手是否躲在宗祠里面。"万朋来辩解道。

"昨天你见过雷保正？那是什么时间？"苏则接着问。

"傍晚。"村长不假思索地回答。

"那你又是什么时间离开的？"

"我只在他那儿待了几分钟，连口茶都没喝就走了。"

"你很匆忙？"

"用不着阴阳怪气。我把该说的话说完，自然也就没有留在那儿的必要了。"

"还记得当时茶盘里的杯子是如何摆放的吗？"

"雷保正做事细心，往常都是整齐得像个九宫格，昨天应该也是。"

苏则点点头，村长的话虽然验证了他们此前的猜想，但是关于凶手的动机依然一无所知。

万朋来想起之前士连盛的话，于是问道："关于这个村子的黑暗究竟是什么？"

村长听完，轻蔑地冷哼一声："黑暗？是阿盛告诉你们的吧，你们别听那小子胡说，都是道听途说的，当不得真。"

万朋来为了强调，故意用食指敲了一下桌面："他是从你二弟那儿听来的。"

村长似乎预料到对方会这么说，毫不犹豫地说："我知道，自从老小夭折之后，我家老头受了刺激，就开始变得神神道道，整天念叨着我们家是受了诅咒，忧思成疾，没过多久便离世了。老二大概也是受了影响，遇到不顺心的事情就怪在诅咒身上，怎么劝他都没用。"

"我记得多年前士家二爷离开过这座岛，难道也是因为诅咒？"

"没错，他想要摆脱诅咒，所以才带着妻女去了内陆，可是没过两年又回来了。那时候我就发现他的精神有些奇怪，越来越像老头子，就连他媳妇也说老二经常盯着某件物品发呆，偶尔还会与物品对话。"

"没带去看医生吗？"

"弟妹是有这个打算，但老二说什么都不配合，无奈之下就只能带回来，想着等第二天让雷保正瞧瞧，哦，那会儿还是前任保正，可谁承想当天夜里悲剧就发生了。"

"那晚究竟发生了什么？"

"那天傍晚他们还在我家里一起吃了饭，吃完后他们就回去了，当时看起来还好好的，我也没多想。到了晚些时候，我想着再去看看他，可是刚走进院子就听到屋内传来一声惨叫，听着声音应该是他媳妇，我吓了一跳，立刻冲了进去，正好就看见他拿起刀抹了自己的脖子。"说到这里，村长闭起了眼睛，之前的兴奋劲荡然无存，取而代之的是悲伤与痛苦，"我根本来不及阻止，再想去救他的妻女也已经无力回天。就这样，一家三口都没了。"

"可为什么你们又要对警方谎称是暴病身亡？"

"难道要我说老二是因为受老头子影响？家丑不可外扬啊。或者说是中了诅咒杀人？这种混账话我可说不出来，还不如干脆说是暴病身亡来得干脆。"

从村长家里出来后，苏则若有所思地盯着脚下的小石子，随后，他突然赌气般将石子踢飞。

"万警官，我们回客栈吧。"苏则缓缓说道。

"你认为客栈的三个人也有撒谎的？"万朋来问。

"不，我想回房间了。"苏则回答。

"难道伤口裂开了？"关玉门警觉地站到苏则身后——头上绷带是干净的，看起来没有血水渗出来。

"你别紧张，我已经不觉得疼了。"苏则微笑着说，"我只是想独自安静待上一会儿。"

万朋来又惊又喜，连忙问："苏先生，难道说？"

"还需要一点时间思考。"苏则双眼紧闭，右臂缓缓抬起，五指张开，似乎在尝试抓取某样东西，突然他的动作在半空中凝滞，两秒钟后，手指逐渐向内收拢，目光坚定地盯住掌心，"我刚才好像触碰到了真相的影子。"

揭开真相

就在苏则将自己关在房间的时间里，万朋来三人继续对岛上的村民进行问讯，之后才回到了客栈。

当苏则伸着懒腰从房间里走出来的时候，已是正午。他刚打开门，就看见关玉门顶着两团巨大黑眼圈的脸凑上前来。

苏则吓了一大跳："什么情况，你要不先回房间补个妆？"

"可以回去补觉了吗？"

关玉门喃喃自语道，接着目光呆滞地盯着苏则房间里的床，开始前进。不过，才迈出一步就被苏则按住脸推回原位。

"已经困到迷糊了啊，真可怜。"段琪婕微微张嘴，但是很快又忍住打哈欠的动作，"你是在里面睡了两个小时吗？"

"差不多吧。"苏则说。

万朋来倒是完全不想克制，豪爽地打了个哈欠："苏先生，你抓住真相了吗？"

"已经牢牢攥在手心里了。"苏则信心满满地扬起下巴，"如果我没猜错，凶手这会儿应该就在那里。"说罢，苏则在万朋来绘制的地图上点了点其中一处地方。

不多时，四个人站在东侧的入山口，再往前便是一大段山道。

山道呈南北走向，左侧时而是光滑的山体，时而是茂密的树林，右侧全是直插入海的山崖绝壁。好在山道本身有一米来宽，走起来倒是不算狭窄，不过一路多有转折，走在上面依然不能够掉以轻心。

这条山道不与小岛北边的密林和火山连通，众人攀爬了约莫半小时，就来到了尽头。那里是一块空地，长着一棵粗壮的歪脖子树，看纹路得有个数百年历史。树的旁边有一块格外突出的区域，上面立着块石头，便是玉女石，玉女石半米来高，远远望去倒真与跪姿祈祷的少女有几分相似。

不出苏则所料，凶手就坐在这山道的尽头，倚靠着玉女石，似乎对于万朋来等人的到来早有预料。那人静静地看着，甚至释然一笑。

"让你久等了，李尚景。"苏则说。

"无妨，我有的是耐心。"李尚景微微一笑，"那么按照流程，我是不是该问一句，几位找我有何贵干？"

"说来也巧，反正最快离开这座岛也得是明天，我现在最多的也就剩耐心了，那就陪你玩玩。"苏则哧哧地笑着，也坐了下来，"我们来逮捕杀害士延叔、雷保正，以及刘常宫的凶手，也就是你，李尚景，证据就是刘常宫留下的画。"

"画不是应该都烧成灰了吗？"

"很遗憾，在你去刘常宫住处之前，我们已经先去过了，并且带走了两幅他在前一天，也就是士延叔被杀当天所绘的画。画中所绘正是月光下以及夕阳下的玉女石。刘常宫的画虽然以景象为主，但是会将眼前所见之人的身形，以及所穿衣物的颜色画进画里。"苏则在李尚景面前将画展开，"按照你自己所述，这个时间你已经在玉女石，直到第二天早晨才离开，但是，画里并没有你。"

李尚景看了眼自己有些颤抖的右手，随即用力握紧，说："果然还是瞒不住你们。但是，我不后悔自己做过的事。"

"你这算是承认了吗？"段琪婕问。

"你们都知道了，不承认也无济于事。"李尚景苦笑了一下，回答道。

"所以那天晚上在海滩袭击苏先生的也是你吗？"万朋来问。

"这件事情还真不是我干的。"李尚景摇了摇头，否认道。

万朋来困惑地眨了几下眼睛："不是你？那还能是谁？"

"是士延叔。"苏则抢先回答。

"啊，你看到了？"李尚景诧异地问。

"不是看到，是想到的。因为除此之外，我想不到你杀他的动机。"苏则淡然地说。

万朋来看向苏则，一脸难以置信的表情："等等，如果士延叔袭击你是李尚景杀人的动机，那不就意味着他是在保护你？"

苏则撇了撇嘴："并非如此，他是在自保。"

"等等，我怎么越听越乱，苏先生，这到底怎么回事？"

"你还没注意到吗，万警官？给你个提示吧，你不觉得他和我的身形相仿吗？"

"身形……"万朋来小声念叨了几遍，突然他恍然大悟，"难道说是背影？士延叔将你认成了李尚景？"

苏则小心翼翼地缓缓点了一下头："没错，当时我是面朝大海站在海滩上，士延叔只能看到我的背影，没有照明设施，那天的云层又几乎将月亮全部遮住，月光微弱，很难通过服装的颜色来判断是不是李尚景，呃，或许也不需要判断，因为士延叔根本没见过我。而且，村民畏惧古老的传说，断然不敢在月圆之夜前往海滩，也就是说，在他的认知里，那时候出现在海滩的只能是李尚景。我被袭击之后并没有立即昏迷，而是陷入意识模糊的状态，我感觉到有人抓住我的头发，将我整个人拽起来，又很快放开。我猜想，那是士延叔打算确认李尚景的死活，结果近距离一看，才发现自己认错人，于是仓皇离开。然而，这一切恰巧被李尚景目睹，想起白天与村长的冲突，就不难联想到士延叔的目标是他自己。"

"你真聪明。"李尚景不禁发出赞叹。

"难道你也是被海滩奇怪的声音吸引过去的吗？"苏则问。

"或许吧。前天和万警官告别后，我整个人精神恍惚，究竟是怎么走到那里的我自己也说不清楚。等我回过神来的时候，就看见士延叔蹑手蹑脚朝站在海滩上的某个人走去，对了，我确实听到了人鱼的歌声，只是没有想象中的优美。没过多久，歌声停止了，士延叔站在那个人的背后，高高举起手中的木棍挥下，那个人应声而倒。我被眼前的一幕吓得出了冷汗，但整个人也好像清醒了，紧接着我就看见士延叔似乎很害怕地叫了出来，当时距离太远我听不清楚，但隐约听见了我的名字。等他逃跑之后，我立刻跑到海滩上查看，发现倒在那里的人是你，原本我想立刻施救，但是听到你女朋友和关医生的声音，我想他们一定是来找你的，同时也担心他们误会是我袭击了你，所以就在海滩上找了个地方暂时躲起来，果不其然，你很快就被他们救走了。"李尚景说。

"在那之后，你就前往士延叔家中将其杀害？"

"等你们走后，我开始思考接下来该怎么办，这时我突然意识到自己的手上多了一个东西，低头一看才发现那是掉在你身旁的木棍，我握住的部分竟然还有些温热的黏液。"

"竟然连凶器都忘了带走，看来那家伙真是吓得不轻。"苏则忍不住吐槽了一句。

"我当时受了刺激之后，脑子里就只有一个念头，那就是杀了士延叔。于是，我凭着记忆找到士延叔的家。"

李尚景始终忘不掉士延叔回过头瞧见自己时的表情和因为极度恐惧放大的瞳孔。

士延叔明明刚吞下两碗水，喉咙却依然因为紧张而干哑："你怎么会在这儿？"

李尚景冷冷地说："你不是在找我吗？现在我来找你了。"

士延叔瞥见对方右手握着的木棍，心中更加惊恐，他下意识地想要后退，却被身后的四方桌挡住："你想干什么？"

李尚景懒得答话，举起木棍照着士延叔的额头打去。这一棍的力道不大，不足以致人昏迷，只是恐惧和疼痛让士延叔脚一软跌坐在地上。李尚景喘着粗气，手里的棍子垂在腿边，心中的情绪其实已经宣泄不少，可眼下的局面又该怎么收场？

对峙僵持了几秒钟。

士延叔也逐渐缓过了劲，他瞧出李尚景不敢真的下死手，于是利用板凳和桌子作为支撑，缓缓将身体抬了起来，同时嘴里念叨了起来："看来你还不想去和小汐团聚啊。"

话音刚落，李尚景扬起手中木棍，像是打网球时用尽全身力气抽击出一记上旋球那样……

"你怎么又把他杀了？"万朋来问。

"我决心杀他是因为想到了五年前小汐的死。"李尚景说。

"如果当年那个女孩也是被士延叔从背后偷袭，然后丢进海中，伪造出殉情自杀的假象。"苏则说。

"果然你也会这么想。"李尚景说。

"你误会了，这是我代入你，身为凶手的你的视角之后得出的结论。"苏则耸耸肩，说，"代入法是我最擅长的。"

李尚景的自述

"接下来说说你杀害雷保正的原因吧。"万朋来说。

"那是昨天傍晚的事，我去了士连盛家中。"

当李尚景真的站在面前时，士连盛哑了哑嘴，连连摇头。

"没想到你竟然又回来了。"士连盛说。

"我想知道小汐是怎么死的。"李尚景说。

士连盛上下打量着眼前的中年男人，不悦地说："我说，你这老小子不会是在外面被人抛弃了，才想起来有小汐这么个傻姑娘在等着你吧？"

李尚景听后不屑地冷笑了一下，看了看别处后又将目光转回到士连盛身上，没有回答。

士连盛食指用力戳了戳李尚景的胸口，问："喂喂，你不会真把自个儿当成情圣了吧？"

李尚景没有躲闪，也没有后退，只是睁圆了眼睛瞪着他："我再问一遍，小汐是怎么死的？"

"因为等不到你而自杀了，这么说你该满意了吧？"

"胡说，我们约好了，她一定会等我回来的。"

"别傻了，你都离开了这么多年，还想着小汐会坚持等到你回来吗？就算她也和你一样傻愿意等，最终她还是无法抗拒宿命。"

"宿命？"

"当然是成为雷保正的新娘。他从小就倾心于小汐，你不会现在才知道吧？所以，即便小汐还活着，也早已嫁给雷保正，她和你之间，注定无缘。"为了刻意强调最后四个字，士连盛不仅放慢语速，还特意加了重音。

李尚景愤怒地将士连盛撞到墙上，紧接着右手用力架在对方的颈部："你说谎，小汐一定不会背叛我的。"

士连盛即便很难喘过气，依然轻蔑地盯着李尚景："亏你当年在岛上调研了几个月，结果什么都不知道。被保正选中的新娘，无论那女孩是谁，都必须嫁给他，这是保正家的特权，是这个村子亘古不变的规则，谁都无法反抗，即便是村长也不行。"

李尚景曾经听士连汐提起过雷保正的身份很特殊，他的命令必须服从。想到这里，李尚景一下子没了力气，绝望地倒退了几步："我们真的无缘吗？"

挣脱束缚的士连盛心中不悦，一拳击中李尚景的面门，将其打倒在地，然后又指着对方的脸说："你也该认清现实了。刚才的那番话是出于我们之前的交情才说的，不管你听不听劝，从今以后，都和我没有关系，你给我滚出去。"

听到这里，万朋来缓缓吸了一口气，问："这么说来，你杀雷保正的动机是占有欲？"

李尚景抬头看着天空，犹疑地说："说不清楚，当时我的脑子很乱，已经无法正常思考。但是我并不后悔杀他，因为其实他也想杀我。"

"你说雷保正想杀你？"万朋来诧异地问。

"不错，昨天晚上我去找他，我看得出来，他并不喜欢我，但还算亲切地请我进屋落座，他说自己熬了凉茶，于是起身走向灶台。我全程盯着他的一举一动，因为我想找机会从背后偷袭他，其间他都用后背对着我，我亲眼看见他以身体作为掩护，偷偷往其中一个杯子里加了东西。他应该是第一次做这种事，动作并不流畅，也不够隐蔽。我假意将杯子举至嘴边，闻了闻味道又放下，他既焦急又紧张地询问，我借口说茶太苦喝不下，需要加点糖。他没多想，又去灶台拿来蜂蜜，我则趁这个空当将两个杯子对换。又闲聊了几句，我提议共同举杯，他欣然答应，就这样，我们小心翼翼地碰了杯，注视着彼此一饮而尽，然后互相都笑了，只是我笑到了最后。"

"再之后你将两个杯子扣着放回原来的茶盘，对吗？"

"果然没能瞒过你们的眼睛。不过现在回想起来，这个举动纯属多余，毕竟岛上根本没有检测 DNA 的手段。"

"往他嘴里插入中药也是你干的？"

"他不是喜欢捧着记载中草药的医书吗？那就让他好好品尝药材的滋味。"说罢，李尚景得意地笑了。

"接下来说说你杀害刘常宫，并且烧毁画作的原因。"万朋来快速问道，他想让李尚景停止那看起来既扭曲又丑陋的笑容。

李尚景有点愧疚地抿紧双唇，慢慢地说："我原本不打算对他下手的。前天晚上，我杀完士延叔从他家往这里走的途中，就在入山口附近与那位画家擦肩而过。当时我担心有人瞧见我从士延叔家中出来，所以一步三回头，而且路上也黑，等我注意到他的时候，我们之间也就十米不到的距离。我一时间不知所措，只能是低着头从他身边快速通过，其间我用余光瞥他，发现他若有所思，眼里似乎压根儿就没我，我没敢多想，只能先跑来这里躲躲。"

"我记得昨天我们询问刘常宫的时候，他说自己并没有看到可疑的人。"万朋来说。

"我想这应该是实话。"李尚景说。

"那你还杀他？"段琪婕问。

"昨晚我杀死雷保正后，想起了前天夜里擦肩而过的画家，为了以防万一，我决定去探探他的口风，于是从竹篓里挑了一把镰刀带在身上。好在这村子不大，岔路口也少，我凭借着记忆没过多久就找到了画家的住处。那画家也是个怪人，任由我走进他家都无动于衷，和他打招呼也不理睬，全程就只盯着面前的画。我见他这副模样，就说了两句和画画相关的事情，没想到他就像是被激活了开关，欣喜若狂地对我倾诉他对艺术的理解，以及其他深奥的话题。其实我对这方面知之甚少，我能做的基本就只有附和，偶尔插两句我听说过的名词，但马上就会遭到他的否定与反驳。没几分钟，他就意识到自己是在对牛弹琴，所以冷笑了一声后摆了摆手，就又不说话了。"李尚景停下来，喘了一大口气，才继续说，"到此为止，我判断他应该是个只对画画感兴趣的画痴，对我构不成威胁，可是，就在我准备离开之际，他突然从背后叫住我，并且疑惑地打量我，'昨天晚上我们是不是在哪里见过'，他如是问道。"

"你就是因为这句话起了杀心？"苏则问。

"我不想冒险，所以只能选择动手。将他杀害后，我无意间发现他画的右下角标着昨天的日期，我担心他昨天是否也画了一幅画，我是否也出现在他的画里，后来在门口的大箱子里发现了他的画，我没时间一一甄别，于是干脆连同他未完成的那幅画一起烧毁。"李尚景回答。

"李尚景，和我回去吧。"万朋来说。

李尚景转过身，面向大海坐在崖边："走不了了。我知道今天是小汐的祭日。"

此处断崖高三十多米，底下便是乱石滩和层层翻涌的海浪，如果从这里掉下去必死无疑。想到这里，万朋来连忙上前，段琪婕也随即跟上，他们几乎同时抓住李尚景的肩膀。

"你们放心，我不会跳下去的。"李尚景轻声笑道。

苏则和万朋来对视一眼，才刚有些安心，又听见身后关玉门的声音。

　　"是没有必要跳下去，你已经提前服了毒。"关玉门说，"从刚才开始你的右手已经多次抚摸左胸口，是感到心痛吧？你面呈青色，咽喉已有肿胀，呼吸的节奏和幅度也肉眼可见地越发困难，以上都是蛇血草的症状，你什么时候服下的毒？"

　　"昨夜，杀死雷保正之后。"李尚景回答。

　　"关医生，有什么话稍后再慢慢聊，你倒是先想办法帮他把毒解了呀。"万朋来连忙劝说道。

　　关玉门摇摇头："解不了，已经太迟了。服用蛇血草十个小时后毒性开始发作，此时便无药可救，最多二十个小时便会窒息而死，且死状与溺亡者相似。"

　　"让你说中了，可是你又怎么知道？"问题刚说出口，李尚景就想到了答案，"啊，我忘记你是法医了。"

　　"雷保正桌子上的那本医书是你翻看的，为的就是找适合自己的毒药，恰巧我也翻到了那一页。"关玉门说。

　　李尚景没有再说什么，而是用最后的力气吟唱起小曲：

　　"桃叶儿那尖上尖，柳叶儿遮……满了天，在其位的……这个明阿公，细听……听……听我……"

海妖的歌声

　　众人将李尚景的尸体暂时安置在临时警务室后，万朋来就将所有村民召集到一起，告知案件的初步调查结果，希望以此稳定村民们的情绪。然而村民们显然还有很多疑问，所以一下子就把万朋来围住，又问了不少问题。

苏则见状，连忙拉上段琪婕和站着睡着的关玉门从人群中挤开一条路，逃回客栈。

傍晚时分，娟娘找到了苏则和段琪婕。

"两位，你们要找的人是不是名叫司徒枫？"她问。

苏则满脸喜悦："对，就是他，难道你想起什么了吗？"

"果然你们在找的是同一个人。"老板娘说完，递给他们一张有些发黄的照片。

照片里的男人站在黑板前，头发凌乱，衬衫的领子也有点褶皱，但一双眼睛神采奕奕，朝镜头自信满满地竖起大拇指。

"几年前，有个中年男人也来打听过照片里的这个人，当时他拿着照片在岛上问了个遍，最后似乎扫兴而归。这张照片是他临走前留下的，让我帮他留意，如果见到照片里的人就想办法联系他，还留下了联系方式和一笔钱。"

娟娘说着又拿出一张有些泛黄的纸，看样子应该是从笔记本上撕下来的，纸上除了一串手机号码什么都没有。

"娟娘，这几年你联系过这个留下字条的人吗？"段琪婕问。

"没有，因为你们要找的人根本没有出现。"娟娘顿了顿，接着说，"我记得他说之后还会再派部下来，不过至今也没有见到。"

"除此之外，关于照片里的人你还能想起什么吗？"苏则问。

"很遗憾，只有这些了。"娟娘回答。

"是吗？那给你添麻烦了。"苏则失望地叹了口气，说道。

"哪里的话，我也希望能够帮到你们。"

等老板娘走后，段琪婕满脸不悦地抱怨道："终究是被摆了一道。"

"你在说什么？"苏则问。

"我说，我们被我爸爸耍了，老板娘口中的'部下'指的就是我和你。"

"难道几年前来的那个人就是你爸爸？"

"错不了，没有姓名和地址，只留下钱和手机号这就是他的行事风格，还有那个笔迹和号码都是他的。"

"原来如此，我们自以为说服了你爸爸才得来的宝贵情报，结果是被他反过来利用，白白当了一回跑腿的。"

"连环杀人案的真相已经找到，也知晓了人鱼岛所谓的美丽传说，虽然没能找到司徒枫的下落……"段琪婕欲言又止。

"我认为从这座岛上找到他行踪的可能性几乎接近零。"

"那么所有的谜团就都解开了，可以安心等待明天来接我们返程的船。"段琪婕愉快地说道，"你也该恢复自己原本的身份了吧，司徒若星？"

"偶尔被人叫作苏先生还是挺有趣的。但是要说到谜团，还剩下一个。"司徒指着自己头上的绷带说。

"你是指前天晚上你在海滩听到的奇怪声音？"

"至少现在我们能够确定那不是人鱼的歌声，叫上关玉门，是时候去解开这个谜团了。"

这天阴云密布，太阳和月亮都被厚厚的云团遮挡得严严实实，不过这不影响大海潮起潮落，司徒若星三人裹着薄毛毯就这样在海滩上过了一夜。

次日，梦见自己专辑大卖的段琪婕至少是笑着醒来的。她低头看了一眼手表，已经是早上七点半，但是头顶却没有感觉到一丝太阳的炎热，天空依旧笼罩着一望无际的乌云。

注定又是愁云惨淡的一天。

司徒若星双手抱着膝盖坐在沙滩上，他并非面对大海，而是侧着身子看向北面的巨大石堆。注意到段琪婕醒来之后，他用余光一瞥，问："醒了？"

"怎么样？我们已经在这儿坐了一晚上，你到底想出来没有？"段琪婕反问。

"答案已经跃然纸上。"他回答。

"纸？哪儿来的纸？"

"在你身下由一粒粒细沙铺就的海滩怎么就不能是一张平整的纸呢？"

段琪婕揉了揉惺忪的睡眼："你是被海风吹坏脑袋了吗？"

司徒把目光转向她，故作神秘地说："大概是吧，此前竟然连这么简单的把戏都没注意到。"

段琪婕懒得在大早上动脑筋，所以随口说道："总不能是有人在沙滩底下藏了个音乐播放器之类的东西吧？"

司徒若星抬手指向前方的石头堆："差不多，只不过是个天然的播放器。"

"石头？"

"不，是几块堆叠在一起的石头，它们之间并非完美重叠，而是恰巧留下一道神奇的缝隙。这道缝隙就像一个扩音器，将海水穿过石头的声音放大，并且向外扩散，由此形成了怪异的声响，这便是村民口中海妖的歌声。"

"可是那石堆距离海水还有一小段距离，难道是因为涨潮？"

"没错。涨潮之后，水位要比你现在看到的更高，只是还不够碰到那个石堆。但是月圆之夜，月亮离地球最近，此时万有引力最大，潮汐也最为强烈，当然也有一部分原因是这里特殊的地理位置。总之，到了月圆之夜，海水上涨的幅度要远比往常更加凶猛，一阵接着一阵海浪涌上沙滩，最后穿过石堆，这就是只有月圆之夜才能听到这种声音的真相。"

"就这么简单？"

"就这么简单。"

段琪婕叹了口气，失望地抱怨着："我突然觉得在这儿坐一晚上有些不值得。"

司徒撇撇嘴，立即拆穿她的话："你们俩明明是睡了一整晚，而且是来到这儿没多久就相继昏睡过去，甚至还此起彼伏地打呼噜。"

段琪婕瞥见关玉门正在伸懒腰，所以把话茬抛给他："没办法，听着海浪声实在太过于催眠，你说对吧，关医生？"

"赞同。"被吵醒的关玉门只是随口附和着，随后他伸着脑袋，看姿势像是在努力望向远处。

"柳，你心不在焉地在看什么呢？"司徒问。

关玉门眯着眼睛又看了看，说："海面上好像有东西在向我们这边漂来。"

段琪婕也站了起来："真的？那个形状难道是船吗？"

"像不像我们来时乘坐的那艘船？"司徒问。

"像，而且船上似乎还有人在朝我们挥手，距离太远看不清楚呀。"段琪婕回答。

关医生不知道从哪儿掏出来一个单筒望远镜，观察了几秒钟后，他看着段琪婕说："船上有四个人，不，算上船长总共是五人，三男两女，其中一个女生和你很像。"刻意稍作停顿，关医生接着说，"是我的错觉吗？你们俩的身体似乎在颤抖。"

司徒若星的声音都有些颤抖："和她很像的意思不就意味着……"

段琪婕不禁咽了口唾液："应该很难不像吧，毕竟是我的双胞胎姐姐。"

"恐怖的事情竟然真的发生了，糟糕，逃跑吧！"司徒惊呼道。

"蠢货，这里是孤岛，事到如今能逃到哪里去。"段琪婕嘴上这么说着，双脚却交替向后退。

"大概是来不及了，船正在加速向我们靠近，哎呀，尊姐的表情相当狰狞呢。"关医生漫不经心地说。

"别再说了，我可不想再被那个叫诺诺的女生踢一脚。"司徒的腹部竟然隐隐作痛。

"这里是沙滩，就算背部着地应该也不会疼的。"段琪婕小声嘀咕着。

"你在念叨什么？背部着地又是什么意思？"司徒问。

不知道是不是错觉，阴云之下，段琪妤挥舞着手臂的身影突然变得高大，仿佛一位指挥着千军万马的女武神振臂高呼。冲锋的号角即将吹响。

"司徒，你这个浑蛋！"

段琪妤的怒吼声响彻了整个海面，很快，司徒若星的惨叫声也在沙滩蔓延。

对 峙

菠萝包侦探所登场

这次肖柠诺没有展示她自豪的飞踢，而是以如同教科书般标准的动作接连使出过肩摔和十字固，并且对司徒的拍地求饶完全视而不见，直到段琪妤发话，她才停止发力。

邓教授拍手鼓掌，迈着欢快的步伐慢悠悠走了过来："技术动作十分，帅气程度十分，诺诺，干得好。"

"遗憾的是这里是沙滩，否则威力应该也能达到十分。"肖柠诺说，惋惜之余，她又用余光打量了一次司徒，嘴角突然上扬到危险的角度。

"喂，你们到底是侦探还是杀人犯？"司徒若星揉搓着右臂，生无可恋地问道。

苏则的注意力锁定在关玉门身上："他是司徒的同伙吗？"

段琪婕帮着解释道："他是和我们一同乘船上岛的关医生。"

苏则听完暂时放下了戒备。

没承想，关玉门却指着地上的司徒说："我的名字是关玉门，是

115

南天朱雀的一员,代号柳,是他的同伙。"感受到众人齐聚过来的目光,他淡定地举起双手,补充道,"我不擅长打架,我投降。"

"姓关的,你投降得也太干脆了。"司徒说。

"Boss,眼下的情况这是最优解。"关玉门说。

"Boss?"众人同时看向司徒。

"我解释一下,我们俩是发小,也不知道是哪根筋搭错了,有一天突然开始喊我 boss,但是,他虽然这么喊,实际却一点都不尊重我。相反,他嘴上说得越尊重,内心里越是在挖苦我。"司徒解释说。

面对司徒的控诉,众人都将目光投向关玉门。关玉门的表情毫无波动,平静且坚定地点头回应。

"你们看,我没有撒谎吧。"司徒说。

"我突然有点同情你了。"邓钟说。

"我之前就想问了,关医生你好像不太喜欢说话。"段琪婕说。

"不是的,必要的时候我还是会知无不言的。"关玉门否认道。

"只是必要的时候啊……"段琪婕弱弱地吐槽着。

关玉门似乎并不在意,反倒一本正经地说:"因为我认为人类太执着于语言交流,从而忽略了其他交流方式,比如眼神接触、肢体动作、细微的表情变化,甚至人和人之间的气场有时候也能够实现交流,而且与这些相比,语言恰恰是最容易欺骗他人的方式。"

"这就是你说话少的原因吗?"苏则问。

"是的,我在用实际行动倡导人们通过语言之外的方式沟通,最终达成心与心的交流。"关玉门坚定地说。

邓钟用看艺术家的目光打量了一会儿关玉门:"这算是行为艺术的一种吗?"

"先别说那些没用的。"段琪妤双手揪起司徒的衣领,"你这家伙为什么和我妹妹在一块儿？"

"这里面是有原因的。"

司徒正准备详细解释，关医生在旁边轻飘飘地来了一句："原来是地下情。"

"你……"司徒冲着关医生投去抱怨的目光，就在下一秒，他感觉另一股目光锁定在自己的脸上，那是来自段琪妤强烈的、怒不可遏的恐怖目光，他连忙说，"不是你想的那样，你听我解释。"

"地下情？司徒，你都做了什么？"因为愤怒，段琪妤已经把声音绷得几乎可以切开空气。

"慢着，我还什么都没做。"

"还？那就是想过。"

"不是的，我不是那个意思……"

段琪婕突然跪坐在沙滩上，捂着脸装作委屈地说："都是他逼我的。"

"什么？是我逼的吗？"司徒难以置信。

可是，段琪妤可不管那么多："司徒，诱拐我妹妹会有什么后果，你心里也有数吧。"

肖柠诺大幅扭动脖子，双手按得嘎嗒作响："看情况又该轮到我出场了。"

"你先别过来。"司徒若星指着头上的绷带说，"我后脑勺刚遭受过重击，你们能不能稍微爱护一下有轻微脑震荡潜在风险的伤员？"

"你被人袭击了？"肖柠诺问。

"前天晚上，他被第一起命案的死者从背后偷袭了。"段琪婕说。

大概是觉得胜之不武，肖柠诺最终决定放过司徒。

"他的伤只是皮外伤，并无大碍，而且基本已经痊愈，这是我身为医生专业且热心的提醒。"关玉门说道。

"用不着你多余的提醒。"好不容易逃过一劫的司徒狠狠地瞪着关玉门，咬牙说道。

邓教授突然反应过来："慢着，小婕刚才说的是第一起命案的死者，那不就意味着这个岛上发生了命案，而且不止一起？"

"不必担心，案件都已经顺利解决，唯一不足的是我们没能阻止凶手自杀身亡。"段琪婕说。

"目前看来这里也没有爷爷的下落。"司徒说。

"这到底是怎么回事？"邓钟问。

"整件事说来话长。"段琪婕回答道。

这时候，掌舵的老周头走过来，笑呵呵地和段琪妤说话，虽然他的语气更像是在请示："各位，既然已经把你们安全地送上岛，那我的任务就算顺利完成，我先回去了。"

"稍等，得请你把万警官带回去，虽然案子已经告破，但是善后工作光靠他一个人可应付不来，他需要回警队求援。"司徒说。

老周头一脸担忧地说："那可得快些，这天气看着不对劲，再晚点海面就不安全了。"

"柳，你去找万警官，顺便把大致情况给他解释一下。我留在这里给侦探所的各位讲讲整件事情的来龙去脉。"司徒说。

起因

事情还要从半个月前，南天朱雀的一次碰面说起。

司徒若星双手托住下巴，失落地说："通过模仿犯罪策划师引出爷爷的计划并不奏效，我决定先暂缓，想从段方圆那里问出爷爷的行踪，目前看来也是难度颇高，所以，我们该重新思考下一步的行动方向了。"

"堪忧。"关玉门说。

"玉门，你就不能多说几句话吗？"说话的是一个身穿快递员工作服、嘴里嚼着泡泡糖的年轻男人。

关玉门做了个表达"拒绝"的手语："我还是希望你们能叫我柳或者关医生，我在家中排行老二，其实你们也可以……"

"你做梦。"司徒立刻严词拒绝，然后转向另一个同伴，"翼，你还没从快递公司辞职吗？"

翼吹了个大泡泡，笑嘻嘻地说："骑着小车穿行在人来人往的街道是件十分惬意的事情，我越来越享受这份兼职了。放心，我不会耽误本职工作的。"

翼演技精湛，年纪轻轻，却是个几乎可以驾驭所有角色的天才舞台剧演员，"提升演技的最佳途径就是用心感受生活"是他常常挂在嘴边的座右铭。

司徒动了下眉毛："你不觉得辛苦就行。"

"提到辛苦，那位井大叔成天躲在工作室里忙着他的手工发明真的没问题吗？从我们团体成立至今，我只见过他两次，再这样下去，我都快忘记他长什么样子了。"翼抱怨道。

"没办法，大家都是个性十足、有自己鲜明特点的人。"司徒无奈地说。

"你可以说得直接点，我们都是怪人。"关玉门说。

"你非要这么说，我也没意见。"司徒说，话音刚落，他的手机收到一条短信息，"是轸发来的消息，她让我们试着接触段琪婕。"

"说起来，那个总是喜欢自称小女子的姐姐也是个怪人。"翼愣了一下，"段琪婕这名字听着好耳熟，不就是菠萝包侦探所的所长吗？"

"你说的是段琪妤，段琪婕是她的双胞胎妹妹。"司徒解释说。

"哦，所以接触她，然后呢？"

"轸说，段琪婕似乎更擅长对付段方圆，也许能打探到有用的信息。"

"呃，'对付'确实是那个女人会使用的词汇，先不评价这个词用在父女之间是否合适，她又是怎么知道这种事情的？"翼吐槽道。

"身为我们的情报源，轸自然有她的手段。"司徒看向关玉门，"柳，你的想法是？"

关玉门稍作思考，最终还是给了一个坚定的目光。

与段琪婕的接触要比预料中顺利。她是在出门散步的时候遇见的司徒，简单说明来意后，双方就在附近的咖啡厅开始正式的谈话。

司徒做了自我介绍，包括他和段琪妤之间的往事，然后才是这次的委托。段琪婕很耐心地问，不过她既没有急着拒绝，也没有明确表示答应，而是看起来有些心不在焉。

"你有什么顾虑吗？"司徒问。

"我在写歌。"段琪婕用吸管漫无目的地戳着浮在可乐表面的冰块，慵懒地回答道。

司徒眨了眨眼睛："写歌的意思是？"

"我是歌手，上周刚发行了第一张专辑。"段琪婕说完，向司徒伸出右手，掌心向上摊开，"手机给我。"

段琪婕在手机的音乐软件里搜索了专辑，然后将手机还给司徒。专辑名叫《若》，目前只有五首歌，播放量也很低，评论也只有惨淡的个位数。

司徒点开音乐人的资料，名字用的是艺名，头像是二次元图片，如果用的是本人照片，凭借她的高颜值说不定在短时间内就能够吸引来大量"颜粉"，运气好被经纪公司关注的话，还能用"新生代青春美少女"之类的噱头大肆宣传吧。

司徒看了眼正在吸着冰可乐的女生，对方虽然装作不经意，但是余光已经好几次瞥向司徒的手机屏幕，果然还是很在意。或许她最希望被人认可的是音乐本身，司徒是这样认为的。

"回去之后我会将这张专辑认真听完，还有评论也会认真写的。"司徒真挚地说。

"好。"段琪婕咬着吸管轻声应答，嘴角微微扬起。

"那么我刚才委托的事情？"

"一周之后，还是这个时间在这里等我，无论能否成功，我都会给你一个答复。只不过，我会将问出来的结果一字不落地告诉我的姐姐，这样没有问题吧？"

"你姐姐也委托了相同的事吗？"

"毕竟在应对爸爸这件事情上，我会更加擅长一些。"

司徒举起杯子，啜饮了一口卡布奇诺："我知道了。那么就看我们双方谁先做好准备，采取行动。"

段琪婕放开吸管，抬起头凝视着司徒："还有最后一个要求，如你所见，目前专辑里的歌曲并不完善，所以我需要你协助完成剩余的最后一首歌曲。"

完成歌曲？这种要求对连五线谱都看不懂的司徒来说实在过于勉强，可眼下也不能一下子就拒绝，权且听听要做什么吧。

"是要我帮你写歌吗？"司徒问。

段琪婕把身体向后靠："当然不是。歌曲的创作是传递音乐人自己想法的过程，这种事情是不能由他人代劳的。"

司徒似懂非懂地应和着："那么该如何协助呢？"

段琪婕稍稍向前探出身子，定格了一秒钟后，又缩了回去："简而言之我需要灵感，但是具体的等我想到了再说，总之不会是危险的事情。"

司徒老老实实地将第一次见面的经过和盘托出，然后又把这几天岛上发生的命案也简单做了说明："……事情就是这样。"

但是段琪妤显然不打算轻易相信。

"我可以证明，他说得没错。"段琪婕说。

段琪妤的视线轮番停留在两个人脸上，思索片刻后，她终于松开揪着司徒衣领的双手。

这时候，关玉门带着万朋来也来到了海滩。

万朋来看着被团团包围的司徒，叹了口气："大致的情况在来这里的路上已经听关医生说过了。司徒先生，虽然不清楚你们之前到底做了多少错事，但是这两天还是要感谢你们二位的鼎力相助，才能在这么短的时间内顺利勘破这起连环杀人案。"

"万警官客气了。"说罢，司徒给万朋来递了个眼色，想让他帮自己解围。但是，也不知道是不是故意的，万朋来已经笑容灿烂地开始和侦探们交流起来。

"想必几位就是真正的菠萝包侦探了，双胞胎果然一模一样啊。"

"还是有点区别的，各种方面。"

"邓教授的小辫子确实很有标志性啊。"

"就算你是警察，也别用奇怪的眼神盯着我的头发。"

"这位货真价实的苏先生看着才像高中生嘛，看着真是年轻。"

"不管是不是夸奖，我都不想再听到这句话了。"

"看什么，要和我切磋切磋吗？"

"不不不，我知道诺诺姑娘身手了得，至于切磋还是算了。"

老周头见万朋来还在和众人闲聊，着急忙慌地过来催促道："万警官，您可别再耽搁了，再晚就真走不了了。"

"好，那我就最后再交代一句：诸位，这岛上情况特殊，凡事还请多加忍耐，断不可与村民们起冲突，有什么事等我回来处理，切记，切记啊。"万朋来特意叮嘱道。

走了几步不放心，万朋来又回过头来看了一眼，但架不住老周头一再催促，也只得与众人挥手作别。

苏则放下手，说道："这位万警官人还怪好的嘞。"

"别大意，阿则，正如万警官所说，这岛上的村民不好惹。"段琪婕说。

邓钟饶有兴致地眯起眼睛："详细讲讲。"

"这里长期与世隔绝，民风彪悍，法治社会的规则在这里根本行不通，村民们信奉的是祖祖辈辈流传下来的奇怪村规，而且是很多条奇怪的村规。"段琪婕说。

"还能有我们侦探所的规则奇怪？"邓钟问。

段琪婕瞥了他一眼："邓教授，你对我订立的规则有意见吗？"

邓钟转过脸不看她，说："所长英明。"

"恐怕该说是有过之而无不及，并且净是些十分邪门的规则。"段琪婕说。

"没错，这些天如果不是有万警官尽力护着，我们都够被丢进海里喂好几回鱼了。"司徒补充道。

听到这里，护妹心切的段琪妤一下子就暴躁了："嘿，把我妹妹丢进海里？我看他们谁敢。"

司徒还坐在沙滩上，双手环抱胸前，叹了口气："你先别忙着逞强，村民们表面看起来给万警官面子，其实也不多，尤其是那个村长，对我们这些外来者相当不友好。如今万警官不在，保不齐什么时候就得和我们撕破脸皮。我建议这两天大家还是乖乖在客栈里待着，尽量避免与其他村民接触。"

失踪的士良

渡口的海滩上，就在段琪婕向初来乍到的侦探们介绍草藏岛的各种离谱村规时，从远处依稀传来其他人的呼喊声，而且听着十分迫切。众人纷纷竖起耳朵听，等到声音更近一些，关玉门认出来是客栈家的娟娘和俞乘。下一秒，司徒不禁倒吸一口凉气，因为他们所喊的内容也已经能够清晰听见。

他们正在焦急地寻找士良。

众人从石阶回到村子主路，迎上娟娘他们，娟娘见了他们，慌忙开口打听："苏先生，段姑娘，你们见过小良吗？"

"我们昨晚一直都在海滩，没看见小良，出什么事了吗？"段琪婕问。

"小良不见了。"娟娘红着眼眶回答道。

"什么时候不见的？"司徒问。

娟娘回忆了一下，说："昨天傍晚还在，就是我拿照片给你们看完之后，转头在过道碰见他，他说想出门走走，我当时也没在意。这两天岛上发生这么多事，我也受了不少惊吓，疲惫得很，昨晚也没想起去看看他回没回来，早早地就睡下了。今天早上醒来后没见着他，去他房间一看，才发现他床上的被子还是我昨天下午叠好的样子。"

"他有没有给你留下字条之类的东西？"司徒又问。

"没有，都没有，所以我才害怕，害怕他……"娟娘不敢再说下去，开始掩面哭泣，脚下一软险些摔倒，幸好俞乘在身旁及时扶住她。

俞乘半搂着娟娘，眼见她的模样自己心里也难受，又不知道能说些什么，只能轻轻拍着她的后背安慰。

司徒稍作思考，接着说："老板娘，你先别着急，这样，你们去和其他村民打听，我们几个也帮忙一起找。"

"这几位是？"俞乘问。

"他们是我的朋友，也是侦探。"司徒说。

俞乘似乎吃了一惊，轻声嘀咕着"侦探，又是侦探"，但他看看怀里的娟娘，便同意了司徒的安排，然后扶着娟娘离开。

司徒回过头看着其他人，说："各位，人命关天，还请暂时放下与我的私怨，先找到人要紧。侦探所的各位对岛上地形不熟悉，不适合单独行动，我建议分成三组搜寻，三位女生一组。"

邓教授自告奋勇要求和司徒一组，为了避免司徒这位犯罪策划师再次逃脱，必须亲自盯着他才能放心，但是他刚说出口就被苏则否定了。

苏则挡在教授身前，说："还是我和司徒一组，若是放任你们俩待在一块儿，指不定什么时候就得打起来。"

司徒苦笑了一下，指着关玉门说："也好，那就辛苦邓教授和这个闷葫芦一组。柳，怎么了，脸色这么难看？"

"还请各位小心为上，我有种不好的预感。"自称第六感很准的关玉门说道。

众人按照分组散开。司徒想到前一天是士连汐的忌日，所以带着苏则直奔北边的墓园而去，遗憾的是那里空无一人。

"差不多该把东西还给我了。"苏则平静地说。

"对哦，多谢，虽然完全没派上用场。"司徒从口袋里掏出苏则的身份证交还给本人，"不过还是要说句合作愉快。"

苏则做了一个深呼吸，说："不会再有下次了。"

"这可说不准。"司徒的脸上浮现出一抹神秘的笑容。

"你太自信了。"

"其实你也在享受，对吧？"

"我听不懂你在说什么。"

"你在享受与我对抗的乐趣，侦探与犯罪策划师，正义伙伴与邪恶势力，你其实已经沉沦其中了。"

"闭嘴。"

"不必羞于承认，人有很多很多欲望，换种说法，人类本来就是欲望的集合体，其中有好的，当然也会有坏的。"

"你的废话太多了。"

"人生苦短，选择你喜欢的喜欢，相信你觉得该相信的相信，单纯遵从内心地活着，不是也挺好的吗？"

"这算是什么？"

"算是什么好呢？对了，这是我今天的人生信条。"

"无聊。"

"这两个字眼可比责骂更令我感到扎心啊，侦探先生。"司徒盯着苏则，但对方的脸上还是一副无关痛痒的神情。

"还找不找人了？"

"当然要找，不过到处摸瞎并非明智之举，得先容我想想接下来去哪里找。该不会也在玉女石吧？"

"玉女石又是哪里？"

"到了你就知道了，跟紧我。"司徒摆出一副要开始全力奔跑的架势，但是实际上只跑了两步，他又停下了脚步。

苏则见状，也立即停下，并且警惕地看向四周："怎么了？"

"苏则同学，在离开这座岛之前，还请允许我继续使用你的身份。"

"凭什么？"

"就凭我用了'请'字。开玩笑啦，毕竟之前我和村民们接触的时候使用的是这个身份，如果突然告诉他们我是冒名顶替，只会更加招来他们的疑虑和排斥，徒增安全隐患，这对我和你们几位都不是好消息，你说呢？"

"你该不会顶着我的名义，在岛上干了或者打算干些伤天害理的事吧？"

"我像是那种人吗？"虽然司徒说得义正词严，但在沉默了几秒钟后，他改口说道，"至少这次不是。"

"你确定？"

"那我赌上爷爷的名义总行了吧？"

"你就是想碰瓷。"说着说着，苏则突然摆出一副严肃表情，眼中透着寒光，"司徒十方，离开这座岛之前，我会盯着你的一举一动，但是这里相当于与世隔绝的孤岛，如果山崖下或者海面多出一具死尸，最后大概也会因为证据不足被判定为意外。更何况我是侦探，很清楚该如何销毁证据，这一点你可别忘了。"

司徒看着与往常判若两人的苏则，竟也有些生畏，平静了几秒钟后，说："真是令人吃惊，你究竟经历过什么？"

苏则深深看进司徒目光深处，带着一种试图洞穿对方内心的尖锐："我曾经直面过由内心黑暗幻化的自己，并且亲手杀了他。"

被搬运的尸体

关玉门带着邓钟在村子里穿行，他显然是想避开村民们的视线，一路上走走停停，非常谨慎，这让后者有了一种乱入潜行游戏的错觉。

邓钟对此倒是不反感，或许是他关注的重点不在这儿，眼下他只知道两件事：第一，他们正在朝着和渡口相反的方向前进；第二，眼前的这个男人是司徒的同伙，而且据他亲口承认，他们是发小，关系非同一般，因此之前司徒做的那些事，他很有可能也牵涉其中，必须紧紧盯住。

"闷葫芦，南天朱雀是个什么样的组织？"

"邓教授你这是在套我的话吗？"

"我是在质问。"

"真是直接。我的答案也许会让你感到失望，你可以简单地理解为几个被命运影响、意外遇见的弱者，决定抱团取暖，由此诞生的组织。"

"弱者？司徒也能算？"

"在这广阔的天地间，有谁敢说自己不是弱者呢？"

"那么你们的目的是什么？岛上的命案也是你们的手笔吗？"

"不管你信或不信，我们此行只有一个目的，那就是帮司徒寻找他爷爷的线索，至于之前与你们搅在一起的孽缘也是源于这个目的。"

"那么以后呢？你们还打算继续吗？"

"邓教授，你还是放弃从我这里套话的念头吧。"

关玉门再次停下脚步，邓钟顺着他的目光看去，那只是一间朴素的小屋，没有什么特别的。下一秒，邓钟听到斜上方传来奇怪的动静，便抬头看去。

"这里是什么地方？"

"眼前的是已故雷保正的小屋，石阶之上就是神秘的士家宗祠，不到万不得已，最好别擅自闯入，否则就得做好与全体村民为敌的准备。"

听到这里，邓钟咬着嘴唇，神情严肃，他很清楚与村民为敌是最坏的结果。

二人走进雷保正的屋子查看，里面空无一人。

"果然不在这里。"关玉门说。

"接下来去哪里找？"邓钟问。

"村民们应该会优先寻找村子内部，所以我们沿着山道找。"关玉门冷静地分析道。

正说着，三位女生也来了。

"邓教授，你们这边有发现吗？"段琪妤问。

"目前已知雷保正的屋子里没有人。"邓钟无奈地说。

"我们沿着村子南面一路找过来，也没有发现士良。"段琪婕说。

"我说，你们只找了这么一个地方，是在偷懒吗？"段琪妤回想了一下邓钟的回答，质问道。

邓钟指着关玉门，抱怨了起来："你要怪就怪这个闷葫芦，一路上带着我东躲西藏的，沿途还不让我进村民家中查看，我差点都以为自己是潜入的间谍了。"

关玉门不以为然："我只是在降低风险。别在这里废话了，我们往玉女石的方向移动吧，如果司徒他们在北面没有发现，大概会与我们在半道上遇见。"

说罢，关玉门率先跑了起来，其他人也紧随其后。

肖柠诺语气天真地说："真是稀奇，以往这种时候都是邓教授在发号施令呢。"

邓钟一脸不爽："诺诺说得没错，凭什么我们要被司徒的同伙牵着鼻子走。"

"他看起来似乎比邓教授更像一名学者。"段琪妤说。

"别被外表迷惑。"邓钟反驳道。

如关玉门所料，众人沿着山道行进了没多久就遇见司徒和苏则，同时也找到了被吊在树上的士良。

苏则听见脚步声便回过头，然后对着众人遗憾地摇了摇头。

"柳，邓教授，过来搭把手。"司徒走向树，看他的架势是想将尸体放下来。

士良的尸体被平放在地面后，关玉门立即打开随身携带的工具箱，严肃地说："接下来我开始验尸。"

"他是法医吗？"苏则问。

司徒点点头，说："不算精通，但应该勉强够用，之前的三起命案也是柳负责验尸。"

"喂，你们过来看，这是遗书吗？"邓钟蹲在树下，目光注视着树根处。

除了关玉门其他人都围了过去，只见树根处留有一行红色的字："我是凶手"。

"司徒，你们真的抓住凶手了吗？"邓钟盯着司徒，眼里满是怀疑。

"别小看我，之前三起凶杀案的凶手一定是李尚景，这点错不了，他在临死前已经亲口承认。"司徒毫不畏惧地瞪了回去，语气相当坚定。

两个人怒目相视的情形并没有僵持太久，邓钟率先移开了视线，他抬头观察刚才吊着尸体的树枝，脑中回忆起尸体脚部距离地面的高度，脸色一沉，说："现场留有遗书，你们身后还有一块疑似上吊时用来垫脚的石头，难道是自杀？如果你之前的推理没有出错，那么自杀的动机也许是陈年旧案，或者此刻在岛上，还有我们尚未发现的另一起凶杀案。"

司徒叹了口气，沉吟片刻道："五年前的确有一起至今存疑的旧案，不过，当时遇害的是士良喜欢的女孩，我认为他不会是凶手。"

然后两个人都不说话。

像是要打破沉默，苏则嘟哝着说："话说我们这样擅自移动尸体算是破坏现场吧？"

"没办法，眼下是紧急事态，只能采取非常措施。"邓钟说。

司徒望向汹涌的海水，担忧地说："的确，海面的情况也不像之前那般平静，万警官虽然去求援，可是援兵几时能够到达还是个未知数。如果我们能获取更多线索，说不定能够在警方到来前抓住凶手。"

邓钟哼了一声，脑袋伸到司徒脸前："原来如此，你是不希望警方大部队到来后顺便将你捉拿归案吧？"

司徒也不示弱，直接用额头顶上对方的额头："都说了你们还没有能给我定罪的实质性证据，我只是不信任那帮警察而已。"

"你这家伙还真是嘴硬。"

"嘴硬的是你这个手下败将吧？"

"你说什么？我怎么可能输给你这种家伙？"

"嗯？当初跪在我面前，被我用枪抵住后脑勺的人是谁哟？喂，说话呀。"

"那是因为你要诈，卑鄙的家伙，有本事现在和我单挑，重新决一胜负啊。"

"随时奉陪，只要那个怪力女不插手，你这样的我能打一百个。"

肖柠诺毫不犹豫地翻了个白眼："你们两位的恩怨请不要误伤到我。"

"差不多给我适可而止，你们影响我专心检查尸体了。"关玉门转头狠狠地瞪了他们一眼，然后两个人立刻就老实了。

"关医生，怎么样？"段琪婕问。

关玉门语气沉重地说："根据尸斑的情况，初步推断死亡时间应该在昨夜八点到十点。除了右手食指的皮外伤，尸体表面没有发现其他明显外伤。但是其面部肿胀，眼睑结膜点状出血，符合窒息而死的表征；颈部正面有勒痕，背面却没有，有疑似上吊自缢的迹象。"

"所以死者确实是上吊自缢？"段琪妤问。

关玉门思索一下，谨慎地说："我更倾向于是被人勒死的。因为死者颈部的勒痕要明显粗于挂在树上的绳索，而且这种麻绳是由两股细绳交叉编织在一起，表面粗糙，如果作为凶器，理应在死者的颈部留下深浅不一的勒痕。但如你们所见，事实并非如此。"

"那么凶器是？"苏则问。

"苏先生，能否借你一用？"关玉门问。

苏则愣了一下，使劲眨了几下眼睛："欸，借我？是要我扮演尸体吗？"

"可以，请随意使用。"段琪妤说。

"我也同意。"段琪婕附和着姐姐的话。

"谁允许你们替我做决定！"苏则无奈地吐槽。

"那我就不客气了，请见谅。"关玉门站起身说道。

"慢着，我还没同意呢。"

苏则虽然嘴上这么说，身体却没有一点要反抗的意思。

关玉门走到苏则背后，用右上臂勒住苏则的脖子，左手抓住自己的右边手肘，做了个类似裸绞的姿势。

苏则不禁深吸一口气，做好忍痛的心理准备，但是关玉门丝毫没有发力，缠绕在脖子的臂膀也很快放下。随后，耳边传来对方疑惑的低吟。

"有什么问题吗？"苏则问。

"高度有些奇怪。"关玉门说。

"高度？"段琪婕不解地问。

关玉门盯着尸体沉默不语。

拥有丰富格斗经验的肖柠诺提出了猜想："我想应该是尸体颈部的勒痕位置不对，关医生的身高略高于阿则，如果以刚才的姿势，勒痕应该要靠近下颌。"

关玉门完全赞同，但是他还没想出其中的缘由："你的意思是凶手的身高应该和死者差不多？"

肖柠诺竖起食指，然后指着地面："或许凶手和死者当时在地上扭打在一起，这时候，两个人的相对高度一致，例如凶手背部贴地，死者背对着他在上，这样他就能从背后完成绞杀。当然，凶手大概是做不到标准的技术动作。"

关玉门的表情豁然开朗，立即和苏则按照肖柠诺所说重新演示了一遍。

"也就是说凶手杀人之后，割破死者的右手食指，用死者的血在树根处留下这句类似遗言的话，最后将尸体吊在树上，伪造出畏罪自杀的假象。"司徒说。

"很有可能。另外，你们看这里。"关玉门再度拿起尸体的右手，食指的指甲缝里留有红色的块状物。

"那是血迹吗？会不会是血迹流进了指甲缝里并且凝固？"司徒问。

关玉门凑近闻了闻，立即摇头："这不是凝固的血迹，更像是蜡烛的气味。"

"这里是山道，怎么会有蜡烛？"段琪婕问。

"所以这里并非第一现场，死者是死后被运过来的。"邓钟断言道。

谈判

有两位帮着寻找士良的村民来了，见到士良的尸体后，连忙转身跑去招呼其他人，不多时，岛上剩余的村民就都到齐了。

娟娘见到士良躺在地上一动不动，立即扑了上去，她用力摇晃着士良，哭得悲痛欲绝："小良，你怎么了？你醒醒，你看看妈妈，不要吓妈妈啊，小良。关医生，你快给看看，小良得的是什么病，为什么醒不来？"

关玉门任凭娟娘拽着自己的衣角，无能为力地摇了摇头。

"士良被杀了。"司徒咬着牙，尽量不让自己被悲伤的情绪影响，说，"虽然凶手用士良的血在树根上留下遗书，试图伪造出他是畏罪自杀的假象，但这无疑是一起彻彻底底的谋杀。除此之外，我们推断这里根本不是第一案发现场。"

"是谁？究竟是谁杀了我的小良？"

邓钟指着眼前的所有村民说："凶手一定还在这座岛上，而且就在你们这些人之中。"

"胡说八道！"村长厉声喝道，他也指着眼前的外来者们，比邓钟更大声地说，"凶手就是你们，我早就该把你们丢进海里喂鱼。"

"我看谁敢。"段琪妤双手叉腰，站在最前面，"你这个长着鲇鱼脸的糟老头好不讲道理，我们辛辛苦苦帮你们破案找凶手，都没管你要报酬，你倒好，竟然倒打一耙诬陷我们，信不信我把你五花大绑了，挂在旗杆顶端烘干。"

段琪婕连忙上前拉住段琪妤："姐姐，别说了，你这样只会激化矛盾。"

"他都要拿我们当作鱼饲料了，还有什么矛盾可激化的？"段琪妤说。

苏则也试图安抚村民的情绪，说："大家先冷静，听我说，我们是菠萝包侦探事务所的侦探，只要给我们点时间，一定能找出杀害士良的真凶。"

这时候士连盛从村长背后跳了出来，指着司徒和关玉门说："乡亲们别听他的，这伙人根本不是侦探，昨天那两人还想对我刑讯逼供，而且他们亲口承认自己是恶人。"

司徒也急了眼，说："士连盛，我警告你，别趁机公报私仇啊。昨天是你隐瞒线索在先，我们如果不用点手段吓唬吓唬你，你能乖乖说实话吗？再说我们也没真对你动手。"

村长本来就不待见这几个外来人，哪能听得进去对方的辩解，再加上身后有村民支撑，自然是气势汹汹，他憋足了一大口气，高声喊道："休要狡辩！我看你们就是和李尚景一伙的，到岛上来一定是不怀好意。前几天你们刚来，岛上就死了三个人，李尚景说不定就是因为和你们意见不合被你们除掉的，现在又来了四个，紧接着就发现士良被杀，凶手不是你们还能是谁？你们究竟还想杀多少人？乡亲们，抓住这些凶手，为冤死的同胞们报仇！"

段琪婕还试图解释，但是村长振臂一呼，村民们便纷纷响应，将她的声音淹没。而且，村民们的手中多数都拿着武器，或是木棍，或是农具，就连原先那对互相搀扶、走起路来颤颤巍巍的老夫妻此刻也挺直腰板，舞弄着手里的拐杖，气势丝毫不输年轻人。

"你们看，那个老头的棍法炉火纯青，这岛上还真是卧虎藏龙。"邓钟说。

苏则白了他一眼，说："喂，现在不是看戏的时候，再这样下去局面就控制不住了。"

邓钟不以为意地说："大不了就自卫反击呗，反正我们有诺诺在。"

肖柠诺已然摆好架势："除了老弱妇幼，剩下的都可以交给我。"

段琪婕一把抱住肖柠诺的胳膊："等一下，你们别忘了万警官临行前的嘱咐，现在还是先逃跑再说。"

"喂，司徒，现在该往哪边跑？"段琪妤问。

"想什么呢你们，眼下不就只有背后一条道吗？"司徒插嘴道。

于是，众人跟着司徒一路狂奔，身后士展一马当先，除了娟娘和俞乘以外的村民都跟在士展身后，紧追不舍。

跑着跑着，关玉门突然喊道："这条路不对劲，再往前就该到玉女石了。"

"那是什么地方？"邓钟问。

"绝路。"段琪婕说。

"司徒，你这家伙怎么带的路？"段琪婕大喊道。

"都说了只有这一条路，先跑再说，万一他们体力不支追半道放弃了呢？"说完，司徒朝身后看了一眼，得了，这鬼话连他自个儿都不信。

没跑多久，玉女石就出现在眼前，司徒被迫开始减速，他这么一减速不要紧，跟在他背后的众人反应不过来，撞在了一起。

跑在最后面的段琪妤倒是能及时刹住脚步，奈何士展就紧随其后，一把抓住她的衣服，向后用力一拽，段琪妤就跌坐在地上。等她再抬头一看，已然成了村民们的俘虏。

眼见姐姐被抓住，段琪婕也顾不上那么多，大声喊道："放开她，否则别怪我们不客气！"

山崖边上骤然沉寂。

按理说，这时候应该轮到村长率先站出来说话，所以村民们都按捺住情绪等待，可过了几秒钟才意识到似乎不是这么一回事，村长还没有跟上来，于是众人纷纷回头。

气喘吁吁的村长正叉着腰站在几米开外换气，眼见村民们都盯着自己，没办法只能步履维艰地走到队伍最前端，其间还不忘举起右手指向司徒他们，嘴里喃喃骂道："跑，你们接着跑啊。"

双方对峙的局面正式形成，段琪婕先声夺人："快把我姐放了。"

"你做梦！"村长气势很足，怎奈肺活量确实已经见底，这一嗓子喊完，倒是自己先干咳了好几声。

苏则上前一步，试图与对方谈判："那我们可以做个交易，你想要什么？说出来，我们尽量满足。"

村长好不容易把气倒腾匀了，大声骂道："交易个屁，我现在就想要把你们丢进海里喂鱼！"

邓钟见谈判破裂，更加来气："嘿，你个老头怎么冥顽不灵，好赖不分哪，既然如此，就别怨我们。诺诺、司徒，都做好准备，我们一起动手。"

司徒也在摩拳擦掌，说："最壮的那个交给我，正好有些私人恩怨找他解决。"

村民们一听，纷纷握紧手中武器，个个蓄势待发，就等村长一声令下。

就在这千钧一发之际，关玉门突然挡在邓钟和肖柠诺身前，他的手中不知什么时候多出一把银色的十字弩，银色的弩箭在弩床上准备就绪，锋利的箭矢直指村长。

"大家快看，这帮人果然携带着杀人的凶器。"村长又开始煽动村民。

可是这次他话音未落，关玉门便扣下扳机，弩箭"嗖"的一声划过他的小腿，留下一道血口子。村长吃了疼，大叫一声，跌坐在地上。

"现在可以重启谈判了。"关玉门说。

"仅仅是一点擦伤而已。有本事你就射死我。"村长捂着伤口，叫嚣道。

"不，这就足够了。瞧仔细了，这支箭矢是特制的，箭头处有一道凹槽，用来装载例如毒药或者火药等小型特殊物质。"关玉门说，他无比镇定，语气完全就是在陈述一个既定的事实。

村民们听说弩箭带毒，纷纷退后两步，只有士展坚定地挡在村长身前。

村长看了眼弩箭，前端确实有个凹槽，而且上面还残留着不明液体："你刚才说毒药……这不可能。"

关玉门将弩挂在腰间，从工具箱里取出两个小玻璃瓶，瓶子里装着颜色不同的液体，左边瓶子装满液体，右边瓶子里的液体已经见底。他举起双手，刻意将两个瓶子在所有人面前大幅甩动。

"在我左手边这瓶是绝无仅有的解药，右手边当然是毒药。"说完，关玉门死死盯住村长，将右手的瓶子丢下山崖，"下一个就是解药。"他用警告的语气说道。

"慢着。"村长立刻抬手阻止。

关玉门缓缓将左手伸向山崖："放开她，否则你就等着去海里找解药吧。"

村长按住还在出血的小腿，看了眼四周，确信眼前的这几个外乡人依旧处在自己的层层包围之中，然后命令士展放人。士展不敢怠慢，立刻放开段琪妤。

"我已经放人了，快把解药交出来。"村长说。

"让开一条路，由我的同伴们来找出真相。"关玉门说。

"闭嘴，你把我当成傻子戏耍吗？"

"我和解药会留在这里，哪儿都不去。"

"你想逞英雄，牺牲自己拯救其他人吗？"

"不，我们三个女生也全部留下，这样总行了吧？"段琪妤说，"邓教授，阿则，还有司徒，后面的事拜托你们了。"

"你们又想要什么花招？"

关玉门没有理会村长的问题，说："毒药的发作时间为一个小时。"

村长咬着牙，极其不情愿地示意村民们让开一条道，放三个人离开，随后人群又迅速将缺口重新堵上。

"反正要等一个小时，先坐着休息会儿。村民们，你们都别傻站着，他们没这么快，不妨一块儿席地而坐，我们聊些家长里短多好啊！"

士连盛觉着有道理，一屁股就坐在地上，后面的几个村民也跟着照做了。村长见状，担心又中了对方的诡计，便大声呵斥村民们都站起来，还要时刻保持警惕，严阵以待。

段琪妤见对方不领情，身子一转就和同伴们闲聊起来。

村长盯着她的背影，气得一边吹胡子瞪眼，一边还得忍耐着疼痛，反正动是绝对不敢轻举妄动的。因为关玉门坐的位置紧贴着崖边，装着解药的玻璃瓶就立在他的左手外侧，在村长眼中，那小小的瓶子就算不碰也随时有被风吹下去的危险。

段琪妤挪到关玉门身边，问："那支弩箭似曾相识，之前在旧厂房里险些射中我的人也是你？"

"扣动扳机的人的确是我，但是险些射中你这个说法失之偏颇。因为事先我们已经精确计算过，并且在现场反复演练过。"关玉门坦白地回答道。

"演练？"

"是的，除了弩上配备的红外线瞄准器，包括架设弩的位置和箭矢的角度，我的位置，你们所站的位置，彼此之间的距离，甚至之所以选在厂房里而不是光线更好的室外，也是为了排除风的干扰。换而言之，那是一次成功概率无限接近百分之百的行动。"

"概率……那么这次我们能够脱险的概率是多少？"

关玉门低下眼睑，沉思片刻："那就要取决于你对他们三个人的信任程度。"

士家宗祠

苏则回过头，看见没有村民尾随，才放心问道："关医生射出的那根毒箭真的是一个小时后发作吗？"

"不，那根本不是毒药，一个小时是他能够为我们争取到的极限时间。"司徒回答道。

"果然是幌子。"邓钟说。

"既然知道了，就快点。"司徒说。

"问题是我们现在要去哪儿找线索？"苏则问。

司徒率先分析："当务之急我们要先弄清楚第一案发现场有可能在哪些地方。首先，我们发现尸体的地点位于小岛东侧的山道，而我、柳，以及小婕三人从昨晚开始到早上见到你们，一直都在小岛西侧的海滩，虽然他们俩几乎都在睡觉，但是我全程都很清醒，如果有人从附近经过，或者弄出动静，我一定会有所察觉。"

其次是邓钟，他说："抛尸地的地面是干燥的沙土，并未发现明显的车辙或重物拖曳过留下的印迹，且死者的衣物相对完好，也没有因为摩擦而出现破损的情况。由此可知，凶手转移尸体最有可能使用扛或者背的方式。"

苏则说："目测尸体重量至少一百斤，从进山路口到抛尸点是一大段上坡路，即便是青壮年想要凭借一己之力完成搬运尸体的工作也绝非易事，凶手抛尸的距离不会太远，且很可能存在共犯。"

司徒说："照理说，凶手转移尸体应当选在夜深人静之时，然而死者士良本就身体虚弱，如果夜晚未归，他的母亲必然会挨家挨户寻找，尸体在村子里是藏不住的，必须尽早转移，可这又会带来新的风险，那就是凶手转移尸体时被其他村民发现。所以，我推测第一案发现场不在村子里，或者至少是距离进山口不远的村子东侧。"

邓钟说："还有最重要的一点，死者指甲缝里的蜡烛。既然用到蜡烛，如果不是在离开客栈前沾上的，那么大概率第一案发现场就是在室内。"

司徒："据客栈老板娘所说，死者是在我们回到客栈之后没多久离开的，那时候天还没黑，应该用不到蜡烛。"

苏则说："综上所述，第一案发现场应该位于村子东侧，靠近进山口的某栋房屋内。"

司徒说："要说这个范围内最可疑的地方，恐怕就只能是那个鬼地方了。"

不久之后，三个人在那座神秘宗祠下方的阶梯处站定。一阵凄冷的风突然扑面而来，吹得他们不禁心里发毛。

"这里就是禁地吗？真够阴森啊。"教授说。

"难道邓教授您也相信鬼神之说？"司徒调侃道。

"这种时候还是宁可信其有比较明智。"

"大概吧，但是我们已经到了非进不可的程度，反正不进去，那些村民也不打算放我们离开。"

"进退都是死，那就进吧。"

已经爬了一半阶梯的苏则回过头俯视着教授和司徒，忍无可忍地低吼道："你们两个别光站在原地动嘴，倒是也挪挪腿啊。"

苏则奋力一跃，率先通过石阶，可是当他抬起头看清楚眼前诡异的景象时，不禁下意识地发出惊叹，脚下也随之后退了半步。随后而来的邓钟和司徒见到苏则的反应，虽然已经做好了心理准备，但亲眼见到之后还是错愕得动弹不得。

那是一处长宽都超过五十米的矩形院子，高大的士家宗祠就藏在最深处。之所以用藏，是因为宗祠虽然看着就在面前，但是想要进到其中却必须先通过这个石像林立，遍布黄、白两色引魂幡的前院。

三个人相互对视了几秒钟，终于鼓起勇气同时迈出脚步。

石像约莫有两米高，形态各异，要说它们还有什么共同点，那就是皆为人形，且个个都面相凶恶，龇牙咧嘴，口中隐隐透有光亮，手中持有兵器，令人不寒而栗。

邓钟伸手在石像表面轻轻敲打两下："我说刚才站在石阶底下时觉得阴风阵阵，现在看来是这些石像在捣鬼。"

司徒也注意到了这一点，微笑着说："石像改变了风原本的运行轨迹，迫使风在碰撞与挤压后形成更强大的气流从这里吹向石阶。"

"你小子物理学得不错嘛。"邓钟难得夸赞了他一句。

"依我看，这些石像摆放的位置似乎别有讲究。"苏则说。

"难道是按照阴阳风水、五行八卦排布？"司徒问。

"你说的这些太过深奥，我倒是觉得像古代的军阵。"苏则说。

"你的话也不无道理，看这些石像全都是凶神恶煞，手持兵刃，倒确实有几分守墓人的姿态。"邓钟说。

"难不成是某种自动防御机制，当有外人闯入时，石像的嘴里会吐出飞针或者毒雾。"司徒说。

"你是盗墓小说看多了吧！"邓钟说。

"等等，石像的嘴里好像还真有东西。"苏则说。

司徒走近石像观察，发现其口中含着类似玉石的东西："你们看，这些石像的口里还放着会发光的玉，该不会是传说中的夜明珠吧？"

邓钟也拿起石头对着天空照了照，说："才不是夜明珠，如果我没猜错，这应该就是鱼惊石。"

"那是什么东西，奇珍异宝吗？"苏则问。

邓钟解释说："简单来说就是青鱼口中的角质增生，其色黄嫩，其形如心，晒干之后坚硬如石，晶莹剔透，如翠似玉，相传有驱邪辟邪的作用，在古代确实是极为稀罕的物品。"

"那这些石像脖子上挂着的骨头不会也是值钱玩意儿吧？"司徒问。

"应该只是普通的犬牙和猪惊骨。"邓钟回答。

"我是见过拿犬牙做项链的,这猪骨头又有什么讲究?"司徒问。

"这不是普通的猪骨,是猪耳朵里的听骨,名为惊骨。"邓钟说,"说来也是奇怪,鱼惊石、犬牙,还有这猪惊骨,再加上这些面目可怖的石像,看着都是专门用来消除邪祟的东西,怎么会立在自家宗祠之前。"

"说不定是此前经常闹鬼,所以才准备了这些东西。"苏则欲言又止,随后像是推翻自己的猜测似的摇了摇头,"不对,你刚才说的是消除邪祟,将这些东西立在这儿,不就意味着村民将宗祠里供奉的祖先也视为邪祟?"

"可既然是邪祟,又何必继续供奉?"司徒问。

"我想只有进去里面瞧一瞧才能明白了。"邓钟说。

可是,宗祠的门上挂着一把厚重的锁。

邓钟先是用力拽了几下,无果,又蹲下来观察锁眼。司徒见状,也靠了过来。

"如何,邓教授,有把握打开吗?"

"这把锁的表面多有磨损,看起来少说得有数十年之久,不过锁芯却完好无损。而且乍看之下内部构造相当复杂,制造者必是能工巧匠,依我之见,没有配对的钥匙恐怕够呛。"

"让开。"司徒硬生生将邓钟挤开,然后从口袋里掏出几件开锁工具,稍作比对之后就插进锁芯,耳朵贴近锁听声音的同时,手指也跟着转动工具。

三分钟后,忍无可忍的邓钟开始质问司徒:"你这家伙到底行不行?"

"闭嘴,你吵到我开锁了。"

"闪开点,还是由我给你展示真正的开锁技术。"

两个人谁都不示弱，你一言我一语，很快就演变为互相揪住对方衣领的画面，眼看着就要打起来，猛然间听到一声巨响。两人慌忙循声望去，这才发现是苏则搬起一尊石像，直接将宗祠的窗户砸开一个大口子。

　　苏则拍了拍手上的尘土说："喂，你们在那儿磨蹭什么，还不快进去！"

　　"是。"邓钟和司徒异口同声回答，争先恐后地从破洞爬进宗祠。因为原本安放在石像手上的石剑如今被苏则握在掌心，更糟糕的是，他脸上的表情充分反映出内心的烦躁情绪。

恸 哭

宗祠内部

三人刚进入祠堂就闻到呛鼻的味道。

司徒举起手电筒四周照了照，发现顶部结着些许蜘蛛丝，桌子、地面和柱子却还算干净，显然是有人定期清扫，应该是没有天井，且鲜少打开门窗通风的缘故，才会有如此浓烈的霉味。

祠堂正中央摆放着一张石雕供桌，上面摆着熄灭的香炉和几盘干瘪的供品，供桌后方的享堂密密麻麻摆放着士家祖先的灵牌。当苏则靠近察看牌位时，不禁感到诧异，根据牌位所记述的生卒日期，这里供奉的似乎只有一代人，而且称谓及名讳相当杂乱，怎么看都不像是同一家族的人。

邓钟进入祠堂右侧的偏厅，这里的布置与院子的景象类似，墙上挂着牛角与用核桃加工而成的壁鞋，这些物件也都是辟邪所用。邓钟顺着墙体摸索，无意间又打开了一扇小门，眼前是一条密道，从方向上判断，应该是通往享堂背后。

邓钟喊上苏则和司徒，三个人共同进入密道，密道并不长，而且是直道，所以一眼便能看到摆放在尽头的供桌。

供桌一米来高，一两条长长的白色绸布将其完全覆盖住，直至地面。与主室不同，这里的供桌上只摆放着一个牌位，而且烛火明亮，供品新鲜，显然是不久前才有人来祭拜过。三人凑上前，发现牌位的主人正是村长的女儿士连汐，忌日是五年前她失踪当天。

"这士连汐是犯了什么大错吗？怎么被放在这密道里偷偷祭拜？"邓钟问。

"据我所知并没有。"司徒也觉得意外，说，"或许是祭拜者不希望被其他人知道。"

邓钟若有所思地望着地道出口的方向："也可能是祭拜者与死者有着某种特殊关系。我记得你说过这座祠堂只有村长和雷保正可以自由出入，对吧？"

"的确如此。"司徒低下头，沉思了片刻之后，又缓缓抬起头。

"你想到什么了？"邓钟问。

"雷保正也喜欢士连汐，说不定是他难忘旧情，有碍于自己保正的身份不方便把灵位设在家中，所以只能偷偷来这密道中祭拜。"司徒回答，但是他的声音中有些不确定。

苏则没有参与讨论，而是盯着供桌上的蜡烛看了一圈，突然他指着左边的蜡烛说："你们快看，这根蜡烛中间有个明显的缺口，像不像是指甲划过的痕迹？"

邓钟凑近看了看，又用自己的右手食指放在缺口表面比对了一下，点点头说："差不多是手指划过能够造成的缺口大小。做个大胆的猜想，昨夜士良在这里与凶手发生打斗，然后被凶手从身后扼住脖子，出于挣扎，他的双手在空中胡乱挥舞，正好划过蜡烛。"

苏则顺着他的思路说下去："如果你的猜想成立，这儿就该是第一案发现场了。"

"但是，还有一种可能。"邓钟竖起食指左右晃了晃，微笑着说，"那就是蜡烛的确来自第一案发现场。"

"你是说士良其实是在其他地方被杀死，凶手深知宗祠只剩下村长可以自由出入，且知道宗祠里存在这条密道，于是将蜡烛带到这里来。"苏则说。

"没错，这里就是最安全的隐藏地点。"邓钟说。

苏则微微瞪大了眼："如果我们的分析没有错，那不就意味着凶手只能是村长了？"

司徒快速眨了几下眼睛："还不能草率地下定论，宗祠门口是上锁的，既然村长与雷保正能够自由出入，那就说明他们手上一定有钥匙。"

"现在雷保正已死，他手上的钥匙去了哪里？"邓钟问。

司徒无奈地耸耸肩："不知道，之前搜查他的屋子时注意力压根儿没放在钥匙上面。"

"会不会被杀害雷保正的凶手带走？"苏则问。

"可能性不大，李尚景从来没有提到他进过宗祠，再者，我认为他并不知道这条密道，以及有人在这里偷偷祭奠士连汐这件事，所以他没有理由，更没有必要靠近宗祠。"司徒回答。

邓钟挑了挑眉，缓缓地点了点头，说："如此说来，钥匙对他就没有任何价值。那么就还剩下两种可能：第一，是被村长带走保管；第二，被杀死士良的凶手得到。"

司徒顿了顿："以我对锁的了解，能够打开门口那把大锁的钥匙应该也很沉重，一直随身携带并不方便，而且这么重要的东西，村长大概是藏在家里的某个角落。"

"这个倒是不难验证，我们去把他家里翻个底朝天，总能找到的。"苏则兴致勃勃地说。

"走吧，我们剩下的时间不多了。"邓钟说。

"稍等一下，从看到这张供桌开始，我总觉得有样东西尤为碍眼。"

说罢，司徒在供桌前蹲下，伸手将垂到地面的白色绸布掀开，紧接着，一具白骨赫然出现在他们眼前。

"我这该算是手欠，还是手气好呢？"司徒忍不住自嘲道。

小心翼翼地将白骨挪出来，在地面平展开之后，三个人面面相觑，眼前的这具白骨完全超出了他们的能力范畴。

像是为了打破沉默，邓钟清了清嗓子，开口说："首先，我能断定这具白骨属于女性，因为它的骶骨短而宽。"邓钟突然眯起眼睛，盯着尸体手腕处，"等等，这是什么东西，绳子吗？"

"这个东西我好像见过。"司徒闭上眼睛，认真思索了一会儿，"我想起来了，是花环，我在李尚景手上见过一模一样的。啊，那么这就应该是士连汐的尸骨。"

"你不是说她投海自杀，至今下落不明吗？"苏则问。

"别造谣，我顶多只是将岛上的村民告诉我的信息原封不动转述给你们罢了。"司徒辩解道。

邓钟用力抓了几下自己的头发，嘴角微微上扬到一个似笑非笑的角度："这个案子越来越离谱了，明明找到了尸骸却不安葬，反而塞在供桌之下，不对，现在甚至都不能确定是供桌先出现在这里，还是尸骸先出现在这里。喂，司徒，你这家伙打开了潘多拉的魔盒。"

司徒用鼻子哼了哼："事情也没有看起来那么糟糕，只要等我代入凶手的思维方式，很快就能知晓他的动机。"

"你已经知道凶手了吗？"邓钟问。

"不知道。"司徒回答得十分从容。

"那你要怎么代入？"邓钟困惑地问。

"我又没说现在、立刻、马上就代入。"司徒说，一种理所当然的语气。

邓钟看着司徒忍不住笑出了声，但他不是真的想笑，而是因为过于生气。

"司徒，有本事就和我一起去海底。"

"做什么？潜水还是看星空？我可不希望和你一起做这么浪漫的事情。"

"你误会了，我想的是拔掉你的氧气，然后关进笼子里喂鲨鱼。"

眼看两个人又要吵起来，苏则及时出现，站在两个人中间："私人恩怨稍后再处理，先将小妤他们从村民的包围中救出来才是首要事项。都别愣着了，出发。"

埋骨地

祠堂的地面是长条木板铺就的，由于年岁久远，木板之间已然松动，脚踩在上面不仅嘎吱作响，还有一种上下浮动的感觉。因此，三个人边走边用手电筒照着脚下，格外谨慎。

但是，他们担心的事情还是发生了。苏则下脚时刚好踩中一块开裂的木板，只听"咔嚓"一声，苏则便因为右脚陷进木板里而摔倒在地。

"助手，你没事吧？"

"苏则同学，抓住我的手，我拉你起来。"

苏则握住司徒伸过来的手，想要站起来，可是当他使劲想把脚抽出来的时候，却发现小腿被破洞边缘扎得生疼。

"糟糕，我的小腿被木板卡住了，如果硬拔出来估计得出血。"苏则说。

司徒连忙抬手劝阻："别乱来，这里是孤岛，万一伤口感染可不是开玩笑的。"

"看来要把整块木板撬起来，至少也得把洞再弄大些。"邓钟说。

"我们手边没有工具，撬估计是够呛，干脆直接往下砸。邓教授，使用你的铁拳，哪两下。"

"我瞧着你的头就挺铁的，你来，对着这儿磕两个响的。"邓钟朝司徒翻了个白眼，然后转向苏则说，"助手，刚才你拿在手上的那把石剑去哪儿了？"

"我扔在密道里面了。"

"你们在这儿等着，我进去取。"

"说来也是奇怪，这木板底下怎么是空心的？"司徒问。

苏则虽然小腿被卡住，但是不影响他用脚尖往下够："好像也不全是空心的，我感觉脚尖能触碰到什么东西，软软的像是土，除此之外应该还有某种坚硬的条状物。"

说完，苏则和司徒对视了一眼，似乎是想到了相同的事情，不禁都倒吸了一口凉气，吓得苏则连忙抬起脚尖。

不多时，邓钟拿着石剑回来，刚才他只是隐约听见两个人在交谈，并不清楚具体的内容，然而现在看见他们茫然无措的模样，心里也跟着紧张起来。他反复做深呼吸，努力让自己平静下来。

邓钟将手电筒交给苏则，轻声说："开始了。"

说罢，他双手持剑，瞄准木板刺了下去。木板因为年代久远，已经腐朽不堪，石剑很轻易地就扎了进去，紧接着，用力扭动石剑，木板裂开了更大的洞，苏则立即将脚抽了出来。于是，木板之下的空间完全暴露在手电筒的光亮中。

那里有一截裸露在土层表面的白骨。

"又有白骨？"邓钟打了个寒战，他牢牢握紧石剑，先是抬头看向苏则，又看了看司徒。司徒稍微缩了缩下巴，看起来像是在点头。

邓钟以那截白骨为中心，用石剑将周围的土扫开，然后，越来越多的白骨出现了，五根、十根，一具、两具……

成群的白骨堆叠在土坑里。

邓钟停下手中的动作，说："你们仔细看，这些白骨不对劲，绝对不是墓葬这么简单。且不论没有装尸体的棺椁，从骨架的大小判断，既有成年人也有年幼的孩童。而且这些人的死法也很残忍，有不少是被直接斩下头颅，还有的是被砍去四肢躯干。"

司徒蹲下身，从坑里捡起几根较长的骨头："这是肋骨吧？上面有一道裂痕，看起来像是被刀之类的利器砍击造成，还有这根胫骨，另外这根是肩胛骨，都有类似的伤痕。"

苏则也蹲在地面，但不同的是，他的注意力不在那堆白骨上，而是顺着土坑转向其他木板之间的缝隙，随后他趴在地上，借助手电筒的光线仔细观察。

"助手，你看到了什么？"邓钟问。

"土坑似乎远不止我们目前所看到的这点面积，如果我没猜错，整座宗祠底下恐怕都埋着尸骨，说不定我们身处的宗祠，就是因此而建成的。换句话说，这里简直就是一个巨大的埋骨地。"苏则回答。

听到这里，司徒感觉全身汗毛都立了起来："到底怎么回事？村子北面明明有墓园，为什么要把尸骨埋在宗祠底下？而且是死状如此凄惨的尸骨，难道他们身前犯下了重罪所以受到惩罚？那得是何等不可饶恕的罪孽，才会被同族人如此残酷地对待？或许他们不是同族之人？那就更说不通了，严禁外族人踏足的宗祠又怎么会用来埋葬外人尸骨？"

邓钟举着手电筒将祠堂照了一圈："解开这些疑问的关键只有一个，那就是尸骨并非被埋葬在此处，而是被刻意掩藏起来。"

"邓教授，你究竟想到了什么？还请不要继续卖关子了。"

"来这里之前，我们听说了一个故事。原本我以为只是一则骇人听闻的怪谈，现在想想，恐怕所听非虚。助手，说明的工作就交给你了。"

"记不住就直说。"苏则如同肌肉记忆般吐槽，然后闭上眼睛回忆片刻后，再次开口说，"数百年前，一艘押运犯人的官船在海上出于不明缘故迷失方向，后又遭遇风暴，船只被吹得支离破碎，船上的人员也被冲散，生死未知，其中有两个幸存者在海面漂流多日，他们衣衫褴褛，身体虚弱，危急关头，一艘气派恢宏的大船出现了。船上的主人是一位早年远渡重洋经商的富豪，此次携一家老小回国，恰好途经此处。两个犯人自称是官差，富商听闻信以为真，便命家仆将这两人救起，给予他们食物，还帮他们疗伤。殊不知这两个幸存者其实是穷凶极恶的杀人犯，他们盯上了富商的钱财和他年轻貌美的女儿，于是开始在心底谋划。他们想方设法博取信任，并且暗地拉拢到一个同样见财起意的家仆。等到伤势好转之后，这两个卑鄙的小人立即动手，他们联合家仆几乎杀死了船上的所有人，除了那位美貌的大小姐。而那位不忠的家仆，他们也没放过。

"犯人们带着所有战利品将船开往附近的一座无人岛屿，在那里他们肆无忌惮地奸淫、享乐。但很快，他们意识到这不是长久之计，因为船上的食物迟早会消耗殆尽，于是，他们盯上了途经周边海域的船只。他们将那位大小姐绑在崖壁的石柱上，逼迫她大声呼喊求救，吸引路过的船只前来救援，他们则在岸边设下陷阱，趁机偷袭那些热心的营救者，最后将船上可用的人和物资都据为己有。没承想，这个可耻的计划竟然成功了一次又一次。

"终于，他们不再满足于等待猎物上钩，而是选择主动出击，劫掠过往船只，成为名副其实的海盗。原本他们只敢对小船下手，后来贪念促使他们盯上了更大的船只，然而光靠他们三个人是不够的。三个人，你没有听错，到了这个阶段，那位被掳来的大小姐也成了帮凶。他们意识到积攒力量的重要性，因此，他们当着所有人的面残忍杀害激烈反抗的人，招降愿意加入的人，又将那些动摇之人与心存畏惧之人关押起来，折磨、凌辱直至把这些可怜的人也变成同伙。时间一晃过去数年，这伙海盗竟然聚集了百十人，眼看势力日益壮大，他们决心在岛上建立村子，这样既有利于管理，也能够在必要之时掩人耳目。于是，最初的一名杀人犯被推举为首任村长。在他的领导下，定立村规，所有人也废弃旧时姓名，换上统一的新姓氏——士姓。自此，士家村及士家宗族在这片海域悄然形成。"

"士家海盗，如此庞大的犯罪团伙竟然没有出现在史书上？"司徒问。

苏则点点头："因为这伙海盗很聪明，一来，他们对官家船只避而远之；二来，他们平日里伪装成纯朴的村民，纵使偶有官船路过上岛，也难以看出破绽；三来，被他们袭击的商船，船上之人要么加入成为同伙，要么成为刀下亡魂，从来没有逃脱的活口。以致史书对这片海域的记载仅有一句'迷离诡谲，常有船只失踪'。"

"你们的情报准确吗？"司徒还是不敢置信。

"放心，是一帮十分靠谱的长者。"邓钟说。

"真的假的，我的情报源完全没提到过这个传说。"

"如果目光只锁定在和这座岛相关的传闻，大概是找不到的。十年前，有人以手写信的形式给 G 市一家出版社主编寄去这则故事，而且故事的结尾特别备注，这是真实发生的历史事件。寄信人用的是笔名，但是留下了手机号码，出版社立即与其取得联系，希望可以当面详谈。寄信人没有拒绝，表示愿意将真相公之于众，为此需要赶回家乡，并且约定等到见面的时候，自己会带着确凿的证据。"说完，邓钟双手一摊，似乎没有继续说下去的打算。

"之后呢？你们别在这个节骨眼儿上藏着掖着呀。"司徒焦急地催问道。

"并非我们不愿意说下去，而是故事已然到此为止。从那之后寄信人就像是人间蒸发一样，至今杳无音信，出版社也多次联系，都是关机状态，所以出版社内部判断应该是有人在恶作剧。不过，当时的那位主编为了以防万一，还是将信件留存，我们就拜托他拍张照片发过来。"

教授说完，朝苏则递了个眼色，苏则会意，找出手机相册里的照片给司徒看。

司徒接过手机，发现信的内容与方才苏则所述几乎一致，换言之，苏则将这么一大段话背了下来。司徒不禁向他投去敬佩的目光，与此同时，他注意到苏则和邓教授也在看着自己，带着一抹急切和期待。他立刻反应过来，将手机举到眼前，放大照片，仔细观察每一个字，与记忆中的笔迹进行对比。没过多久，他放下手机，失望地摇了摇头。

"这不是我爷爷的笔迹。"司徒遗憾地说。

解谜

玉女石，僵持的局面依然存在。不过，村民们的锐气都已经被时间消磨掉大半，双方隔着十来米席地而坐。

村长在心里估摸着时间差不多了，拍拍屁股站了起来，朝对面的几个外来人大喊："你们不要再挣扎了，一个小时已到，识相的话就乖乖把解药交出来。"

关玉门转头看了眼汹涌的海水，无奈地撇了撇嘴，带着解药向村长走去。

村长连忙抢过玻璃瓶，将里面的液体一饮而尽，而后面带戏谑地笑着说："很好，看来你已经不再对那些胆小鬼抱有幻想了，这很明智。"

"胆小鬼？你在说谁？"

"当然是刚才从这里逃跑的三个人，我猜他们这会儿应该像老鼠一样找个阴暗的角落瑟瑟发抖地躲起来了。不过，你尽管放心，等我处理完你们之后，一定把他们也找出来，丢进海里陪你们。"

关玉门朝着村长身后努了努下巴，说："不劳费心，他们已经回来了。"

村民们闻言，纷纷扭头朝身后看去，果然看见三个慢悠悠靠近的身影。

村长脸上原本绽放的笑容变得僵硬无比，他提高声音，几乎是吼着问："你们竟然还敢回来？"

笑容转移到了司徒脸上，他反问道："为什么不敢？你还没注意到最新的战场态势吗？现在已经不是我们被围堵在悬崖边，而是你们被两面夹击了。"

此话一出，立即在村民之间引发骚乱，村长立刻高声呼喊，劝慰村民们不要被对方的话吓唬住。

司徒接着说："另外，你怎么就能确定一名随身携带弩箭的医生，不会携带两瓶毒药呢？"

正如司徒说的那样，村长缩了缩脖子，双手下意识抓住喉咙，但为时已晚，玻璃瓶里的液体此刻早已顺着咽喉流进食道里。他立即转身寻找关玉门，对方正若无其事地打开手提箱，随后从其中找出六个与之前大小相同，装着未知液体的玻璃瓶，在面前一字排开。

"你真的又给我下毒了？"

"这些都是我亲手配制的药水，分别是防蚊虫、防蛇、治疗中暑、治疗肠胃不适、催吐药，以及安眠药。至于你喝下去的其实是雷保正煎煮的凉茶，前天询问结束后，我特意又向他要来这么点。"

村长仔细回想了那苦不堪言的味道，确实似曾相识："那弩箭上的是？"

"是我登船前喝下的晕船药。"

"岂有此理，你们又在耍我？"

"村长，要说到耍人，那我们在你面前只能算是小巫见大巫。"司徒说。

"你又在胡说八道什么？"村长的表情开始抽搐。

邓钟抢先一步站出来，挡在司徒身前，说："我三人幸不辱命，已经查出士良被害一案的真相。"

这一下，村民当中瞬间炸了锅，议论得比之前更加激烈，村长只能试图通过大喊"安静"来稳定村民们的情绪。

趁这间隙，司徒不甘示弱地质问邓钟："邓教授，你怎么抢我的词？"

邓钟挑衅地看着他说："废话，哪能让你一个人把风头都出了。"

这时候，对面的士连盛喊了句："真相是什么，说出来听听！"

其他村民们也开始跟着附和。

"真相在这儿是解释不清的，得换个地方。"邓钟说，"因为我们不仅找出士良被害一案的真相，还有五年前士连汐被害案的真相。"

这时候，司徒将两把一模一样的钥匙扔到村长面前。村长定睛一看，发现是打开宗祠门锁的钥匙，便知道大势已去，只觉得眼前天昏地暗，差点连站都站不住。

"村长，可以请你移步宗祠详谈吗？"司徒带着一副堪称明朗的表情问道。

士家宗祠的石阶下方，娟娘和俞乘已经等在那里。看见司徒到来，她立刻从俞乘怀里挣脱，一个趔趄扑倒在司徒面前，但她似乎感觉不到疼痛，又爬起来紧紧揪住司徒的衣服。

"苏先生，你们真的找到杀死我家小良的凶手了吗？"

"是的，我们一定还士良公道。"

"那你快告诉我，是谁？究竟是谁害了我儿子？"

"娟娘莫急，这里面的事情我们一件一件地理清楚。"司徒回头看向士延伯，"村长，我们请吧，还是你想当着所有人的面说？"

士延伯咬紧后槽牙，稍作思考后，转身对村民们说："娟娘可以进去，其余人留在外面，士展你守在这里，没有我的命令，不准任何人踏进去半步。"

士展看看村长，再看看司徒等人，欲言又止。士延伯拍了拍他的肩膀，意味深长地笑着。

"等一下，我也要陪娟娘进去。"俞乘说。

士延伯扫了他一眼："随你便。"说完，率先走上石阶。

俞乘搀扶着娟娘紧随其后，然后是司徒和关玉门，最后是邓钟和苏则。

邓钟将三位女生也留在外面，一来宗祠里的画面确实不适合女生看，二来顺便让她们帮着稳定村民的情绪。

与士展擦肩而过时，邓钟说："大个子，女生们的安全也拜托你了。"

士展站到石阶的最高一层，虽然视线始终盯着蠢蠢欲动的村民，但还是坚定地点了一下头。

一行人穿过前院来到宗祠主楼前，士延伯瞧见窗户的大口子，勃然大怒，回过头瞪着司徒："瞧你们干的好事。"

司徒想都不想，立刻指着苏则说："是他动手砸的。"

苏则的反应也不慢，张口说道："对，怨我司徒若星太缺德。"

眼见回旋镖又飞了回来，司徒紧着鼻子，不甘心地说："但是修缮的费用由我苏则一人承担。"

"算了，也用不着再修缮。"士延伯微微撇了下嘴角，皱着眉深吸一口气说，"我想过了，趁着这次的事情，也该给岛上的村民们一个交代了。"

娟娘焦急地打断了他们的话，声音颤抖地喊："你们别在那儿说些无关紧要的事了，快告诉我究竟是谁杀死了我们家小良！"

司徒用很平淡的语调说："凶手就是站在你面前的村长。"

娟娘一手捂住咽喉，惊呼一声，随即整个人没了力气，几乎昏死过去。

"我猜想，事情经过应该是这样的：昨天晚上，士良无意间看见拿着供品走向宗祠的村长。也许是好奇，抑或是他想起昨天正是士连汐的忌日，心生疑窦，所以悄悄跟在身后，就这样一路跟进了祠堂。在祠堂的那条密道里，他见到了士连汐的牌位，但阴差阳错之际他也被村长发现，村长为了保守秘密，不得已杀人灭口。由此二人发生了激烈的打斗，其间士良的手指在蜡烛表面划过，部分蜡烛因此残留在他的指甲缝里，也成为密道才是第一案发现场的证据。士延伯，我说得没错吧？"

士延伯点点头："当时我刚把供品摆上桌，忽然听到身后有动静，吓得我汗毛直立，我立刻反应过来八成是被人跟踪了，所以壮着胆子要那人出来，结果就看见了士良。他问我为什么偷偷摸摸在这里祭拜，我不敢说实话，只能随便找个理由搪塞过去。他没有起疑，还说也想祭拜小汐，我同意了。看着他单薄的背影，我突然想到这孩子身体非常虚弱，一时间心生歹念，就……唉，若是换了其他人，以我这把老骨头是断然不敢想的，可偏偏这么巧，怎么就是他呢？"

"即便是身体虚弱的士良，杀死他之后你应该也消耗了大量的体力，当然也就无法单独转移尸体，于是乎，你找来了士展。"

"我对士展谎称是士良偷偷闯入宗祠被我发现，我们先是争吵然后演变成打斗，最后我失手将他杀死。士展很害怕，也很犹豫，但还是迫于我的命令，帮我将尸体转移，并且伪造出士良是自杀的假象。这件事是我一人之过，罪责理应由我全部承担，请你们不要为难士展。"说罢，士延伯在娟娘面前跪了下来，拉着她的手，悲切地说，"事到如今，我也没什么可辩驳的，就任凭你处置吧。"

娟娘仿佛触电般抽回手，她的脸色苍白，双眼中溢满恐惧，嘴唇微微张合，似乎在念叨着什么，但听不见声音。

俞乘怒不可遏地骂了句脏话，随即握紧拳头，照着村长面门准备打下去，但是被身旁的邓钟拦了下来。

"抱歉，我的推理秀正准备开始。"他说，"接下来由我来说明五年前的案件，也就是士连汐被杀案。"

善恶到头

得到村长的默许后，司徒和关玉门找来一块木板，小心翼翼地将士连汐的骸骨抬到前院。

就在他们搬运尸骨期间，俞乘站起来，打算带着娟娘离开，但是再次遭到邓钟阻拦。

"既然杀害小良的凶手已经揭晓，我们就先回去了，我很担心娟娘的身体。"俞乘说。

"请务必再多留一会儿，毕竟你们也算是当年那起悲剧的亲历者，如果我说得不对，希望你们能够纠正。"邓钟嘴上说得很客气，眼神中却在表达着另一种意思：别妨碍我。

"柳，这白骨你也能验吗？"司徒问。

"我尽力。"关玉门说，他的语气并不坚定。

"不用麻烦了。"士延伯发出了近乎绝望的声音，他注视着女儿的白骨，表情凝固，"不用麻烦了。小汐是我杀的，我就是那个该死的凶手。"

"就因为她和李尚景相恋？"司徒问。

"她怀孕了。"村长吸了吸鼻子，落寞地说，"起先她一直对我隐瞒，直到那个月圆之夜，她依然坚持傻傻地坐在渡口，为此我们爆发了争吵，争吵过程中她一时情急说漏了嘴。然后她就开始哭，她说自己既紧张又害怕，不知道该如何是好。可是我当时满脑子想的都是她败坏门风，给整个家族丢脸，她的话根本听不进去，甚至对她的声音感到厌恶。终于，已经被愤怒冲昏头脑的我朝她伸出手，用尽全力推了她一下，她就直挺挺地倒下了，头撞在石头上，一动不动。我当时也想靠近察看，也想要救她，可是双脚不听使唤，一步也无法向前挪。我实在太害怕，不敢再看她，所以就把她扔在那儿，自己转头逃跑了。等我恢复清醒之时，已经到了雷保正家门口，我想这一定就是天意，所以就把前任雷保正叫出来，如实相告。我们商量过后，最终决定将小汐的尸体藏进宗祠的密道里，那里只有我和他能够自由出入，是最安全的地方。"

"现任雷保正知道这件事吗？"

"两年前，他继任保正之位的那天，我带他进入了密道，那时候这孩子已是一具白骨。他当时悲痛不已，问我怎么会这样，我告诉他小汐被李尚景糟践怀了身孕，一时间羞愧难当选择走向了大海，而我为了保住小汐的名誉，不得已出此下策。"

"可怜他竟然信以为真，并且在李尚景的杯中下毒企图将其杀死，可惜被李尚景识破，遭到反杀。"

看来之前万朋来没有将这个细节透露给村民，所以士延伯对此十分惊讶："怎么会这样，难道是我害死的他？"

"你认为呢？"司徒反问道。

关玉门蹲在士连汐的白骨旁，两眼发亮地把目光投向士延伯，极其严肃地问："士延伯，我需要你仔细回忆过后再回答我，你当时只是推了她一下，没有其他的附加伤害？"

士延伯根本不需要回忆，那晚的场景每天都萦绕在他的脑海里，怎么也挥之不去。"我没有。"他毫不犹豫回答道。

"你能肯定当你再度回到渡口的时候，她已经死亡？"

"当然，我验的鼻息，雷保正也说没有脉搏了，紧接着我们在小汐后脑勺底下发现了那块石头，雷保正因此判断出小汐是跌倒时撞到石头致死。"

"那就对不上了，死者的致命伤不在颅后，而是颈部骨折，也就是说，死因应该是扼死或者勒死。"

"不，这不可能，我没有，我只是不小心推了她一下，怎么可能再去勒她呢？"

"如果你所说皆是实话，那么直接导致士连汐死亡的就一定另有其人。"关玉门说。

"你说什么？！小汐不是被我杀的，那凶手到底是谁？"士延伯愕然，也许是得知自己并非杀死女儿的凶手，他的负罪感一下子减轻了不少。

"案发当晚，还有一个人到过渡口，大概也看到了你推倒士连汐，然后趁着你离开，杀死了士连汐。"邓钟说。

俞乘走到邓钟面前，哀求道："是我，我才是杀害士连汐的凶手，我认罪，拜托你们不要继续说下去了。"

邓钟闭上眼睛，看都不看俞乘一眼："愚蠢，事到如今还要隐瞒吗？也罢，回答我，你杀死那个女孩的动机是什么？"

俞乘被问得措手不及，他低下头拼命思考。

邓钟双手交叉在胸前，目光尖锐地凝视士娟："客栈老板娘，关于动机，我想现在只有你能解开我们的疑惑了吧？"

俞乘跪在地上，双手紧紧拽住邓钟的小臂："不是，不是她，整件事情都与娟娘无关，是我一直对村长怀恨在心，所以借此机会报复，都是我干的。"

邓钟用力将他甩开，不耐烦地说："别碍事。"

俞乘摔倒在地，但马上又起身爬向邓钟。

"阿乘，够了。"士娟说，她抬头仰望着灰蒙蒙的天空，一副听之任之的表情，"那天晚上，我本来不愿意去渡口，奈何小良一再恳求，我便答应去看看。可那是月圆之夜，我心里头也害怕，一路上走走停停，格外小心。快到渡口的时候，我隐约听见海滩有争吵声，吓得赶紧躲起来，具体的争吵内容我听不清楚，只认得那两个人的声音是村长和小汐。突然听到小汐的惨叫声，我探出头想看看究竟发生了什么，恰巧看见小汐倒在沙滩上，村长就站在那儿，后来，惊慌地喊了两声就仓皇而逃。我壮着胆子走了过去，发现小汐一息尚存，同时嘴里喃喃说着什么，我想要听清楚，就把耳朵凑了上去。"

"她都说了什么？我知道，她一定是在怪我，对吗？"村长士延伯此刻也跪倒在地，痛哭流涕。

"她反复喊着一个名字，李尚景。"士娟笑了，满是戏谑和讥讽，"我看着奄奄一息的她，想到了病倒在床上的小良，那个孩子明明自己忍受着痛苦，还在挂念着她，可是她要死了，心心念念的却是另外一个男人，我的心里实在替小良不值，双手不受控制地伸向了她的脖子。那一刻，我真的听到了海妖的歌声，是那么柔和，那么优美，一点也不可怕。"

说罢，士娟的双手缓缓伸向了自己的脖子，并且开始用力收紧，很快她的表情因为痛苦变得扭曲、狰狞。

"娟娘，你别做傻事。"俞乘大喊着，想要过去阻止，手腕却被苏则一把拽住，他痛哭流涕，"放开我，我要去救她。"

"放心吧，人类是不可能把自己脖子掐断的。"苏则说，他的目光始终都锁定在士延伯身上。

"老板娘，那天小良真的生病了吗？"关玉门突然插话道，"或许我该换种问法，他是自然生病的，还是你让他吃下了某种药物导致的？"

听到这里，在场的众人都诧异地将目光投向关玉门，然后纷纷转回士娟身上。

"是我。因为那天是月圆之夜，我知道小良晚上还会像往常一样去海滩，也知道我劝不动他，所以我前一天去找了雷保正。雷保正听完我的诉求，就给了我一包药粉，要我加在食物里给小良服下，他还说这药能让人一整天浑身无力，但并无大碍。我很开心，当天就把药下进小良的早餐里。"士娟说。

"人生真有趣，五年前，你杀了他女儿，如今，他杀了你儿子。"司徒指着士延伯和士娟，不禁笑出了声，但是很快又沉下脸来，淡淡地说，"没想到真就应了那句话，不是老天不睁眼，善恶到头报应循环。俞乘，这里的事情已经与你们无关了，带着娟娘回客栈吧。"

士家村真正的黑暗

俞乘扶着失魂落魄的士娟缓缓走下了石阶。

"事到如今，你们还想知道什么？"士延伯面无表情，淡淡地问。

"我们无意间找到了宗祠下埋着的累累白骨。"苏则镇定地说。

埋藏的秘密被揭开了，原本以为士延伯会因此惊恐，甚至精神崩溃，但是他好像卸掉一个沉重的包袱，整个人都释然了。

邓钟很是困惑："你一点都不感到惊讶？"

士延伯摇摇头，无奈地说："不是这样的，我的内心里确实感到震惊，只是同时有另一种更为强烈的情感诞生了。"

"什么样的情感？"邓钟问。

"庆幸，我想应该是的。"士延伯沉吟半晌，开口说道，声音里还有一丝不易察觉的愉悦，"我拼命守护了大半辈子的秘密终究要被揭开，我总算可以解脱了。"

"你就不担心岛上的村民们也知道这些事？"司徒问。

"稍后我会将所有实情都告诉村民，无论是这两天发生的，还是过去发生的，我都会公之于众，该让一切罪孽在我手上结束了。"村长回答。

"如果可以的话，希望你能为我们将这座岛过去的故事补充完整，毕竟知晓了其中一部分，就会按捺不住想要了解全部。"邓钟说。

"你们究竟了解多少？"村长问。

苏则将已知的故事再次复述了一遍。

"这些事情你们是怎么知道的？"士延伯听完后大惊失色，因为苏则所说的全部都是事实，直到他在苏则的手机里看到那封信的照片后，长叹一口气，说，"这是老二的笔迹。"

"我们也是这么猜测的。"邓钟说。

"好吧，信上所述的都是实情，我就直接讲后面的事情。"士延伯闭上眼睛，表情像是在回忆一段可怖的往事，"作为海盗的生活持续了六十余年，然而越来越多的士家族人开始厌恶海盗的身份。一方面，他们因为犯下的罪孽深感畏惧和不安，也想过上平静的生活。于是，反对和抗拒的情绪逐渐蔓延。另一方面，他们又因为不敢违抗祖先而让事情僵持着，直到一个法国人的到来。法国人自称是传教士，因为在海上遭遇风暴被海浪冲到岸边。族人们将他救起的时候，他正趴在一小块木板上，昏迷不醒，随后，海上又漂来一具泡得有些发胀的外国人尸体。传教士说那是搭乘同一艘船的伙伴，自己为了活命，将他推入海中，夺去了他的木板，最终才得以坚持下来。

就这样，同样怀有罪孽的人们聚在了一起。首先，传教士坦白了自己的罪孽，然后是士家族人们，他们共同讨论和寻求消除罪孽的方法，这时候，传教士提出了建议，将受害者的尸体集中掩埋起来，也就是你们口中的埋骨地，再在埋骨地上方建起宗祠，如此一来，后代在祭奠祖先的同时，也能告慰埋藏在地下的亡魂和自己内心深处的罪恶。"

司徒用鼻子重重哼了一声，脸上满是嘲讽地说："以为将犯下的过错掩埋，随着时间推移，就能连同罪恶感一并被世界遗忘。人类自欺欺人的本事啊，真是可悲。"

士延伯再度闭上眼睛，许久之后才睁开，疲惫使他的眼皮格外沉重，也让整个过程在外人看来变得漫长，他继续说道："或许正如你所说，但是，事实是，我们的祖先接受了法国传教士的提议，拆卸船只，盖起了宗祠，然后脱下海盗的外衣，化身为普通的村民，似乎真的过上了平静的生活。"

"但是记忆不会消失吧？"发问的是邓钟。

"是啊，那位聪明的传教士也考虑到了这点。"村长在"聪明"这两个字上格外用力，"既然无法让记忆在那代人的脑中消失，那么只要让记忆停止在那代人脑中就好了。"

司徒沉声问道："停止的意思难道是将他们杀死？"

士延伯看向司徒，他的表情复杂，有些诧异，但更多的是一种不可思议的苦笑："怎么可能做那种事？如今生活在岛上的我和村民们可都是当时那些人的后代。"

"不好意思，这家伙的思想太过阴暗。"说完，关医生朝司徒比画了几个奇怪的手势。

大概是两个人之间的暗号。苏则原本是这么想的，但他随即在司徒脸上看到困惑又无奈的表情，于是他改变了想法，还是当作关医生的行为艺术看待吧。

"村长，你继续说下去，不必搭理这两个怪人。"邓钟说。

"停止的意思是所有人都要保守秘密，为了不让海盗的历史和累累白骨的罪恶波及后代。因此，传教士和当时的村长定下许多新的村规，其中第一条就是禁止村民向子孙后代以及外来人透露秘密。除此之外，还有禁止后代拥有船只、与外来者通婚之类的规定，都是在尽可能地减少秘密泄露的风险。"士延伯说。

"原来如此。"司徒说。

士延伯接着说："既然有秘密，那就必须有守护秘密的人。因此，那时的祖先将秘密记录下来，总共有两份，一份由村长保管，一份由保正保管。由于村长和保正都是一脉相承，所以，这两份秘密一直以来也作为传承的信物在上一任与继任者之间代代相传，无论继任者是否愿意，都无法违抗，因为他们自打降生开始，这便是无法改变的宿命。为了守护秘密，那位传教士化身保正，担当起守卫宗祠的职责。至于传教士的原名已经无从知晓，后来族人们都尊称他为雷保正。"

"难怪我看雷保正一脸欧洲人的长相。"司徒说，"还有一件事，不让村民进宗祠也是这个原因吗？"

"原本得到村长或者保正同意的士家族人可以进入宗祠，但是，之前进去过的三位应该心里有数，宗祠因为年代久远，由木头铺设的地板早已是破破烂烂。我和上一任保正商量过这件事，如果不修缮，底下埋着的秘密迟早会暴露，可如果找人修缮就需要工人，那么我们又该如何管住这帮工人的嘴呢？所以，只好改成只有村长和保正可以进入。"村长说。

"你们也真是煞费苦心啊。"邓钟感叹道。

村长苦笑着说："谁说不是呢，其实我真挺感谢你们的，我早就希望这些秘密早点被人发现，这样我和保正都能落得轻松。可另一方面，我作为村长又必须恪尽职守，秉持祖训，避免这不堪的过往被村民们知晓，其中的痛苦与煎熬又有谁能明白？"

"可是你却为了守住祖先的秘密竟然不惜接连杀人。"司徒挑了挑眉，缓缓地摇了摇头，"村长，既然你已经决心让所有真相大白于天下，那么，我还有最后一个疑问。十年前回到这里的你的弟弟士延仲，以及他的妻女也是被你所杀吧？或许，上一任雷保正也参与其中？"

村长稍微瞪大眼睛，但很快又释然了，因为事到如今已经没有什么可惊讶的了："都怪我有一次酒后失言，迷迷糊糊之际将村子里的秘密说漏嘴，第二天等我酒醒之后，他就来质问我。我当时懊悔不已，只能一再恳求他要保守秘密，好在他答应了。但是，原本他是很喜欢这里的，喜欢村子的一切。在那之后却变了，他开始厌恶与村子有关的一切，包括他自己。又过了些日子，他说自己无法继续在这里生活，要带着妻女离开，我以为这样就不用担心他会把秘密说出去，所以当即表示支持，还拿出了所有积蓄送给他。"

"可是，你没有想到的是，有一天他竟然再次回到这里。"邓钟说。

"是啊，十年前的那个中午，我记忆犹新，恰好是寒食节的前一天，也许他是故意挑了即将祭奠祖先的节点回来。当他出现在我的院子里时，我惊恐万分，他的眼中既有怨恨也有执念，我无法想象他在外面都经历了什么，直到他告诉我要在第二天的祭祖仪式上将秘密向村民和盘托出，甚至还要对外公之于众。那一刻，我终于明白他怎么了，他疯了，一定是的。我立刻找到上一任保正商议此事，雷保正勃然大怒，旋即决定要在当天晚上杀人灭口，还说事情因我而起，必须也得由我负责。于是，我们趁着夜深人静之时，偷偷闯入老二家中，将他们一家三口统统……"士延伯说着，眼眶酸了，发出一声悲伤的叹息。

故技重施

段琪婕上岛的第五日早晨，晴。

老周头担忧的暴风雨最终没有波及草臧岛，万朋来和大批警察也在午后赶到。菠萝包侦探事务所的四位侦探加上段琪婕坐在沙滩上，守候多时。

万朋来数了数人头，不禁想到最坏的结果："司徒和关医生呢？你们不会把他们给……"

"逃了，这会儿说不定都快到陆地了。"苏则回答。

"逃？这里可是孤岛，他们怎么能逃出去？"万朋来一脸惊诧地问道。

"因为有同伙开着船将他们接走。"邓钟说，然后他咬着后槽牙，回忆起前一天傍晚的事情。

"虽然案子解决了，但是有一个棘手的问题，那就是在万警官回来之前，我们该住在哪里？"段琪妤问。

"总之，客栈是回不去了。"段琪婕说。

"要不还是去临时警务室？"邓钟提议道。

"先不说万警官离开之前应该把门锁上了，李尚景的尸体可还在里面躺着呢。"司徒说。

"那还是算了。"段琪妤断然否定这个提议。

"司徒，就没有别的地方吗？"苏则问。

司徒仰起头盯着快速飘过的云层："你们带帐篷没？"

"你想让我们睡在户外吗？"段琪婕说。

"就是不知道晚些时候会不会有降雨。"司徒说。

"帐篷虽然没带，不过我带了一大块防雨布，如果作为遮阳挡雨的顶篷目测应该够用。"段琪妤说。

"将就一晚吧，不出意外明天万警官就该回来了。"司徒说。

"那我们把防雨布搭在哪里？"苏则问。

司徒沉思片刻道："玉女石。听说那里是这座岛上最适合看海的地方，不知道诸位可有雅兴？"

听到这里，万朋来恍然大悟，说："原来如此，苏先生，不对，应该是司徒，他先是设计将你们骗到小岛最东边的玉女石，再趁着半夜你们熟睡之际，和关医生来到西侧渡口与同伴会合乘船离开。"

"如果真是如此也就算了，他们竟然就在我们眼前，借助一根滑索从山崖边上，堂而皇之地乘船逃脱了。"邓钟此刻的表情用咬牙切齿形容绝不为过，他用审视的目光质问起万朋来，"说到这里，我倒是想问问小万警官，这件事和你有什么关系？"

万朋来被邓钟的气势逼得连连后退，突然像是想到什么一样叫了出来："说起来，昨天早上关医生来找我的时候还拜托了我一件事，他说年幼的妹妹还在家里，让我务必帮忙报个平安。"

"怎么个报法？"

"他给了我一个座机号码，可是当我拨过去的时候，接听的是 G 市的一家快捷酒店前台，而且前台告诉我他们酒店并没有关玉门这位客人。"

"你是否查实那家快捷酒店的座机号码与关玉门给你的相同？"

"这我倒是还没顾得上详查，我一门心思想的都是尽快赶回来。"万朋来稍作停顿后，突然喊道，"难道当时接听的根本不是什么酒店前台，而是他们的同伙？"

"很有可能。"邓钟说。

"终究还是被摆了一道。"苏则的表情像是已经习以为常。

就在邓钟带头抨击司徒的时候，段琪婕悄悄将姐姐单独拉到旁边，往她的手心里塞了一张字条，然后把食指放在嘴唇上，示意她别声张。

段琪妤一脸茫然地打开纸团，等看清楚纸上的内容时，惊讶地瞪大了眼睛。

"这个地址是哪里？"段琪妤凝视着妹妹淡定的脸庞，质问道。

"秘密联络点。"

"怎么回事？你怎么会知道司徒的秘密联络点？"

"司徒让我转交给你的，不，他的原话是找机会偷偷交给菠萝包侦探所的各位。"

"那家伙还说了什么？"

"如果要找他就每个月十五日的下午到这个地址来，但是不要带着警察。"段琪婕顿了一下，她觉得姐姐正用复杂的眼神盯着自己，"你的眼神是什么意思？"

段琪妤单手叉腰，用讯问的口气说："老实交代，你们俩到底是什么关系？"

"除了短暂合作，还能是什么关系？你别误会，真的，我发誓。"

也许是姐姐的目光太过于炙热，段琪婕虽然并不心虚，但还是忍不住咽了口唾液。

"所以你的新歌找到灵感了吗？"

"当然，我连歌名都想好了，就叫悲恋人鱼岛。"

谎 言

姚辰带来的委托

天空中艳阳高照，万里无云，墙上的日历也清楚写着当日是星期六，本该是出门走走的黄道吉日，然而包括街道、公园和体育场在内的室外场所，甚至整座城市都很难见到行人。

人类消失了？还是被外星人抓走了？当然是不可能的。

答案很简单，只要打开手机里的天气预报软件就能明白，今日是八月十四日，实时室外气温是 51 摄氏度。

与静悄悄的室外不同，此刻的菠萝包侦探事务所却是热闹得很。

严桓正和姚辰今天也在，话说这两人最近来蹭饭的频率越来越高。

"两位最近很是清闲嘛。"邓钟看着眼前的刑侦支队支队长和中介说道。

菠萝包侦探事务所与姚辰的中介事务所存在合作关系，也曾经多次协助市公安局办案，因此，侦探所接近半数的客源其实都是来源于姚辰和严桓正介绍。

"才没有的事，我都在办公室睡了两个晚上了。"严桓正立刻否认。

"我也是，各种奇怪的委托我都不知道该怎么处理。"姚辰也跟着抱怨道。

邓钟用手掌撑着脸颊，扫兴地说："最近侦探所碰上的净是些调查婚外情、寻找丢失宠物之类的无聊案件，完全提不起兴致啊。"

"我记得小妤定下的规则里，不是拒绝受理这些类型的案件吗？"严桓正问。

段琪妤按照每个人的喜好把不同口味的冰激凌球放在他们面前，说："就是因为这样，这个月至今没有开张，再这样下去，要发不出工资了。"

"那真是遗憾。"姚辰随即对着苏则张开双臂，含情脉脉地说，"阿则，如果侦探所倒闭了，你就来我这儿吧。"

"不要。"苏则说。

"遗憾个鬼，你作为中介不是应该多介绍些靠谱的案件给我们吗？归根结底，你也有责任啊。"邓钟不客气地说。

"邓教授，你这可就有点狗咬吕洞宾了。"姚辰拍了拍自己的手提包，"我可是带着好几起委托来你们这儿蹭饭的。"

"我也是因为有正经事，所以从家里出来后就先来了这里。关于之前发生的几起可能由司徒暗中策划的案件，我们根据几名凶手的描述，绘制出了司徒的模拟画像。"说完，严桓正将模拟画像发送到其他几个人的手机。

"严队，你没有弄错吗？这几张画像里根本就不是一个人，而且，其中也没有我们认识的司徒啊。"肖柠诺说。

"确实如此，我们已经反复和他们确认过，他们都坚称画像里的脸就是他们亲眼所见的，自称是犯罪策划师的男人。"严桓正无奈地说。

"这些画像只有一个共同点，那就是全部都是美男子。"姚辰说。

邓钟哼了一声："只有两种可能性：第一，这些人都是司徒所在神秘组织的其他成员；第二，他的身边有个化装高手，据司徒自己声称，是个可以从十五岁小孩到八十岁老人家随意变化的可怕人物。"

"可以确定的是，这里面没有我们在人鱼岛上见过的关医生。"段琪妤说。

"你们知道这个神秘组织的具体人数吗？"严桓正问。

"不清楚，算上司徒本人，目前我们已知的成员有三名。代号星的司徒，代号柳的关玉门，还有那名尚不清楚底细的化装高手，他们自我介绍的时候都自称是南天朱雀的一员。"苏则回答。

"二十八星宿？"姚辰问。

"没错。"苏则回答。

严桓正不由得皱起眉头："莫非这个组织总共有二十八名成员？"

苏则摇摇头："目前同样不清楚。"

严桓正用力呼了口气，再次望着苏则说："希望是我多虑，否则就真是大事不妙。"

段琪妤看向姚辰说："比起这个，我更关心你带来的委托。"

"今天带来的是你们最喜欢的命案哦。"姚辰说，脸上的表情像个等待夸奖的小孩。

终于不再是那些无聊的委托，邓钟心里别提多开心，不过，看了眼对面板着脸的严桓正，连忙朝姚辰挤挤眼睛，并且干咳了两声作为提醒。

姚辰读懂邓钟的意思，立即改口："死者为大，我的意思是各位侦探最擅长的委托是命案。"

严桓正闭上眼睛，无奈地说："行了，说说具体是哪一起命案。"

可是，当他听完姚辰的简单介绍之后，整个人一下子就紧张起来，"姚辰，你说的难道是前天发生在光山小区的命案？"

姚辰眨了好几下眼后，望着严桓正点了点头："对啊，不会也是严队你的案子吧？"

"这和我们最近正在调查的是同一起案件。"严桓正说，"但是，因为缺少关键证据，嫌疑人昨晚才被释放，难道这么快就找侦探给自己洗清嫌疑吗？"

"嫌疑人？我听委托人的说辞，嫌疑人应该是死者的同居男友。"

"是这样没错，等等，你的委托人不是他吗？"

"不，是住在死者隔壁的女邻居，名为罗维娜，这位罗女士声称自己是本案的报案人。"

"报案人是隔壁女邻居，这点倒是没有错，但是……"严桓正微微张着嘴，欲言又止，紧接着手机铃声响起，他谨慎地走到门外接通，短短半分钟后，他面色沉重地回来了，"刚刚接到报案，在河边发现一具疑似溺亡的男尸，正是昨晚从警局离开的嫌疑人。"

两起命案同步调查

林进刚对尸体做完初步检测，抬头正好看见严桓正带着李虎从远处迎面走来，于是稍微抬了抬下巴和他们打招呼，随即打趣道："哟，虎子，今天怎么就只有你一个人跟着严队，你们家折耳根呢？"

严桓正用余光瞥了一眼被河水泡得有些肿胀的尸体，说："我让他带着菠萝包侦探们去第一起命案的案发现场。"

"严队，你又默认了折耳根这个名字。"李虎在一旁提醒道。

严桓正尴尬地眨了眨眼睛："糟糕，一不注意就忘记了。"

最近"折耳根"成了王哲的昵称，而且以惊人的速度快速传播，现在不仅是刑警队内部，就连法医部的同事们也开始这么喊他了。

"希望这次那几位侦探也能发挥作用。"林进问，"另外，'折耳根'这个昵称不是挺有趣的吗？"

"那小子本来挺喜欢吃折耳根的，最近都开始抗拒了。"严桓正解释道。

林进一脸坏笑道："再多听一段时间他就会习惯的。"说完，又露出一副"玩笑就开到这儿"的严肃表情，说，"接下来说说初步验尸结果。死者的身份你们比我更熟悉就不赘述了，死亡时间在昨晚九点到十一点，口鼻内有淡红色血污，头发与指甲里都发现了泥沙，大概率是生前溺水而亡。尸体衣着与鞋子完好，身上没有明显外伤，河岸边也没有打斗过的痕迹，脚印倒是有不少，不过，这附近最近并无降雨，想要从中分辨出嫌疑人的鞋印希望渺茫。"

"如果我们带着嫌疑人的鞋印与这里提取的鞋印进行比对呢？"

"可以一试，但是别抱太大希望。"

"你觉得是意外还是他杀？"

"目前的迹象表明，死者溺亡前有过一定程度的挣扎，只是不太激烈，或者挣扎的时间不算太久，是不是他杀我不确定，但是我不认为他是被人把头摁进水里溺死的。另外，现场还发现了不少的易拉罐，全是同一个牌子的啤酒。"

"你是说醉酒后失足溺亡？"

"我可没这么说。"

"如果是在酒里加了安眠药呢？"李虎提出假设。

"这也是一种可能，不过答案得等到解剖之后。"林进点头赞同，

"总而言之，究竟是他杀还是意外，还是交由你们判断，毕竟凶手如果先将他灌醉，再眼睁睁看着他落水溺亡，那又该怎么算呢？"

严桓正没有回答，只是看着同事将尸体抬走。

同一时间，光山小区内。

"阿嚏。"王哲揉了揉鼻子，随即又拉长音打了个更大的喷嚏。

"王警官感冒了？"苏则问。

"应该没有，奇怪，明明刚才出门时还好好的。"王哲说。

"这季节经常在空调房里进进出出的，最容易感冒了，还是要当心些。"苏则说。

"果然还是阿则比较体贴，我会注意的。"王哲说，"邓教授心情不好吗，怎么一直趴在地上观察花圃呢？"

"因为你刚才告诉了他案发现场是哪个阳台。"说完，苏则拿出手机拍了一张邓钟的背影，并且顺手加工成表情包保存在相册里。

"抱歉，你能再说一遍吗？我完全没听懂。"王哲的眼睛凝视着苏则，坦白地说道。

苏则指了指阳台，又指了指地面，说："他在寻找有没有凶手杀人之后从阳台逃脱的可能。"

王哲不是很能理解地摇了摇头："你是说直接从案发现场的阳台到地面？不可能，怎么可能呢？案发现场可是在十一楼啊，难道我刚才忘了说楼层？"

"说了。不过，上次在草臧岛，还有上上次在魏家洋房，司徒都是利用道具从高处逃脱的。所以，那家伙大概是被折磨出心理阴影来了。"

"我突然有点同情邓教授了。"

"没必要，谁让他闲着没事非把司徒设定成自己的一生之敌。"

半分钟后，邓钟站起身，同时拍了拍手掌的尘土，露出心满意足的笑容。

"鉴定完毕，可以排除凶手从阳台逃逸的可能性。"他说。

"邓教授，接下来我们该从哪里开始查起呢？"王哲问。

"先给我们介绍一下本案的死者吧。"邓钟说。

"死者名叫陈芸柔，三十岁，外地人，两年前住进这个小区，目前在一家本地的连锁便利店工作，由于便利店规模不大，营业时只需要一名工作人员，所以我们没能够从她的同事那里获得太多关于她的有用信息。"王哲做了个换气的动作，接着说，"我顺便把本案的嫌疑人也介绍了吧。嫌疑人是死者的同居男友，名叫钱杞钧，三十六岁，也是外地人，无业，平常就喜欢和几个狐朋狗友凑在一起打牌。这小子原本赌运不错，赢多输少，但是偏偏案发当日输了钱，所以提早回家。兴许是心情不好，就在回家路上的便利店买了三罐啤酒边走边喝，根据小区目击者所说，以及电梯里的监控显示，他回到小区的时候确实是有些醉了。"

"所以，他是在醉酒状态下杀死了女友？"苏则问。

王哲撇了撇嘴："不，据他交代，自己当天出门的时候把钥匙落在了床头柜上，于是便站在过道敲门，死者没有立即开门。而是让他等一下。他乖乖照做，等了好一会儿也不见出来开门。他当时喝得醉醺醺的，觉得头晕，索性坐在地上靠着门，不知不觉睡过去了。之后被东西打碎的声音吵醒，就再次敲门，可是没人回应，一怒之下他就走了。电梯监控两次在十一楼拍到钱杞钧的时间分别是十六时十四分和十六时三十七分。"

"这故事听着很是蹊跷。"邓钟摩挲着下巴说道。

"确实如此。"王哲说，"由于过道里没有安装监控，所以这段时间里到底发生了什么目前还不得而知。"

"小情侣平日里相处得是否融洽？"邓钟问。

"不太好，钱杞钧经常对死者拳打脚踢，这点不仅有报案的女邻居做证，我们也在死者身上找到不少新旧不一的瘀伤。而且钱杞钧本人还把这事作为吹嘘的资本，在他的那些牌友面前提起过不止一次。"王哲说。

"心情本就不好，而且醉酒归家的嫌疑人也许就因为在门口多等了几秒，恼羞成怒，一时失手致使女友丧命。如此一来，作案的动机、时间和理由不就都集齐了。"苏则说。

这句话也说出了王哲的内心所想，他坚定地点了点头："剩下的就是要找出确凿的证据，这才是眼下最大的难题。"

邓钟点点头："我们的委托人、本案的报案人兼死者的女邻居，我记得她叫罗……"

"罗维娜，三十四岁，离异，目前单身，职业是基金经理。"王哲说。

"我印象中基金经理不都是年入百万，只出现在朋友圈中，成天满世界旅游的人吗？不太像是会住在这种中低档小区的人群。"苏则说。

"她是四个月前搬进这个小区的。对于她的情况，我们也做过简单的调查。半年前她的资金链出现断裂，不得已变卖房子抵债，目前只是以基金经理这个身份暂时在一家投资公司挂职。"王哲皱起眉头，弯起手指抠了抠眉角，说，"另外，她这人不好接触，等会儿交流的时候，二位可得注意些。"

邓钟不以为意地耸耸肩，说："走吧，我们去会会她，我想她应该有很多话想和我们分享。"

邓教授的大声密谋

陈芸柔所住的 1 号楼是单身公寓，房型是一梯两户，出了电梯右手边这间便是案发现场，此刻门上依旧贴着警方的封条。左边那扇门的正中间贴了张大大的倒福字，王哲走了过去，按响门铃。

开门的女人扎着单马尾，个子在女性里面属于比较高的了，虽然不能被算作美人，但气质出众，妆化得也算高雅。

王哲出示了证件。

罗维娜快速瞥了一眼，抢先开口问："你们是来告诉我钱杞钧认罪了吗？"

"案子目前还在调查中，如果有了结果我们会第一时间告知。"王哲说。

"还有什么可调查的，人证物证不是都有了吗？"罗维娜问。

"具体细节不便透露，还请理解。"王哲露出礼貌性微笑，显然他是不打算再回答相关问题。

罗维娜板着脸，丝毫不打算掩饰内心的不悦："既然如此，你们还来做什么？"

"其实这两位是菠萝包侦探事务所的侦探。"王哲介绍道。

罗维娜一脸狐疑，问："你们是一伙的？"

王哲正准备应答，但是被邓钟抢了先——他递上了自己的名片，说："你误会了，我们是因为之前的案子和警方有些接触，这次也只是有偿请他帮忙带个路罢了。"

罗维娜看了眼名片，又看了看邓钟和苏则，目光在无框眼镜后面快速移动。

眼见对方不信，邓钟又补充道："怎么能和他们是同伙呢？他们这些警察是为人民服务，我们不一样，我们主要为客户服务。"

"进来吧。"罗维娜说，但是她似乎只打算让两位侦探进屋，王哲还没进来，她就准备关门。

"有偿带路，条件就是让他旁听。"邓钟见状，立刻解释道。

罗维娜有些不情愿地放开门把手，转身走向客厅。

趁此机会，邓钟溜到苏则背后，与王哲小声密谋了几句。

客厅里放着两张单人沙发和一张三人沙发。罗维娜坐在其中一张单人沙发上，邓钟将苏则强行摁在罗维娜对面的单人沙发上，然后他和王哲依次在靠近苏则这侧的三人沙发上坐定。

"桌上有矿泉水，想喝的话自己拿。"罗维娜说。

"罗女士太客气了。"邓钟说。

罗维娜哼了一声："我记得中介说你们侦探所是两男两女。"

邓钟稍作迟疑，说道："确实如此，但是我们的分工各有不同，分析案情恰巧是我们两人擅长的领域，所以今天由我们为你服务，尤其是这位苏教授，他可是犯罪心理学的专家。"

"他是教授？我怎么看他长得一副学生模样。"罗维娜说。

"你别看他长着一张娃娃脸，实际上已经五十岁了。"邓钟说。

罗维娜扶了扶眼镜的一角，轻声感叹道："保养得挺好。"

苏则脸上依然保持着礼貌性的假笑，只是有些僵硬，他把脑袋向邓教授靠近，低声说："你就算嫉妒，也不必把我说得比你更老吧？"

邓钟也把脸凑了过去："闭嘴，我只是想让你显得更有资历一点。"他的声音是从嗓子里挤出来的，嘴唇一动不动，依旧对客户保持着笑容。

罗维娜开始用异样的目光打量着他们："你们是那个吗？"

"那个是哪个？"邓钟愣了愣，突然间似乎明白了对方的意思，连忙摆摆手，"我已经有妻子了。"

"我也有喜欢的女生了。"苏则也立即为自己辩解。

"那就别在我面前咬耳朵，怪恶心的。"罗维娜说，露出鄙夷的神色。

邓钟觉得时机已至，悄悄给王哲递了个眼色："罗女士，不知道你对钱杞钧的下落有没有什么线索？"

罗维娜愣了一下，她看起来没有明白邓钟的话："你这话是什么意思，他现在不是应该被关押在警局吗？"她凶狠地瞪着王哲，质问道，"我希望你们警察能给出一个合理的解释。"

"因为缺乏新的证据，我们无法继续拘留他，只能先放人。"王哲解释完，朝邓钟递去一个略带责备的眼神，低声埋怨起来，"邓教授，这种事情还不能说。"

"可是你也没有提前打招呼呀。"邓钟无奈地说道。

"这是常识吧。"王哲说。

"不不不，是你们警方的常识，我们侦探可不是。"邓钟否认道。

苏则右手攥成拳头放在嘴边，轻轻咳嗽了一声："你们俩的声音太大，委托人都听到了。"

"够了。"罗维娜不再看王哲，"接下来我只想和侦探单独聊。"

"罗女士，这个恐怕……"王哲一脸为难地说，但很快就被对方打断。

"我不是嫌疑人，没有理由受到你们警察监视，委托侦探调查是我的自由，而且，这里是我的家，有权请不受欢迎的人出去。"

"既然如此，王警官我们还是先出去吧。"说完，邓钟立刻连拉带拽将王哲送出门去，然后又回来站在苏则身后，说，"罗女士，这位是我们侦探所最优秀的侦探，有他出马，你的委托绝对不成问题，所以请务必对他如实相告。"

苏则诧异地回过头，一阵挤眉弄眼表达自己的不满。

邓钟则淡然地将这些信息全部接收完毕后，凑到苏则耳边小声说："上次司徒那家伙冒用你的身份在人鱼岛耀武扬威，你不觉得很没面子吗？不如趁着这次机会，好好证明你的能耐。"说完，他笑眯眯地看着委托人，"那么我也不打扰二位了。"

随着关门声传来，苏则也正襟危坐起来，用深沉的声音说："那么我们也开始吧，正式的谈话。"

过道里，王哲挠了挠后脖颈，一脸不解地问："邓教授，为什么要故意在罗维娜面前演这么一出戏？"

邓钟挑了一下眉毛，反问道："因为你们说罗维娜对警方完全不信任，那么她对侦探又能有多少信任呢？"

"堪忧。"王哲回答。

邓钟扬起嘴角："无法取得信任就无法从她那里获取准确的线索，所以，与其她对我们都持怀疑态度，不如至少提高她对其中一方的信任度，这对我们更有好处。"

"原来如此，不过，阿则一个人没问题吗？"

"王警官怀疑他的能力？"

"那当然不是，阿则很细心，这点我们都知道，但是怎么说呢，他的面相太过和善，真的能震慑住罗维娜吗？那个女人看起来十分强势啊。"

"我那位助手虽然看着不中用，偶尔还是很能干的。"

"只是偶尔吗？"

"你也别太担心，那边就交给他，我们去案发现场看看。"

案发现场

王哲取下封条，用钥匙打开公寓的门。公寓面积大约有六十平方米，进门之后是一小段玄关，再往里走左侧是客厅和厨房，卧室和洗浴间则在玄关的另一侧。

邓钟在公寓里逛了一圈，问："这房子不错嘛，不会是赌博赚来的钱买的吧？"

王哲苦笑着说："怎么可能？虽然钱杞钧输少赢多，但是就他赢的那点钱还不够日常开销呢，这里是租的。"

"那你手上拿着的钥匙是？"

"由于房东常年住在外省，所以在物业处留有备用钥匙。"

"尸体是在哪里发现的？"

"在卫浴间，这边。"王哲领着邓钟进入卫浴间，然后指着浴缸说，"死者当时就坐在地上，身体侧倚靠着浴缸，脸上盖着一条毛巾，尸体表面有多处新旧瘀伤，还有一小块扎进右手大臂内侧的玻璃碎片，但这些都并非致命伤。真正的致命伤是垂放于浴缸的左手手腕处被划开三道很深的口子，浴缸里被提前注入温水，应该是想要促进血液流动，同时加快血液流失的速度。凶器是一块锋利的刀片，就掉落在死者右手边的地面上。据林法医推断，死亡时间在下午四点到五点，死因是动脉被割破，导致失血过多。另外，在死者胃里还发现了少量安眠药残留，参考残留的剂量和胃内其他食物的消化程度，林法医认为应该是死前不久服用过一至两粒安眠药。邓教授，到此为止你有什么疑问吗？"

邓钟蹲在浴缸旁边,观察了一会儿,说:"如此小的洗浴间里竟然有浴缸,也是少见。"

"原本是没有的,我们向房东了解过,浴缸是死者他们租下之后自行加装的。"

"那扎进手臂的玻璃碎片又是哪儿来的?"

"是客厅摔碎在地的玻璃杯,当时客厅里一片狼藉。"

"如此说来,死者曾经和某个人在客厅里发生过打斗。"

"很有可能,邓教授,我们接下来去客厅看看?"

"不着急,关于这里还有什么要说明的吗?"

"目前查到的只有这些。"

"尸体被发现时是素颜还是带着妆?"

"我记得尸检报告上没有写明死者化着妆。"

"那么尸体被发现的时候,这屋子里家电的开关情况是什么样的?"

"家电是指?"

"空调、电视机,厨房里的电磁炉、烤箱等这些电器是否处于运行状态,以及这洗浴间的电灯是开着还是关着。"

"空调和电视是开着的,其余电器并未在使用。至于洗浴间的灯光,我们到达现场的时候是暗的。"

"确定?"

"确定,最先赶到的派出所同事担心破坏现场不敢开灯,后来还是我亲手打开的。"

"手机和平板的剩余电量呢?是刚充满不久,还是所剩不多?"

"这个,我得问问证物科的同事。"

"你刚才说死者脸上盖着一条毛巾?"

"没错。"

"干的还是湿的？原本放在什么位置？是用来洗脸的，还是其他用途？"

"并非湿答答的，但也没有完全干透，据钱杞钧交代，那是他洗脸的毛巾，平时就挂在支架上。"王哲指着墙上的不锈钢支架说道。

支架的位置就在尸体的头顶，现在上面还挂着一条杏色毛巾。

邓钟站起来，走到支架旁边："那剩下的这条毛巾就该是死者本人的。当时毛巾是整齐挂在支架上，还是因为没挂好而掉落，偶然盖在死者脸上？"

"是前者。邓教授，您有什么想法？"

"如果毛巾不是偶然掉落在死者脸上，那就只能是凶手有意为之。凶手不希望面对死者，因为这会让凶手心生畏惧或者愧疚，而且往往是愧疚居多。"

王哲用期待的目光望向邓钟："所以您也认为这是一起他杀案件？"

邓钟有些伤脑筋地歪了歪脑袋，扎在脑后的小辫子也跟着摆动了起来："如果是自杀，你们也不会找我了吧？"

"这倒也是。"王哲无奈地苦笑了一下，接着说，"本案其实还有个目击证人。"

"怎么回事？"邓钟诧异地问。

王哲走到阳台，指向对面那栋楼回答道："住在对面三号楼十一层的老伯池长任声称，他在案发当天的傍晚时分，曾看见钱杞钧在自家客厅走动。"

"你不会是要告诉我，那位老伯是站在自己家里看见这里的情况吧？"

"事实上正是如此。"

邓钟也走到阳台，几秒钟后，他缓缓吐了一口气："目测两栋楼之间有至少三十米的间隔，这么远的距离老伯真的能看清楚吗？"

王哲深感赞同："这也是困扰我们的地方，虽然那位老伯坚持声称自己是老花眼，距离远反而能看得清楚，但是我们还是不敢完全采纳，再说他只是看见钱杞钧出现在客厅，并不代表钱杞钧就一定是凶手。"

邓钟回到客厅，据王哲回忆，警方进入这间公寓时，客厅有发生过激烈打斗的痕迹，餐桌摆得歪歪斜斜，椅子倒在地上，玻璃杯还有原本摆在餐桌上的花瓶也摔得粉碎。

邓钟缓缓地环视了整个客厅，面无表情，他觉得这个案子似乎非常简单，凶手的名字几乎就在嘴边，可是内心里又有种说不出的矛盾。

沉默了许久之后，他才开口问："按照钱杞钧所说，他先是在过道睡了二十来分钟，然后被某种东西破碎的声音吵醒之后再次敲门，可是既没有人开门，也没有人应答，所以他就坐电梯下楼离开？"

"是这样的。"

"他难道没有在门口大吵大闹？"

"我们也是这么质问他的，可是他说当时一怒之下就走了。"

"这倒是有些蹊跷，也不符合他的性格。那他之后又去了哪里？"

"又回到了平常打牌的赌坊。"

"结果输得更多对吧？"

"对，至少我们逮捕他的时候，他比整个下午加起来输得都多。可是，邓教授，您又是怎么知道的？"

"心神不宁，自然输得多。"

王哲眼前一亮："您的意思是他刚刚杀了人，所以心神不宁？"

邓钟摇头否认："愤怒也可以算作心神不宁。"

王哲抿着嘴，失望地说："我以为您有办法证明钱杞钧是凶手呢。"

"王警官，这屋子的隔音效果如何？"邓钟突然问。

王哲被问得一头雾水，只能带着诧异的表情，如实回答不知道。

邓钟似乎丝毫不在意，反而饶有兴致地打了个响指："是吗？那就来做个实验，我那不中用的助手又能发挥作用了。"

"实验？"

"没错，王警官，你看死者卧室里的花瓶和那天被打碎的花瓶是不是相同型号？"

苏教授的谈话时间

苏则拧开矿泉水瓶盖，浅喝了一口，盖好瓶盖。整个过程他都表现得气定神闲，即便坐在对面的客户正在瞪着自己。

他将矿泉水放在桌上，重新坐直后，终于开始问道："罗女士，首先你和死者的关系是？"

罗维娜不假思索地反问："我们是邻居，这还用说吗？"

苏则笑着说："只是邻居而已啊，我原以为你们是朋友。"

罗维娜的瞳孔略微放大，她的视线向下移动，像是在斟酌最后两个字，很快，她重新与苏则对视，说："我们比较投缘，所以也算是朋友。"

苏则眨了两下眼睛，"嗯"了一声："那么请你将案发当天发生的事情详细描述一遍。"

"那天下午我就在这里坐着刷视频，大概四点一刻，我打算去楼下超市随便逛逛，正在玄关换鞋的时候听见隔壁有争吵声，严格来说应该也算不上是争吵，就是钱杞钧单方面的谩骂，然后就听到像是摔东西的声音，声音很杂乱，我一猜准是芸柔又被家暴了。"

"又的意思是此前也有过类似的事情？"

"多了去了，她的手臂、脖子，还有后背全是被殴打留下的瘀伤，所以她平日里都穿着长袖。"

"真是可怜。那你听到动静之后过去劝阻没？"

罗维娜把双手抱在胸前："当然没有，这是他们两个人之间的事，我怎么敢插手？我可在网上看过不少帮闺密劝架，结果闺密还反过来帮着男友杀人抛尸的案例。更何况我们之间的关系没有那么亲密，我凭什么去冒这个险。"

苏则强忍住内心想要吐槽的冲动，简短地应了声"好"，催促她接着往下说。

"过了没多久，隔壁突然就安静了下来，我想应该是折腾完了，差不多该到钱杞钧用花言巧语哄骗芸柔的阶段，这招对那个傻女人很管用，她每次都相信这是自己最后一次被打，结果呢，总会有下一次。这就是不长记性的代价。"罗维娜说到这里，稍微停顿了一下，接着用低沉的口气说道，"往常钱杞钧都得哄上好一会儿，可是那天不同，十分钟不到，我就听见隔壁有人开门，然后又是电梯移动的声音。"

"所以你趴在门那儿听完死者被家暴的全过程，还特意又等了十分钟，不去超市了？"

"我那不是担心后面万一有点什么事情嘛，比如这次，不就让我等着了。况且我去超市就是闲逛，本来也没什么要买的。"

苏则盯着她，脸上的表情像是在说"合着你早就盼着这一天了"，不过罗维娜似乎没有看出来。

她接着说："我当时隐约觉着有些不对劲，本想过去敲门，但转念一想芸柔刚遭受家暴我就过去安慰，那她也太没面子了，所以就回来坐了二十来分钟。差不多五点，我过去敲门，发现没人应答，打好几通电话都是无人接听，我当时就感觉肯定出事了，立即下楼去找物业。之后物业就用钥匙打开门，我们进去之后就发现她倒在浴缸旁边，已经没有呼吸了。"

"你的感觉真准。"苏则顺口说道。

这回罗维娜听出来了，她目光略带恐吓地看着苏则："你这话什么意思？"

"只是刚好我认识一个第六感很准的男人，不过，他准的时候往往没有好事发生。"苏则镇定地挑动眉毛，问，"你之前去过死者家中吗？"

罗维娜点点头："钱杞钧不在家的时候，我经常去，她喜欢听我讲过往的经历，还说那都是她梦寐以求的生活，非常羡慕我。"

"那么能请你回忆一下那天进到案发现场之后的细节吗？"

"细节？你想知道什么细节？"

"就是与往常不同的地方，例如你进去之后是否觉察出有异样？"

罗维娜摇了摇头。

"请你再仔细回忆一下，多么细小的都行，这很重要。"苏则说。

罗维娜又想了想，坚定地说："没有。硬要说与往常不同，那就是客厅有许多东西被打碎，散落在地上。"

"都有哪些东西碎掉？"

"花瓶、玻璃杯、电视遥控器，还有与餐桌配套的椅子也倒在地上。"

"看来发生过激烈的打斗。"苏则说。

这时候，放在口袋里的手机振动了一下，是邓教授发来的信息，写道：刚才听到什么声音了吗？

思索片刻后，苏则答复：没有。

等了几秒钟也没收到新的消息，苏则于是放下手机，对罗维娜说："不好意思，我们继续。你知道死者和男友是从什么时候开始发生争吵的吗？"

罗维娜苦笑了一下，说："具体的我也没问过，反正自打我搬过来，他们就在吵了。"

"那你知道他们主要因为什么吵架吗？"苏则又问。

"能有什么原因，无非就是意见不合、观念不合呗。男人与女人本来就是两种不同的生物，你们根本就不懂女人心里在想什么，也懒得去懂，所以啊，迟早的事。"罗维娜回答。

苏则顿了一下，目光犀利地凝视着罗维娜："你说的迟早是指吵架，还是指钱杞钧迟早会杀了死者？"

罗维娜露出耐人寻味的笑容："或许两者都有。"

突然从楼道传来一阵声响，随即手机又收到邓教授的信息：这次呢？

苏则如实回复道：能听见有些许动静，但听不清楚。

然后，又没有然后了。他将手机放下，正好迎上罗维娜有些咄咄逼人的目光。

她稍稍扬起下巴："你问了这么多，怎么偏偏不问我需要你们做什么？"

苏则眯起眼睛，开始揣摩对方的心思，很快他有种不好的预感："你通过中介委托我们调查案件的真相，难道不是吗？"

"调查真相？"罗维娜冷冷地说，"这个案子的真相早就水落石出了。"

"还请赐教。"苏则说。

"凶手就是钱杞钧。"罗维娜言之凿凿。

苏则的表情也好姿态也好，都没有一点变化，语气平淡地说："你这话说得好像当时就在现场目睹了一般。"

"这种事情不用看也能知道。"罗维娜说，口气有些不悦。

苏则右手按住眉头，说："罗女士，凡事都要讲究证据，没有证据就只能算猜测，这在法庭上是完全站不住脚的。"

"那你们就想办法拿出证据来。"罗维娜依旧用不悦的口气回应，并且因为耐心逐渐消失而显露出烦躁的情绪。

"我们正在努力。"

"我不管你们用什么办法，我只要看到唯一的结果，钱杞钧是凶手。"

"罗女士，我们尊重事实，相信证据。"苏则再次强调。

罗维娜鼻翼一吸，轻蔑地问："你真的是教授吗？不会因为都是男人就偏袒他吧？"

楼下邻居的证词

住在陈芸柔正下方的是位单身中年妇女，姓李，烫着鬈发，身材有些臃肿。她先是把门打开一条小缝，用狐疑的目光打量门外的两个男人，直到看见其中一人出示的警官证后，才放心地取下防盗链，将门彻底打开。

李女士似乎已经猜到来意："原来是警察啊，想必又是来调查楼上的命案吧，二位请进。"

邓钟露出明媚的笑容，说："不用了，有几个简单的问题想向你了解，不会耽误你太多时间。"

"好，那你们问吧。"李女士说。

"案发当天你在家吗？"邓钟问。

"一整天都在。"李女士回答。

"那天下午四点到六点，你在做什么？"

"三点半到五点半我在和亲戚通电话，五点半过后在准备晚饭。"

"其间你是否听到楼上传来的动静？"

"有，当时我在打电话，忽然听到楼上有响声，吓了我一跳。"

"能具体描述出是什么样的响声吗？"

之前警方也问过类似的问题，所以李女士甚至不用回忆，直接回答道："这个嘛，我想应该是东西摔在地上的声音，而且动静挺大的。"

"我们来敲门之前你都在家吗？"

"在，我早上去过一趟市场，之后就再没出去过。"

"那么刚才你听到楼上有和案发当天类似的声音吗？"邓钟接着问。

李女士面露惧色，连连点头："还真的有，你们说会不会是闹鬼了？"

"不是闹鬼，刚才是我们在模拟案发经过。"王哲解释道。

"吓死我了。"李女士长舒一口气，笑着说，"不过，你们模拟得不够到位。"

"哪里不到位？"邓钟问。

"前天的动静可比刚才大得多。对了，那天他们似乎发生过两次争吵,因为动静曾经中断了几分钟,后面那次更大声了。"李女士回答。

邓钟与王哲交换了下眼神,不动声色继续问道:"楼上经常吵架吗?"

"家常便饭的事情。那男的看着就不是正人君子,那女的偏偏又老实巴交的,正好欺负,也是对冤家啊。"

"他们从搬过来到现在一直都这么吵吵闹闹吗?"

李女士沉思了几秒钟:"那倒没有,最早还是挺和睦的。好像是今年年初,不,应该是三月份开始的,对,就是三月,那天附近的公园上千株桃花盛开,我还去拍照来着,晚上刚回到家就听见楼上吵得不可开交,那是第一次。"

"感谢你的回答。"邓钟和王哲向女邻居道了谢,正准备离开,突然他又回头问道,"之前听到过类似的动静吗?"

李女士闭紧眼睛,脸上的皱纹也挤在一块儿,用力地回忆后,说:"以前也有过,但要数前天的动静最大。"

"确定吗?"

"当然确定。我刚才可是很努力地回想了,不会有错。"

"看得出来你十分卖力,辛苦了。"

邓钟和王哲再度向李女士道别。

当他们回到十一层时,正好撞见罗维娜把苏则从屋子里赶出来。罗维娜也注意到他们俩,不耐烦地咂了一下舌,然后"哐"的一声重重把门关上。

"什么情况?"邓钟问。

"大概是哪句话说错,惹得她不开心,所以被撵出来了呗。"苏则哼了哼,不以为意地说。

三个人回到小区楼下。

苏则皱着眉头看了眼室外依旧毒辣的太阳，不太愿意走出一号楼："你们应该去过案发现场了吧？有什么发现？"

"暂时没有特别值得注意的线索。"邓钟回答。

"接下来怎么办？打道回府吗？"

"在那之前还有个地方要去，住在对面十一楼的老伯声称自己在案发当天下午看见钱杞钧出现在案发现场。"

苏则凑近邓钟和王哲，低声说："对了，有件事情提前和你们打个招呼，罗维娜动机不纯。"

邓钟看着苏则，微笑着问："她想让我们帮着做伪证，没错吧？"

"你也猜到了。"苏则有些意外地回望着他。

"显而易见。"

"从她的言语中可以读出，她不是想让我们找出真相，而是希望，不对，是要求我们必须坐实钱杞钧的罪名。"

"二位应该不会帮着她做伪证吧？"

"王警官，我们你还不了解吗？这可是原则性问题。"

"哦，那就好。"

"没有个三五千万我们是不会答应的。"肖柠诺说，吸着奶茶的少女天真烂漫地登场了，她的手上还提着三杯奶茶，"邓教授，阿则，我奉命前来支援。折耳根警官别紧张，我开玩笑的。"

王哲接过奶茶，嘴里也忍不住吐槽道："诺诺，都说了我不叫折耳根。"

肖柠诺的眉毛微微动了一下："没什么不好的吧，一下子就能让人记住。"

"算了，你们家小妤呢？"

"她正在忙着调查一起宠物失踪案。"

"宠物失踪？我记得上次去侦探所的时候，那块写着规则的小黑板上面第一条就是不接无趣的案子。"

邓钟用力吸了一大口冰凉的奶茶，说："你口中的上次至少是半个月前吧？现在规则又更新了。"

"更新了什么内容？"王哲问。

"暂时把你刚刚说的那条规则移除了。"邓钟回答。

"为什么？"

"因为侦探所经营不善，再这样下去就必须接受她父亲的资金赞助。"

"有资金赞助是好事吧？"

"当初决心成立侦探所的时候，她可是在父亲面前拍着胸脯保证，绝对不需要父亲帮忙，仅凭借自己的力量也能做大做强。"邓钟掐住苏则的脸颊，示意性地往外拉了拉，"所以啊，现在她要这个。"

说完，还没等苏则用余光瞥他，又非常自觉地把手撒开。

苏则白了邓钟一眼，问："小妤那边不需要帮忙吗？"

肖柠诺点点头："她说命案比较重要，所以让我先过来协助你们。邓教授，需要我做什么？"

"现在人手充足，我看不如兵分两路，我和苏则去找住在十一楼的目击者老伯。王警官，你带着诺诺再去一趟钱杞钧平时打牌的地方，重点问问案发当天下午钱杞钧都说过哪些话，是否有奇怪的举动。必要的时候，诺诺你可以给他们上点强度。"

"放心交给我吧。"

"结束之后我们还在这里会合。"

住在对面楼的老伯

光山小区，三号楼十一层。

邓钟轻轻敲了两下门，很快便听到回应。

开门的是个两鬓银发的老人，约莫七十岁，但是看着身体还算康健，昂首挺胸，精气神十足。

"您是池长任老先生？"

"是啊，你们是来找我的？"

邓钟递上名片，恭敬地说："我们是侦探，来调查前天一号楼的那起命案，有些问题想向您请教。"

"那都进来坐吧。"池长任说，"不过，请教可担不起。你们随便坐，我去沏茶。"

"您不用忙了，我们问几句就走。"邓钟客套着，其实嘴里确实渴了。

"不麻烦，我也想喝。"池长任说着，走进厨房。

邓钟和苏则在沙发上并排坐下，邓钟的目光在屋子里四处徘徊，最后习惯性地扫向苏则。

苏则见他眼中带着困惑，低声问："怎么了？"

"总感觉这里少了点什么。"邓钟嘟哝着。

池长任提着热水壶和一罐茶叶回到客厅，看来家里许久没来过客人，茶几上的玻璃杯已经积了灰，老伯拿起杯子瞅了眼，才惊呼一声："都这么脏了，你们再等等。"随后尴尬地笑了笑，带着两个杯子走进厨房。

往杯子里抓一撮茶叶，冲入滚烫的热水，这是老一辈常用的泡茶方式，省去了繁杂的步骤，简单又省时。

"家里没有备着专门的茶具，你们别介意。"池长任说。

"无妨，我平常偷懒时也经常这么干。"苏则说。

"茶叶是好茶叶，今年生日时我女婿寄给我的，说是一两要大几百呢。"池长任缓缓说道。

邓钟轻轻吹开水面的茶叶，啜饮了一口，确实是入口柔香，回味甘甜。放下杯子，他开始聊起正事："池老伯，能和我们说说案发当天您都看到了什么吗？"

"那天下午，我看见了对面那家的男人就在他们家里来回地走。起初我也没在意，后来我下楼遇见街坊四邻议论，才知道对面那家发生了命案，再后来有警察问我们那天有没有见过那男的在小区里出入，于是，我就把看到的对警察说了。"

"您还记得看见那男人在客厅走动的具体时间吗？"

"我没注意，不过我那会儿正在看体育频道直播的中超比赛，刚好是中场休息，我就起来走到阳台去透透气。"接着，池长任说出了对阵双方的球队，还顺带点评了两队上半场的发挥。

"当时客厅里是什么样子？"

"没注意。"

"那男人除了走动以外，还干了别的什么事吗？或者当时他的手上拿着什么东西吗？"苏则问。

池长任向前弓着身子，一副跃跃欲试的表情，但是思索片刻后，又把身子缩了回去，不确定地摇了摇头。

邓钟做了个安抚的手势，接着问："池老伯，住在对面的那对情侣经常发生争吵吗？"

"可不是嘛，光是在小区楼下我都见着好几次了，那男的还动手打他女朋友，看那女人被拳打脚踢，怪让人心疼的。"

"您在这个小区住了多长时间？"

"我啊，今年是第七个年头咯。"

"那他们是什么时候搬过来的您记得吗？"

"这我不清楚，我是有次在楼下撞见他们吵架才开始注意他们的。"

"大概的日子还记得吗？"

"今年的清明节前后。"

邓钟与苏则对视了一眼，该问的都已经问完了，于是他们向池长任道了谢，起身离开。

半个小时后，肖柠诺回到会合地点，这次她手里拿着的是薄荷味的软糖。

"诺诺，怎么只有你一个人，王警官呢？"苏则问，然后百无聊赖地打了个哈欠。

肖柠诺语气明快地说："他说队里有急事，所以把我送到小区门口就走了。邓教授也不在吗？"

"神神秘秘的，不知道去哪儿了。"

苏则的目光越过肖柠诺，发现池长任从三号楼走出来，于是率先打了招呼。

池长任也挥手示意："你们还没回去啊，侦探也真是辛苦。"

苏则正打算回答，邓钟突然从三号楼旁边的凉亭出现，他走在池长任身后，便喊了声"池老伯"。

池长任被吓了一跳，差点摔倒。

邓钟连忙上前扶住："老伯，您没事吧？"

池长任搭着他的手，喘了几口气："没事，就是你突然从我背后出现，给我吓了一跳，没事了。"

苏则和肖柠诺这时候也跑了过来。

"这位姑娘是？"池长任看着肖柠诺，问道。

"她是我们的同事，诺诺。"苏则介绍说。

池长任点了点头："女侦探啊，了不起。"

"老伯您是一个人住吗？"邓钟问。

池长任叹了口气："老伴走得早，两个女儿长大了，都有各自的家庭，虽然也在本市，但总是忙得不见人，算算已经有三年没露过面了吧，可不就剩我一个人。不过还好，她们出钱雇了个家政工，每周来帮我打扫一次卫生，顺便陪我聊上几句。"

"说起来我们侦探所也该请个家政阿姨定期来给办公区域做卫生，你觉得呢，助手？"

苏则眼里闪过一丝困惑，每个月在小妤的带领下，侦探所全员都会做一次大扫除，其实并不需要请外人，而且以目前侦探所的经济条件，小妤是绝对不会舍得在这方面花冤枉钱的，那也就是说，邓教授别有用意啊。想通了这点，苏则随即附和。

"要是交由专业人员来做，那当然是简单又快捷。"苏则说。

"老伯，您家里请的这位家政工如何？"邓钟问。

"性格温顺，做事勤快，我记得她之前留下了手机号，如果你们需要就随我上楼找找去。"池长任回答。

"如果是这样，那就再好不过，只是恐怕打搅老伯在这儿乘凉的雅兴。"

"大热天的哪有这个点就出来乘凉的，我就是在家里闷得慌下楼透透气而已。若是你们愿意上来喝杯茶，再陪老头子唠上几句那就最好不过。"

"恭敬不如从命。"

池老伯的谎言

邓钟三人回到事务所的时候，段琪妤在沙发上瘫坐着，看她的状态似乎是累得够呛。

"小妤，你这是怎么了？"肖柠诺上前询问。

段琪妤像是搂住大型公仔一样扑进肖柠诺怀里，开始诉苦："抓宠物好难啊，明明看见它了，一眨眼的工夫又不见了。"

"所以今天没能完成委托啊。"苏则对此早有预料，平静地说。

"明天还是让诺诺帮你吧。"邓钟说。

"说起来，你们那边有什么进展吗？"段琪妤问。

"马马虎虎吧。"邓钟在沙发上坐下，一边活动起脖子，一边含糊其词地说。

"教授，关于池老伯，你发现了什么对吧？"苏则问。

邓钟停下来卖起关子，直到苏则催促了一下之后，他才满意地点了点头："刚才老伯吓了一跳的画面你们还记得吗？"

"记得啊，因为邓教授你突然出现在他的背后，吓到他了。"肖柠诺回答。

"真的是这样吗，诺诺？"

"有哪里不对吗？"

"他确实是被我吓一跳，但不是因为我从背后出现，而是回过头看清楚我的脸之后才受到惊吓的。"

肖柠诺和苏则相视一眼："阿则，你能听懂邓教授的话吗？"

苏则一只手抱在胸前，另一只摩挲着下颌："我想他的意思是，真正让老伯惊讶的是他竟然在身后出现。"

邓钟打了个响指："就是这个意思。当时助手先和刚从楼里出来的老伯打招呼，接着老伯回了句'你们还没回去啊，侦探也真是辛苦'。"

"原来如此。"苏则眼前一亮，"解开谜题的关键在'你们'啊。"

"等一等，阿则你先别说出来，让我想想，我一定可以想出来。"肖柠诺嘴里反复念叨着这两个字，突然，她恍然大悟地笑了出来，"原来'你们'指的是我和阿则。"

"接着说下去。"邓钟用鼓励的语气说道。

"老伯口中的'你们'指的本就该是我和阿则，因为出现在他面前的就是我们两个呀，恰恰这就是最奇怪的地方，他为什么要说'你们'呢？这不就意味着他认为我和阿则都是侦探，虽然这是事实，但是之前明明只有阿则和邓教授跟他见过面，也就是说在他的认知里我是陌生人，自然不应该知道我也是侦探，再结合之后他被邓教授吓到时的反应，答案就只有一个了：老伯将我错认成邓教授。"

"完全正确。"

"老伯说过自己是老花眼，老花眼看近处的东西模糊，看远处的东西不受影响，可是，当时我们距离他应该在十米左右，他怎么会看错呢？而且我和教授的性别和体形完全不同啊。"

"答案很简单，因为他不是老花眼，恰恰相反，他是高度近视。我想，因为声音他断定两个人之中有一个是苏则，但是当时在没戴眼镜的他的眼里，十米开外的两个人只是两团相对模糊的人影，而导致他将诺诺错认成我的最终元凶也正是助手，没错，就是你这个参照物的存在。"邓钟做作地抬起左手，食指直直地指向苏则。

苏则不屑地朝他翻了个白眼，同时一巴掌用力拍在他的手背上，响声相当沉重。

　　邓钟皱了皱眉头，还算淡定地吸了一大口气，然后以二倍速将剩下的推理补充完整："老伯确实无法通过容貌特征辨别我和诺诺，但是我和苏则的身高差与诺诺和苏则的身高差是一样的，所以他是因为相对身高差猜测站在面前的两个人是我和苏则，只是他会把苏则认作我，把诺诺当作苏则，体形差异也是同理。"话音刚落，地上就多出一个按着手背痛苦翻滚的人。

　　由于段琪妤已经累得不想动弹，所以晚餐只能叫外卖，二十分钟过去了，外卖还没来，倒是严桓正先到了。

　　"外卖吗？我还打算过来蹭饭呢。"严桓正露出遗憾的表情。

　　"放心，我们点得比较多，严队你在也未必吃得完。"段琪妤说。

　　严桓正换上严肃的表情，一本正经地问："关于陈芸柔的案子你们今天发现新的线索没？"

　　"目前我的想法是，陈芸柔极有可能是遭人杀害。"邓钟信心不足地缓缓说道。

　　"然后呢？"严桓正笑着催促道。

　　邓钟摇摇头："其他的都还是碎片，整合起来需要一些时间。"

　　严桓正盯着邓钟的脸，以他对邓钟的了解，那并非毫无所知的表情，所以再次确认道："真的一点有用的信息都没有了吗？"

　　"非要说的话，倒也不是完全没有，至少我能负责任地断定，住在对面那栋楼的池老伯的证词不可采用，他在案发当日下午目睹钱杞钧于客厅走动这件事情上绝对撒谎了。"邓钟笃定地说。

　　"虽然我们已经做好他的证词无法被法院采纳的心理准备，但是我还是想知道你的依据是什么。"严桓正问。

邓钟转向苏则，用手支撑脸颊："助手，说明的任务就交给你了。"

"是是。"苏则不耐烦地应和着，但还是将他们此前的讨论和分析详细叙述了一遍，"……事情就是这样。"

邓钟同时递上家政工的联系方式："据池老伯所说，家政工每周到家里帮他打扫一次卫生，同时还陪他聊上几句，我想现在最了解池老伯的人大概就是这位家政工了。"

严桓正将联系方式夹进笔记本里，说："稍后我会亲自确认的。"

肖柠诺问："其实我不太明白那位老伯为什么要这么做。这不就等同于做伪证吗？"

"助手，你认为呢？"邓钟问。

"大概是复仇吧。"苏则回答。

"复仇的意思是他和钱杞钧之间有过节吗？"肖柠诺问。

"或许不是这样，这只是我的猜测，他的复仇对象是自己的女儿们。"苏则说，他并非自信十足，但是语气依然镇静，与平时没有什么区别。

段琪妤和肖柠诺听完都发出了惊呼，就连严桓正也愣了几秒钟，但是丰富的刑侦经验又使得他很快想通。

"理由呢？"段琪妤问。

"寂寞。明明都生活在同一座城市，却三年没见过面。"苏则回答。

"所以他才不惜做伪证？"肖柠诺问。

"也许他相信警方迟早会识破他的谎言，也希望警方因为做伪证将他抓起来拘留，按照程序，接下来就得通知家属，这样一来他就有理由和两个女儿见面了。"邓钟顿了顿，说，"助手，你还记得我说过池老伯家里少了点什么吗？现在回想起来，大概是少了家的温度。"

沉默降临整个事务所，直至外卖小哥的到来才得以打破。

另一起案子的新发现

晚餐的大菜是水煮鱼,揭开盖子的那一刻,众人就被香气勾起了肚子里的馋虫,争先恐后地开始动筷子。

饱餐过后,邓钟给大家泡了咖啡。

"严队,你们那边有什么进展吗?"苏则问。

严桓正皱着眉头,苦恼地说:"目前能确定的只有钱杞钧的死亡时间在昨天夜里九点半到十点半。"

"连意外还是他杀都无法确认吗?"邓钟问。

严桓正纠结地眨了几下眼睛:"他是昨天晚上七点出头离开的警局,发现尸体的河边位于市郊,我们推断他应该是驾驶或者搭乘交通工具前往。我们在河边还找到了几个啤酒瓶和下酒菜,但是从这些东西里只提取到钱杞钧一个人的 DNA。"

"也就是说,意外身亡的可能性要大于他杀。"段琪妤说。

"除非凶手十分谨慎,将可能检测出自己 DNA 的东西带走了。"邓钟说。

"还有一个疑点,我们调查了他名下的银行卡,以及手机里的支付软件,并没有发现他在昨晚有过财产支出和消费记录。我们抓捕他的时候,他的身上也没有携带现金。"严桓正说。

"所以,要么掏钱买啤酒和下酒菜的另有其人,那么这个人很有可能就是杀害钱杞钧的凶手,要么就是钱杞钧吃霸王餐。"肖柠诺分析道。

严桓正点点头:"欸,我郑重声明,我是光明正大过来蹭饭的,不是吃霸王餐。"

"严队，我这儿其实也支持月付，你要不要考虑一下？"段琪妤跟着打趣道。

严桓正缓缓地应了声"好"，然后立即把话题一转，说："另外，我们在钱杞钧的身上发现了他家的钥匙。"

邓钟先是不以为意，然后突然反应过来，问："他不是说案发当天早上出门时把钥匙落在家里了吗？"

"没错，而且我们带进审讯室之前检查过他身上的物件，确认当时没有这串钥匙。"严桓正笃定地说。

"进警局时没有，在里面待了二十四小时出来后身上反而多了钥匙，他总不能说是半路捡到的吧？我忘了，他已经没法说话了。"邓钟撇了撇嘴，将这个并不好笑的冷笑话迅速带过。

"目前还无法确定这串钥匙究竟是如何失而复得的，不过光山小区和赌场我们都彻底搜查过，当天出现在赌场的人员也统统盘问过，没有人见过那串钥匙。因此，我们猜测钱杞钧杀死陈芸柔后离开，然后在光山小区到赌场中间的这段路途当中找个地方将钥匙藏了起来。"严桓正说。

"这两起命案似乎都没有什么头绪。"段琪妤说。

"倒也不至于那么悲观。"严桓正说，他的笑容里透露出自信，"依我看，钱杞钧的命案还是存在突破口的，那就是他搭乘的交通工具。考虑到路途遥远，还要携带啤酒和下酒菜，我们推断极有可能是一辆轿车。为此，局里的同事们正在对市局及案发现场外围的路面监控进行比对排查，如果存在同时出现于这两处监控的可疑车辆，那么很有可能就是我们要找寻的目标。"

"不愧是正儿八经的刑警。"段琪妤夸赞道。

"虽然说出来轻巧，这里面的工作量可远比想象中大得多。"严桓正说。

"严队，你们对罗维娜做过详细的调查吗？"苏则突然问道。

严桓正诧异地看向苏则："只做过粗略的背景调查，怎么回事，你认为她有作案动机？"

"她对钱杞钧显然怀有敌意。"苏则解释道。

随后，苏则也将当天下午自己和罗维娜的对话内容复述了一遍。

"如果按照你的思路，罗维娜的确有可能是杀害钱杞钧的凶手。"听苏则这么一说，严桓正眨了眨眼睛，双手抱在胸前，但是很快又像是推翻自己的猜测似的摇了摇头，"不对，有个地方说不通。从凶手的行动分析，我们认为凶手杀害钱杞钧应该是有计划有预谋的，假设凶手是罗维娜，她要如何确定我们会到时放人？"

沉默再次降临，只有空调工作时发出的细微声响。

邓钟轻轻弹了两下咖啡杯，打破了沉默："也许她在赌。案发当晚，她一直等在公安局门口，如果钱杞钧没出来，那么大概率他杀人的罪名成立。反之，如果钱杞钧出来了，那就意味着警方没能找到他杀人的证据，她就只好亲自动手。"

众人纷纷发出惊呼，就连严桓正也只能发出无奈的叹息。

"看来有必要同时追查罗维娜当天的行动轨迹。"丢下这样一句话后，严桓正匆匆离开侦探所，驾车回到市公安局。

规 则 Ⅶ

虚 妄

Demon & Monster

接下委托的次日，也就是八月十五日。

按照司徒留下的字条，今天可以在特定的地点见到他。所以，刚吃过午饭，邓钟就拉着苏则火急火燎地出发了。

跟着地图软件的导航，二人来到一条古街道，司徒避开了繁华的主街道，选择了需要走进文创店与咖啡馆之间的巷子。巷子两米来宽，一眼还望不到头，巷子两侧是画着诗词山水的石墙，走至深处才看到一栋与周边格格不入的三层建筑，外墙的装修不说是金碧辉煌，但也足够配得上"华丽"二字。

建筑物前面停着一辆深红色的摩托车，看样子就知道价格不菲。骑手是个身材高挑的女子，戴着头盔侧坐在车上，白衬衫和黑色的紧身皮裤勾勒出她凹凸有致的身材。从她身前经过时，苏则注意到两件事：第一，对方正透过头盔面镜观察自己和教授；第二，她身上的香水并不浓烈，反而是如同鲜花般清新淡雅的气味。

苏则核对了门牌号，确认和纸团上的地址无异。这栋建筑说来也怪，装修的风格不像是民宅，更像是咖啡厅或者是私人会所，只是看了半天也没找着招牌。大门虽然关着，但是从玻璃透出明亮的灯光，一个侍者的身影若隐若现。

"站在这儿纠结也没意义，直接进去再说。"邓钟说，脸上完全是既来之则安之的淡定表情，果断地推开了门。

内部的装饰远比外表看起来更加富丽堂皇。

一名年轻的女性侍者嘴角浮起一丝微笑，从前台迎了出来："不好意思，这里是高级会员制场所，请二位出示会员凭证。"

邓钟与苏则面面相觑："我们没有。"

"不好意思，没有会员凭证不能进去。"

"比起凭证，我关心另一件事，你刚才说高级会员制，是不是意味着这里的消费水平很高？"邓钟问。

"相较于普通场所而言，是的。"

侍者意料之外的诚实让邓钟倍感尴尬，他将苏则拉到一旁，低声问："回去之后，所长应该会给报销的吧？"

苏则坚定地回答道："你是傻瓜吗？现在侦探所都快揭不开锅了，这笔钱绝对要从我们的工资里扣除。而且以我对她的了解，她看完账单后的原话大概率如下：'你们出去花天酒地还敢找我报销？因为工作？我又不在现场，哪知道你们是不是净挑贵的点。'"

"没办法，眼下只能先战略性撤退。"邓钟笑眯眯地和工作人员说着改日再来，然后拽着苏则转身就走。

工作人员脸上挂着职业性假笑，礼貌地恭送他们离开。

回到小路后，邓钟抱怨道："可恶，司徒那家伙该不会是故意选这种昂贵的地方作为见面地点，想让我们知难而退吧？"

"有可能。"苏则问,"这下怎么办?把小妤一块儿拉来吗?"

"只能这样了。"邓钟不情愿地说。

正当二人准备原路返回时,身后传来摩托车轰鸣的引擎声。是刚才的那位女骑手,此刻她已经摘下头盔,露出了精致的面庞和绯红色的长发。

"还没见到司徒就回去,晚上不会遗憾得辗转难眠吗,邓教授,还有阿则同学?"她问。

邓钟凝视着眼前的女郎,有些心神不宁的感觉,竟然一时语塞,倒是身旁的苏则镇定如常。

"你是司徒的同伙。"他问道。

"南天朱雀,代号轸,请多指教。"自称轸的女人扔给他们一串银质手链,手链上的挂坠是两个英文字母,D 和 M,"Demon & Monster,是这家店的名字。"

"恶魔和怪兽吗?"

"善与恶,天使与魔鬼,本就是一念之间,不管外表多么正义凛然,内心深处都压抑着邪念,这就是人类,小女子是这么认为的。"

苏则与邓钟交换了一个眼神,心里嘀咕了起来:司徒的身边净是些怪人呀。

邓钟右手抓住手链,举至半空中:"这串手链难道是会员凭证吗?"

"不愧是邓教授,一语中的。"轸说,"送给两位,就当是见面礼。"

"来而不往非礼也,有什么要求不妨直说。"邓钟说。

"和司徒说的一样,喜欢直来直往啊。"轸微微一笑,长筒皮靴因为交替向前的双腿而在地上踏出清脆的响声。轸走到邓教授面前,右手食指轻轻托起他的下巴。"等小女子哪天寂寞的时候,记得请我喝一杯。理由嘛,你是小女子喜欢的类型。"

"这是表白吗？"邓钟反问道，脸上虽然不慌不忙，但背在身后的左手却在疯狂颤抖。

"心动了吗？"轸问，她的眼里含情脉脉。

"稍微有一点。"邓钟笑着回答。

"打断一下，两位，我还在这里呢。"苏则双手抱在胸前，撇着嘴说，"轸女士，既然有会员凭证，一开始交给我们不就好了，害得我们在工作人员面前丢一次脸。"

轸退后了两步，说："因为听说菠萝包侦探所的各位侦探手段高超，所以想看看你们能用什么办法进去。不过嘛，结果多少让人有些失望。"

"说起来，司徒在里面吗？"邓钟问。

"他呀，已经恭候多时，接下来就由小女子为二位引路。"轸抬起手，做了个请的手势。

"这家店的老板是司徒？"苏则问。

"不，是小女子哟。"轸笑着说。

轸将二人带到一间包厢门前，就以换身衣服为由暂时告辞了。

苏则抢先一步伸手握住门把手，但没有着急转动："司徒就在里面了。"

邓钟咂了咂嘴，不耐烦地说："进去之后你别妨碍我，有什么话稍后再问，我先把他办了。"

苏则皱起眉头："你是被刚才那个女人降智了吗？我们现在身处司徒的地盘，可是连对方的具体人数都没搞清楚，而且我方最强战斗力也不在，说不定这个地方本身就是他们设下的陷阱。最后善意地提醒一句，你别忘了，南天朱雀里有一位能够从十五岁小孩到八十岁老人家之间随意变换的化装高手。"

"你是说刚才那个女人有可能不是女人？"邓钟脑海中浮现出轸婀娜的身姿，又结合苏则的话想了想，然后连连摇头，"不可能，不能够啊。"

"总之，进去之后悠着点，你想挨揍别把我也给搭进去。"苏则说完，推开了门。

轸

包厢里面明光烁亮，物品摆设倒是与常见的 KTV 类似，桌子上摆着精致的饮品、果盘和卤味，电视屏幕里正在播放着歌曲 MV，是许嵩的《城府》。要说这里和 KTV 最大的不同，苏则认为是肉眼可见的华丽装饰和屁股下面坐着的超级松软的大沙发。

司徒若星坐在沙发的一侧，跷着脚，笑容满面地打招呼："几天不见，两位精神不错哟。"

邓钟站在司徒对面，视线在包厢里快速扫动。

"别找了，就我一个人。"司徒朝着桌上的麦克风努了努下巴，"苏则同学，要不要来一首？包厢里的墙壁是用特殊材料修筑的，能够将接收到的声音反弹回去，你可以理解为回音壁，所以不必担心被外面的人听见。不信你可以随便吼一嗓子试试。"

"我拒绝。"苏则说。他夹起一块酱牛肉送进嘴里，不愧是高级场所，味道相当不错。顺带一提，桌上已经贴心地摆好了五副碗筷，苏则心想，算上刚才带他们进来的轸，也就是这个包厢里还会有另一个人出现。

邓钟显然也注意到了，他刻意选择紧挨着司徒的位置坐下："那个闷葫芦呢？"

"这个时间点当然是在上班，啊，你们不要误会，是正儿八经地上班。我们虽然身处同一个组织，但平常都是独立的个体，有各自的工作，同时又互相扶持和帮助。"司徒突然盯着邓钟，眼神中似乎别有用意，"放心，他们不会直接参与我策划的犯罪事件当中去。"

邓钟没有立刻反驳，只是将极度怀疑的目光锁定在司徒脸上。

"是真的啦，柳目前是一名入殓师。"司徒微微一笑。

"入殓师？他不是医生吗？"苏则问。

司徒向后靠，任由身体陷进柔软的沙发中："他确实是临床医学和法医学双学位毕业的高才生，后来也顺利进入医院工作了一段时间，可是，有一天他突然辞去医生的工作，成为一名入殓师。当然我也问过他缘由，他目光坚决地告诉我：'入殓师也是医生，职责是让尸体留在亲属记忆中的最后一面是干净整洁的样子，与治疗肉体疾病的医生不同，入殓师更像是在疗愈死者家属的心灵。'就是这么一回事。"

"刚才带我们进来的……那个人又是谁？"邓钟按捺不住好奇心，特别是听完苏则的善意提醒之后。

"你是说轸吗？难道她对你下手了？"

"你的下一句不会是要说其实她是个男人吧？"

"怎么可能，如果她那样的美人是个男人，就真是上天最大的不公了。"

邓钟暗自松了一口气，他向着苏则投去责备的一瞥，只不过后者正在享受甜美多汁的黄桃，完全没有理会。

"不过，上天对她也谈不上公平。"司徒突然话锋一转，说道，"自打她有记忆开始，就在一个贩卖人口的组织里，像只宠物，也像个货物，日复一日，她没觉得有什么不对，作为人类应该怎样活着，她没有概念。我也不知道那些年她究竟经历什么，她不肯说，也不让问。直到十四岁那年，她本该被当作一件好价钱的货品贩卖至国外，幸运的是，那个组织被警方捣毁，她也成功获救。终于，她接触到外面的世界，见识了何为真正的人世间。原来，活着是这样的，但是，这也是最残酷的。她笑了，泪水却在眼眶中打转，她突然不明白了，此前的十四年，自己又算是什么？她开始呕吐，恨不得将脑子里的记忆全部吐出来，我无法体会她当时的痛苦和绝望，只记得她说过的那句话：'十四年了，原来我见过的五彩缤纷，全部都是漆黑的。'"

听到这里，苏则不由得停下手中的叉子，身旁的教授更是震惊到说不出话来。

司徒看了眼四周高端闪耀的装饰，接着说："她缺少爱，渴望爱，却也极度恐惧爱，所以她才以华丽和高贵作为铠甲，将自己层层包裹。她已经无法承受第二次伤害了。"

"你一上来就向我们交代组织成员的底细，有什么企图？"苏则问，手上的叉子又动了起来。

司徒耸耸肩："本来就不是什么见不得人的事，既然你们好奇就提前告知了而已，反正你们迟早也会知道。"

"你刚才所说关于轸的悲惨经历可不是对谁都能说出口的私密话题。"邓钟说。

司徒端起杯子，饮了一口汽水："确实应该先让苏则同学把耳朵捂上的，但是他一定会偷听吧。"

"凭什么教授能听，我就不能听？"苏则立即抗议道。

"因为轸对邓教授有兴趣。"司徒说。

"'兴趣'这个词听着……"苏则觉得这个词耐人寻味，所以斟酌了一会儿，"懂了，她想找教授做实验对象。"

"什么？实验对象又是什么鬼？"邓钟问。

"解释一下，教授最喜欢实验，之前拖着我做了好几次实验。"苏则回答道。

邓钟咂了咂舌："都是多少年前的事情了，你真是记仇啊！"

"那个，两位，我还在这儿呢。"司徒说。

"司徒，你继续说。"苏则说。

司徒搔着头："因为你们几位实在太碍眼，所以我拜托轸对你们的过往做了调查，结果也不知道她究竟看上教授哪一点，总而言之，她有点喜欢你了。"

邓钟"噌"的一下站起来，满脸不爽地质问道："喂，你说碍眼是什么意思？碍眼的明明是你才对。"

苏则显然不赞同教授的观点："先不说是否碍眼，重点是他竟然擅自调查我们的过往，太不礼貌了。"

司徒抬手做了个阻拦的手势："慢着，我这句话的重点明明是后半句才对。"

"那是什么？"

"什么？"

"助手，他后半句说了什么来着？"

"谁知道！"

"你们就不能把话听全了再发表意见吗？"

苏则示意性地戳了戳自己的耳朵："都怪你前面的话过于刺耳，刺耳到我听不清后半句话。"

邓钟把双手按得"吧嗒"作响："果然还是你太讨人厌了，听到你的声音就让我火大，要不还是先打一架吧。"说完，他摆出一副跃跃欲试的架势。

司徒淡定地眨了两下眼睛，然后轻飘飘地说道："邓教授，轸喜欢上你了。"

翼

包厢里瞬间鸦雀无声。

司徒举起杯子在玻璃桌上如蜻蜓点水般碰了一下，说："这下两位总该听清楚了吧。"

"如雷贯耳。"苏则不禁说道，再抬头看看已经石化的邓教授，苏则站起身，将他挪到旁边再用力摁回座位上，然后清了清嗓子，一本正经地说，"题外话暂且搁下，我们接下来聊正事。"

"苏则同学，你转移话题的方式都这么粗暴吗？"司徒问，同时伸出手在教授眼前晃了晃，见对方没有任何反应，他晃动得更起劲了。

苏则的手上也没闲着，他拽着教授的小辫子，也玩得不亦乐乎："少废话，我要提问了。最近你有没有重操旧业？"

"什么意思？如果你说的重操旧业是指犯罪策划师，那我可以明确地告诉你，没有。之前也说过了，试图通过冒充犯罪策划师引爷爷现身这个计划基本宣告失败，所以至少短时间内是不会再做这种事了。"

"短时间？"

"说实话，作为犯罪策划师还是挺有趣的，可以动脑子，报酬也相当可观。你先别急着摆出那副戒备的表情，哪天我要是重操旧业会第一时间通知你们的。毕竟没有你们在背后紧追不舍，我的乐趣是会大打折扣的。"

"你还真是自信。"

"俗话说，被追逐的人越从容，追逐者的心就越会被急躁束缚。"

"迟早有一天我们会把你的从容敲得支离破碎。"

"到那时我会悉听尊便的。既然你们会这么问，想必是遇上棘手的案子，不妨说出来听听。"

"怎么？你可别说是出于热心肠打算帮助我们破案。"苏则问。

司徒不以为意地笑着："也没什么不好吧，正好让我动动脑子。你觉得呢，邓教授，还是说现在应该称呼你为石头教授比较合适？"

司徒打趣邓钟的时候，正巧轸和一名男性侍者推着餐车进来。

轸换了一件粉色的旗袍，衬得她白嫩的脸颊微微泛红，像是一位端庄典雅的大家闺秀，右手握着一把小团扇，轻轻扇动。

"看到三位没打起来真是令小女子欣慰。"她莞尔一笑，柔声问道，"邓教授，苏则同学，对小女子这儿还满意吗？"

"还不错。如果头顶那盏吊灯的位置可以再往左边移动十五毫米，房间的整体光线会更加舒适。"说罢，邓钟严谨地点了一下头，俨然一副学者的做派。

苏则和司徒凑近了些，小声嘀咕起来。

"他什么时候恢复神志的？"

"我比较在意的是他真的知道自己在说什么吗。"

轸倒是听得十分认真，甚至对照着吊灯的位置比画了一会儿："小女子稍后就吩咐下去进行整改。"

邓教授听完，又坚定地点了一下头，突然他的视线落在那名正在给自己倒饮料的男性侍者身上："奇怪，我们是不是在哪里见过？"

男性侍者停下手中的动作，下意识地看向邓钟："为什么这么说？"

"果然是见过的。"邓教授看着对方诧异的表情，接着说，"通常被人认错的时候第一反应应该是否定，而不是询问原因。"

"所以你刚才是在诈我？"男性侍者问。

"也不是，我确实有印象，而且我现在可以确定听过你的声音。"邓教授说。

"翼，看来你失误了，竟然忘记伪装自己的声音。"司徒揶揄道。

"才不是忘记，是本来就没想伪装，谁知道会再次见面，而且邓教授的记性这么好也在我意料之外。"这个叫翼的男人抱怨道，随后他两手一摊，接着说，"重新认识一下，我也是南天朱雀的一员，代号翼。情人节那晚我们见过，当时我扮演的是快递员，对了，还被邓教授你揪住衣领呢。"

邓钟很快就回忆起当时的画面，说："谁让你说得好像认识司徒一样，不对，你们本来就认识。"

那个案子发生在白色情人节的次日晚上，凶手在自家饭店里将丈夫杀死，但是归根结底这一切都是司徒在背后教唆。想到这里，邓钟再次对司徒怒目而视。

"别用那种眼神看我，我知道你又想说那起案件是我在背后捣鬼，可是正常人发现毒药没有效果，第一反应都该是意识到自己上当受骗才对吧，而她之后的行为说明她抱有强烈的杀意，以至于产生幻觉。退一步讲，也许是受到我的影响，但是她丈夫出轨这件事可不是我无中生有。是她丈夫亲口告诉我的，我还特意调查过，确有其事，对方还是个有夫之妇。"司徒云淡风轻地说，突然他发现苏则的表情有些不同，"苏则同学，你在想什么？"

苏则盯着翼说："我在想他刚才说的话。"

翼以为自己又出现失误，咽了口唾液，挤出一副稍显紧张的笑容："我？我又有哪里说错了吗？"

"通常人们在冒充另一种身份的时候会用'假扮'，可是你刚才说的是'扮演'，虽然只是一字之差，但是让我有些在意。"苏则说。

翼松了一口气："习惯了而已，毕竟我是话剧演员，在谢幕时总会说'我扮演的是某某角色'，不过你真厉害，竟然连这种细节都注意到了。"

"原来如此，你就是那个能够从十五岁小孩到八十岁老人家随意变换的化装高手啊，该不会你现在脸上就戴着一张人皮面具吧？"说着，邓钟盯着翼的脖子，一副想要手撕面具的样子。

"翼，小女子怎么不知道你还有这种能耐？"轸把团扇放在嘴边，打趣道。

"慢着，我就是个演技尚需磨炼的话剧演员，不是变脸演员或者魔术师，你说得……"翼说到一半，突然看向司徒，"我明白了，一定是这家伙告诉你们的，我猜还是在被你们包围，形势岌岌可危的情况下说的。"

"果然是假的啊！"苏则大声吐槽道。

意外收获

司徒拍了两下手掌，语气明快地说："既然人都到齐了，我建议还是聊聊你们手头的案子，轸是我们组织的情报源，说不定能给你们提供意外收获。"

"好生硬，竟然有人能做到和我这位不中用的助手一样生硬的转场。"邓钟吐槽道。

"用不着把我当作参照物。"苏则一口气喝下半杯鲜榨果汁，正好思索着该从哪里开始说起，"事情是这样的……"

轸摇着团扇，慢条斯理地说："这两天倒是听到些动静，被害者叫什么名字？"当苏则说出"陈芸柔"三个字之后，原本缓缓摇动的团扇忽然定格在半空中，"奇怪，这个名字小女子好像有点印象。"

司徒歪着头，看来是毫无印象："我不记得有过这么个客户，难道我曾经让你帮忙调查过她？"

轸将团扇放在桌面，开始在手机里翻找着过往的资料："不对，如果是直接调查对象，我肯定能想起来，这种情况只有一种可能，她与之前的某个调查对象有关联。你们先别出声，容我找找。"

沉默降临在整间包厢，只有冰块在汽水中融化时相互碰撞发出的清脆声响。

几分钟后，轸眼前一亮："找到了。与陈芸柔相关的是黄诀，她是黄诀的婚外情对象，不过据我调查，她倒是没有什么值得注意的信息。"

"黄诀？他的妻子是范蔷？白色情人节第二天在自家店里谋杀丈夫的那个范蔷吗？"苏则问。

轸点头，示意完全正确。

"等一等，我也记起来了，这不就是刚刚提到的，邓教授揪我衣领的那个案子，真有这么巧合的事情吗？"翼一副难以置信的样子，其实另外四个人也大为震惊。

"现在我更在意的是黄诀当时真的有婚外情啊。"邓钟说。

"当然了，是他亲口告诉我的。"司徒顿了一下，说，"喂，你们不会以为是我瞎编的故事吧？这种事情警方只要稍加调查很轻易就能知道的。"

"那个案子证据链相当完整，身为凶手的范蔷也对自己的罪行供认不讳，所以黄诀是否出轨并不重要，警方也就没有浪费时间查证，再加上有人打包票绝对是你为了诈骗钱财编造的谎言。"苏则说。

虽然苏则没有明说那人是谁，但是司徒想都不需要想就能猜到，他目不转睛地盯着邓钟："造谣，你在恶意损坏我的良好形象。"

"少啰唆，你在我这里的信誉值已经无限接近于零。"邓钟说，"案子的详细经过你都听到了，有什么想法？"

司徒耷拉着肩膀，一副提不起劲的模样："漏洞百出啊，那个人的谎话。"

"直接说结论。"苏则懒得听他打哑谜，催促道。

"反正如果是我的手笔，凶手绝对是那个女邻居。不过，话又说回来，如果按照我的设想，也不能是如此低级的手法。"司徒眼珠子一转，说，"邓教授，你早就想通了这点吧，只是缺少实质性的证据。"

"还有动机也是个谜。"邓钟叹了口气说道。

离开 D&M 的时候，轸亲自将二人送到门口。

轸观察起邓钟的表情，莞尔一笑："邓教授，看你的表情似乎是还有话想问吧？"

邓钟迟疑片刻，似乎正在思考合适的措辞："这里究竟是什么样的场所？"

"你在担心这里是不是被用作犯罪的场所？"

她一语中的，邓钟也不想继续委婉，轻轻点了点头。

"D&M 是一座堡垒，也是用来囚禁心中恶魔与怪物的地方，这是我的初衷。"

"所以这里是监牢。"

"是一座看起来华丽的监牢。关于我的过去，星应该告诉你们了吧？看来是说了。无法否认的是，现在我的内心依旧压抑着一团黑暗，所以我需要一个地方暂时收容黑暗，直到我足够强大，有勇气能够直面为止。"

听完之后，邓钟呆若木鸡，安慰和同情在此刻显然是多余的，他更不想随口附和，因为那样太过敷衍。苏则也只是低下头，抓了抓眉毛。

单纯为了打破沉默，轸夸张地吐了一大口气："这里只有手执凭证的会员本人才能进出，而要得到会员凭证，则需要先经过我们的调查，确认不是恶人之后才有资格。"

"恶人的标准是？"邓钟问。

"最基本的当然不能是违法犯罪之徒，还要加上我们自己的判定标准。"

"既然如此，司徒一定不在其中吧。"

"所以他没有会员凭证，但是他和南天朱雀的其他成员都是例外，刚才的那间包厢也仅供我们几个人使用。"

"那间包厢看起来也没有什么特别的。"

"确实是我们这里最普通的房间，装修风格全凭星个人的喜好，不能跟其他包厢相提并论。"

"我就说嘛，看起来就不像是高消费场所。"

"我们这儿的消费高并非因为华丽的装饰，而是在于绝对的私密空间，不会被打扰，不会被监听，更不会有证据。"

"原来如此，无论会员们在这里进行什么样的交易，都不会留下罪证。"苏则说。

轸嘴角上挑，柔声说道："能进到这里的都是非富即贵，那些上流社会的人会做些什么，小女子就不得而知了。小女子能够保证的仅仅是自己不参与其中。"

她的表情和目光看起来不像是在撒谎，至少邓钟是这么认为的。

"我明白你的意思了。轸，感谢你能对我们说这么多，再会。"邓钟说，挥手打算告别。

"慢着，小女子的名字是裴尘烟，以后请多多关照。"她的双手紧紧叠放在身前，匆匆鞠了一躬，不过视线始终落在邓教授脸上。

苏则来回看了看两人逐渐泛红的脸颊，第一次觉得自己的光芒如此刺眼。

转机

邓钟并没有和苏则一同返回侦探所，而是独自前往光山小区，确切地说是一号楼十一层的过道，他就坐在案发现场的门口，背靠着门，如同案发当日的钱杞钧，许久一动不动。

不知道过了多久，罗维娜突然推开门，对着邓钟劈头盖脸就是一声呵斥："你在过道坐了半天到底想做什么？"

"罗女士，你误会了，我不是对你有所企图，我只是希望尽可能还原案发当天钱杞钧在这里的行为，以及他当时的想法。"邓钟解释道。

"你又不是他，能猜到他的想法？"

"是啊，所以这是非常困难的事情。不知道罗女士能否给我提供些许帮助？"

"我怎么可能知道你们这些男人的脑子里装着什么龌龊想法？"说完，罗维娜回到出租屋，随即又是巨大的关门声席卷整个过道。

过道里恢复了沉寂，只剩下邓钟还坐在那里，盯着罗维娜的大门陷入沉思。

回到事务所后，邓钟没有回到自己的房间，他盘腿坐在办公区域的沙发上久久地发呆。这个案子其实并不复杂，甚至有些无趣，但是自从踏入案发现场开始隐隐产生的违和感始终萦绕在心头。

一夜无话。

到了第二天中午，邓钟接到严桓正打来的电话。

"喂。"邓钟勉强挤出一点声音。

"是我，你的声音怎么回事，感冒了吗？"严桓正问。

"没有，我只是刚刚睡下。"

"你不会是整晚都在想着案子的事吧？"

"差不多，有什么新的进展吗？"

"辛苦你了。你应该可以好好休息了。"

"什么意思？"

"这两起命案基本算是告破。"严桓正顿了一下，"你是想现在就听，还是先睡上一觉，到了那时候案件应该也尘埃落定了。"

邓钟隔着手机发出一声苦笑："严队，被你这么吊着胃口我可睡不着。"

"也罢，事情是这样的，我们在道路监控的帮助下，成功还原了钱杞钧离开警局到发现他尸体的河边这段行动轨迹。我们发现他离开警局之后并未回家，而是在中途坐上一辆套牌轿车到达河边，并最终在那里遇害。"

"也就是说钱杞钧并非自行前往，而是被人带到了河边。"

"没错，我们连夜对车辆进行追踪排查，最终在一处废弃工厂附近找到。据调查，这部车登记于市里的一家租车行，我们顺着这条线索，也找到了租车的人。你要不猜猜是谁？"

邓钟毫不犹豫地说出了罗维娜的名字。

"就算是配合演出，你也好歹思考两秒钟再回答。"

"抱歉，我真的困了。"

"那我就直接说结论了，我们已经将罗维娜带回警局，她几乎没有抵抗就对自己的罪行供认不讳。她承认因为知道钱杞钧酒量差，所以故意带他到河边喝酒，等他喝醉之后将其推入河中，眼睁睁看着他溺死。"

"动机呢？"

"因为看不惯钱杞钧长期家暴，所以算是为陈芸柔报仇，当然也顺便将部分责任推到警方身上，说是由于我们无法给钱杞钧定罪，才不得不出此下策。"

"那么关于陈芸柔的案子呢？"

"她坚持声称那是钱杞钧所为。"

听完之后，邓钟沉默了许久。

"喂，睡着了吗？"

"还没有，严队，能让我和她谈谈吗？"

"你发现了什么漏洞吗？"

"我现在的脑子完全是混乱的，无法准确表达，先容我睡上五个小时，晚点再向你解释。"

犯错

八月十六日，傍晚，市公安局审讯室。

邓钟坐在严桓正旁边，罗维娜则双手戴着手铐，一脸严肃地低垂着头。

"又见面了，罗女士。"邓钟打招呼的语气还算热情。

罗维娜连头都懒得抬，一副听之任之的状态："你来这里做什么？"

"当然是继续履行作为菠萝包侦探事务所侦探的职责，是你委托我们调查你的邻居陈芸柔女士死亡的真凶，你忘了吗？"

"事到如今，你不觉得太晚了吗？"

"怎么会呢？我认为时机正合适，毕竟你只支付了订金，在我说完调查结果之后，还请你将尾款结清。"

罗维娜烦躁地咂舌："凶手就是钱杞钧，这一点坐在你旁边的警察已经证明了，用不着你重复一遍。"

邓钟歪着头，想要观察罗维娜的表情："那真是巧了。罗女士，我有办法证明钱杞钧不是凶手。"

罗维娜并不相信对方的说辞，所以摇了摇头，没有搭腔。

邓钟苦笑了一下，说出自己的推理："案发当日的上午，钱杞钧离开家之后就再没有进过家门，其间他虽然回过小区，也想过回家，但是因为忘记携带钥匙而被关在门外，无奈之下，他在过道里待了二十三分钟后愤愤离去。"

罗维娜忽然抬起头来，瞪着邓钟怒吼道："一派胡言！那个畜生明明是进屋杀完人才离开的。你既然能证明钱杞钧不是凶手，那你就把证据拿出来。"

"证据就在你的手机里。"邓钟缓缓说道。

"开什么玩笑，这和我有什么关系？"

"罗女士，你在门上安装了微型摄像头，摄像头是对着过道的，并且拍摄到的画面可以通过手机或者平板电脑实时观看和回放吧？换而言之，只需要对你的手机和平板电脑进行检查就能证明，我想你应该会同意我们检查吧？"

"不同意，你们这是在侵犯我的隐私，我坚决反对。"

"所以，你不否认有微型摄像头存在的事实。"邓钟说得轻描淡写。

罗维娜倒吸一口凉气，她下意识地从邓钟脸上移开了目光："你在诈我？"

邓钟竖起食指，左右晃了晃："相反，我是在明确知道这是事实的情况下提问的，而且这件事情是你昨晚亲口告诉我的。"

罗维娜收了收下巴，开始回忆昨晚与邓钟的对话，但无论怎么想她都只得出一个相同的结论："你还在诈我？"

"你确实没有明说，但你的举动和言语暴露了这个事实。"邓钟的嘴角上扬，自信满满，"你犯了一个致命的错误。昨天晚上，我按照钱杞钧的描述，背靠着案发现场的门坐在过道里，直到你开门试图驱赶我的这段时间里，我既没有用手机与谁通话，也没有发出其他声响，如果你是正好推开门看到我，出于惊吓和愤怒呵责我那倒是合乎情理，可是你却在打开门的同时就对我进行言语上的攻击，而且当时你的表情没有丝毫的惊讶，身上的衣着打扮不像是准备出门，两手空空显然也不是要下楼扔垃圾。所以，结论只有一个，你事先就知道我在过道里。对于安全意识高的独居女性而言，有开门之前透过门镜观察过道的习惯其实并不稀奇，罗维娜，你也是如此吗？"

"是啊。你的表情是什么意思？我就是你所说的独居女性，谨慎点怎么了？"

"你做不到。"邓钟突然收起笑容，提高音量说，"因为你的门上贴了一张巨大的倒福字，完全遮挡住门镜的视野。除此之外，你还犯了一个错误，那就是关于你杀害钱杞钧的动机。"

罗维娜的表情瞬间凝固："我的动机不合理吗？"

"动机本身是合乎情理的，问题出在时间不对。按照你的说法，你是因为警方无法给钱杞钧定罪才被迫亲自动手的，但是你杀害钱杞钧的方式显然是有预谋的，车辆与啤酒这些也都是事先就准备好的，说明你早就知道钱杞钧会被无罪释放，为什么你会知道呢？难道在警局内部有你的眼线？当然是不可能的，那就只剩下一种可能性：你比谁都清楚钱杞钧不是凶手。"

　　"所以呢，你想说杀死陈芸柔的凶手也是我？"

　　"我可没这么说。此案没有凶手，因为陈芸柔是自杀。"

　　罗维娜大惊失色，眼珠开始在眼眶里四处打转，似乎想抓住些什么，只可惜她没能做到，但是动摇的神色从她的脸上消失了，她强装镇定地问："你凭什么这么说？"

　　"我用枚举法列出了所有可能性，然后再逐一排除，这是最后剩下的，也是最合理的解释。"邓钟悄悄向前探出身子，盯着她的脸，"你虽然没有动手杀人，但是破坏犯罪现场，试图伪造出陈芸柔是遭人杀害这一假象的人确实是你。"

　　"我听不懂你在说什么。"罗维娜拧着眉，语气强硬地说。

　　"你知道在地狱里魔鬼是怎样折磨灵魂的吗？"邓钟刻意等了几秒钟，公布答案，"他让它们心存幻想。"

　　罗维娜抬起头，却被邓钟锐利的眼神压倒，不禁感觉后背有些发凉。

　　"我不是魔鬼，所以我现在就要粉碎你全部的幻想。"邓钟重重砸了一下桌子，语速加快，"案发当天下午，你进到陈芸柔家中，发现倒在浴缸旁的陈芸柔的尸体，正当不知所措之际，恰巧钱杞钧比往常更早回家，更巧的是，他那天没带钥匙，只好在外面敲门，你察觉到他已有醉意，灵机一动决定将杀死陈芸柔的罪名栽赃给他。

于是，你模仿陈芸柔的声音让他在门口等着，我想你原本的计划应该是想消磨他的耐心，迫使他下楼找物业拿备用钥匙开门，而你则趁着这段时间布置现场，并且将客厅伪造出发生过激烈打斗的假象，等他再度回来发现尸体的时候，你及时出现，就能成为目击证人指认他。到此为止，你有什么想要反驳的吗？"

严桓正注意到罗维娜控制表情的肌肉僵硬了，这是被说中一切的表情变化。

邓钟等了几秒钟，接着说："你在陈芸柔家里等到门外没有动静，便以为钱杞钧下楼去取钥匙，就开始制造打斗现场。可是，你失算了，钱杞钧并没有下楼，而是靠着门睡了过去，然后被屋内东西破碎的声响惊醒，此时他醉意未消，又开始敲门。你吓了一跳，连忙停止手上的动作，不过，钱杞钧也没有采取进一步行动，等了一会儿后就直接离开了。这次你更加谨慎地确认门外的动静，我和王哲警官此前已经做过实验，在陈芸柔家中隔着门是无法听到电梯的声音的，所以，我猜你只能通过安装在你门上的微型摄像头确认钱杞钧已经进入电梯离开，才继续伪造打斗现场，这也是楼下女邻居听到两次争吵的原因。我记得尸检报告里提到过在陈芸柔的手臂里发现一块客厅玻璃杯的碎片，这应该也是你亲手扎进去的，出于愧疚，你才用毛巾盖住她的脸。做完了这些事情后，你带着钱杞钧落在家里的钥匙回到自己家中等待，可是十几分钟过去也不见钱杞钧回来，无奈之下，只能由你找到物业上楼开门，就这样你和物业共同成了发现尸体的人。"

罗维娜疯狂摇着头，变得歇斯底里："不对，我没有伪造打斗现场，它本来就该是那样的。你胡说，你没有证据！"

"证据就是你犯下的又一个错误，这是第几个来着，算了，不重要。"邓钟的眼中带着挑衅,"昨天苏则问你案发当天死者家客厅哪些物品被摔碎,你说玻璃杯、花瓶,还有电视遥控器,可是根据警方的勘验报告,电视遥控器掉进了茶几下方的缝隙里,按理说你不应该能看到,除非当时你就在现场,或者电视遥控器是被你亲手摔进茶几下方的。"

罗维娜没有接腔,她的目光在地面游移,试图寻找辩解的话语。

"放弃吧,还有两个人可以证明你在撒谎。"邓钟的食指在桌面用力敲了两下,接着说,"第一个是住在陈芸柔正下方的那位女邻居,第二个就是苏则。昨天你们单独谈话的时候,我和王哲警官在隔壁,也就是陈芸柔家的客厅里模拟了案发当日可能的声响,例如在推搡过程中碰撞桌子,由此撞倒椅子,以及桌上的花瓶和玻璃杯,但是苏则和你并没有听到声音,对吧?而楼下的女邻居虽然听到动静,但是她说要远比案发当日来得小。这就说明案发当日的动静极有可能不是争吵导致,而是有人故意将物品用力砸向地面。后来,当我在过道里重重地关门,苏则也只是隐约听见声响,由此可见,你说案发当日在家中听见钱杞钧乘坐电梯离去也是在说谎。"

造神失败

严桓正用严厉的语气规劝说:"放弃挣扎吧,罗维娜,现在主动交代你的罪行也许还能争取到宽大处理。"

罗维娜双手颤抖着摘下眼镜,有气无力地说:"案发前一天,她再次邀请我第二天过去喝下午茶,还说会准备好我喜欢的红豆饼。于是,我欣然赴约。以往我都会在准备出门时给她发消息,然后她就会打开门迎接我，那天不一样，门是虚掩着的，当时我没有多想，伸手推开了门。我顺手关上门走进客厅，没见着她人就喊了几声，也没人答应，整个家都太安静了，原本这时候她应该坐在沙发上看电视的。所以，我向她的卧室走去，我真的只是随便朝卫浴间里瞥了一眼，就看见她……"

罗维娜咽了一大口唾液，才继续说："浴缸里的血水淹没了她半截小臂，遗书就放在她的身旁，我打开看才知道，那是留给我的。"

"果然有遗书，它现在在哪儿？"严桓正问。

"烧了。"罗维娜冷冷地回答。

"烧了？为什么？"严桓正追问。

"因为太窝囊了。"

"信里究竟写了什么内容？"

"她说自己受不了被钱杞钧家暴，所以选择用这种方式结束自己的生命，还要我在钱杞钧回来之前报警。后面的内容我实在是看不下去，所以就将信带走烧掉，烧得连渣都不剩。"

罗维娜的话让严桓正和邓钟完全是丈二和尚摸不着头脑，连负责记录的警员也呆若木鸡。

"什么意思？"严桓正问。

罗维娜带着嘲讽的笑容说："有一次，她和我闲聊时提起割腕自杀，她说那样多疼啊，眼看着伤口一点一点地往外渗血，我随口说吃下安眠药就不疼了。"

"你其实早就知道她有轻生的念头。"

"是啊，她长期遭受毒打，能忍到现在已经很了不起了。"

"你们是朋友吧？"邓钟问，

"算是吧。"罗维娜淡然地回答。

"你们是朋友吗？"与上一句不同，邓钟的语气从询问转变为强烈的质疑，随后又变成愤怒的质问，"你这样真的有把她当成朋友吗？"

罗维娜不以为意："你是说我做错了？"

"难道不是吗？遭到家暴可以劝她分手，离开对方，或者鼓励她报警处理。"

"没用的，以她懦弱的性格就算再找下一个也只能卑微地活着，而那个男人同样会把暴力施加在新的女人身上，恶性循环不会断裂，只是转移新的目标。"

"不知所谓，你还没意识到她已经死了吗？因为你的恶性循环。"

"可笑，这就是你们这些愚蠢的男人高高在上的偏见。"

"偏见？"

"分手，离开，报警，无论哪一种都是逃避，都是向男人示弱，还没明白吗，一切的病根，一切的原罪是男尊女卑，这个存在了几千年的错误思维依旧扎根在人类的内心和记忆中，而且根深蒂固。所以，错的不是我，是你们，是你们所有人，是整个社会，我要唤醒还在受压迫的女性，驱除她们的卑微。知道我为什么不逃跑，而是坐在这里，主动配合你们的调查吗？因为我不害怕，到了法庭我要号召所有女性起来反抗，从此以后，我会成为引领她们走向胜利的先驱者，是旗帜，不久的将来，她们会为我塑碑立像供后世景仰，我会被载入史册，成为神。"

审讯室里陷入了短暂的寂静。

负责记录的警员也停止敲击键盘的动作，正在用一种不可理喻的目光注视着高傲的嫌疑人。

邓钟似乎没有受罗维娜的影响，他的声音低沉而冷静："我有一件事需要你解答，那就是你把陈芸柔的死嫁祸给钱杞钧的动机。"

"因为讨厌他，看不惯他家暴，他就是个人渣。"罗维娜迟疑了一下，提高声音说道。

邓钟的眼中闪过一抹厌烦，冷冷地问："这也是谎言吧？"

罗维娜的脸颊再度僵硬："你在说什么？"

"你之前的证词简直是漏洞百出，所以从一开始我就认为钱杞钧不是凶手，既然如此，那么杀死陈芸柔的凶手就只剩下你和她本人了。于是乎，一个谁都能想到的动机出现了，你是杀死陈芸柔的凶手，为了脱罪才嫁祸给钱杞钧。"邓钟做了个深呼吸，"可是让我觉得矛盾的事情发生了，那就是钱杞钧的死。你用了一个看起来十分不高明的手法杀死他，而今天早上你很干脆地承认自己的罪行，这无疑像是往我本就如同山药泥一般黏腻的脑子里倒入浓稠的花生酱，完全搅转不动了。为什么你愿意承认杀死钱杞钧，却不愿意承认自己是杀死陈芸柔的凶手？我无论如何都想不通，可笑的是，我甚至想用你们是朋友这个荒唐至极的理由来解释。走进这间审讯室的前一刻，我的脑中突然浮现出一个新的，却没有证据支持的猜想。"

"什么样的猜想？"

"你最初的目的就是想让警方以为你是杀死陈芸柔的凶手。"邓钟说，"但是你又不想让警方轻易认定这一点，太轻易得来的往往是假的，尤其对于习惯怀疑全世界的警察来说更是如此，所以你才希望警方花费更多时间和精力去证明。同时，你还有另一个目的，你希望随着时间的推移，让这个案件在社会上得到更多关注，这样你才能通过舆论的力量，宣扬你的那些荒诞理论。换而言之，这也是你造神计划的一部分。"

罗维娜的表情已经不能用震惊形容，因为极度的恐惧，她的五官完全扭曲了。

"你到底是谁，怎么会知道这么多？"

"要怪就怪你的运气不好。因为有个人在听完我们第一天的调查结果后，就认定你是杀害陈芸柔的凶手，而我恰巧不想认同他的意见，所以无论如何都想证明他是错的，事实证明，他还差得远呢。"

"这算什么？说到底我只是你赌气的牺牲品吗？"

"随便你怎么想。作为补偿，我告诉你陈芸柔最初被家暴的理由吧！"

"什么理由？"

"她出轨了。"邓钟说，"她是什么时候开始出轨的我不清楚，今年的三月十六日，她的出轨对象被原配杀死。我猜测在这不久之后，钱杞钧发现女友出轨，于是开始实施家暴。"

"所以你想告诉我，钱杞钧家暴也是陈芸柔的错，这一切都是她咎由自取？"

"不，无论出于什么原因，家暴本身就是错的，无须多言，更无从狡辩。我想说的是，你根本不了解陈芸柔，没有资格站在外人的立场，对她的人生指手画脚。"

"闭嘴。"

"你不是神，也根本不可能成为神，你只是活在自己的臆想里，自以为是的可悲疯子。"

"我要你闭嘴。"

"从来只有好人做善事，哪有凡人当神仙。"

邓钟说完自己想说的话，果断走出审讯室，丝毫不理会狂怒咆哮的罗维娜，甚至连余光都不再留给这个可悲的女人。

规　则　Ⅷ

黎　明

突如其来的委托

这天，肖柠诺比以往醒得要更晚些，她拖着还有些沉重的身体走到大厅，半耷拉着的眼皮也没看清楚都有谁在，就慵懒地说了一句"早上好"。

"诺诺，你睡醒了呀，早上好。"段琪妤回答，可是等了几秒钟也只听到段琪妤的声音，平常总是吵吵闹闹的阿则和邓教授不见了，而且每天都给大家准备早餐的所长今天竟然不在厨房忙碌，而是妆容精致，推着一个大行李箱，一副整装待发的模样。

她这才反应过来，因为苏则要去 L 市给姐姐扫墓，邓钟去 T 市看望那位在酒店担任总经理的表哥，段琪妤说既然两位侦探所的主心骨都不在，那就干脆全员放假一周。

于是段琪妤姐妹相约出门旅游，肖柠诺则选择留在本市，她打算趁着这次假期品尝各种各样的甜品。就在她收拾妥当，准备出门之际，一个身材娇小的女孩走进了事务所。

女孩扎着两个丸子头，带有浅蓝色斑点的白裙子正好遮到膝盖，胸口处天蓝色蝴蝶结的丝带随着女孩的步伐轻盈跳动。

"好可爱。"肖柠诺忍不住夸赞道。

少女有些不知所措，微微鞠了一躬："请问这里是菠萝包……"

"菠萝包侦探事务所。"肖柠诺亲切地说。

"对，是叫这个名字。我有事要委托你们，但是听说你们这儿有几条必须遵守的规则？"

肖柠诺浅浅一笑，指向墙上挂着的小黑板，说："你只需要遵守前面三条即可，后面的就当作我们所长的特殊癖好吧。"

这位可爱的女孩眨眨眼睛，似乎对"特殊癖好"这四个字尤为在意，她看向小黑板，但是很快就露出迟疑的神色，问："无趣的案子是指哪些？"

"例如调查婚外情，寻找失踪的猫猫狗狗之类，不过，最近似乎也不那么讲究了，总而言之，请先告诉我你的诉求。"

"我想请你们保护我的人身安全。"

肖柠诺微微瞪大眼睛，如果只是担任保镖，自己无疑是最合适的人选。于是，她立刻邀请客人入座："你先稍等，我去给你倒杯饮料，苹果汁可以吗？"

"都行。"

过了一会儿，肖柠诺用托盘端来两杯果汁。

她在客人的对面坐下，询问道："还没问过该怎么称呼你？"

"我叫梁欣燕。"

"梁小姐，我是肖柠诺。"

"其实大家通常都喊我燕子。"梁欣燕有些拘谨地笑了笑。

"那你也可以喊我诺诺。"肖柠诺也跟着会心一笑，问，"梁小姐，不，燕子，能详细说说你遇到的烦恼吗？"

梁欣燕咽了口唾液，说："最近我被人跟踪了。"

肖柠诺听完，立刻想到推理影视剧里常见的桥段："跟踪的意思是有人从各种角度偷拍你，然后往你的门缝里塞骚扰信或者照片这种吗？"

"不是的，倒是没有收到过你说的那些东西。"

"燕子，能请你描述得更具体一些吗？"

梁欣燕顿了顿，接着说："每天下班回家，我都需要经过一条灯光比较昏暗的巷子，往里走几步，那种被人盯着的感觉就来了。"

肖柠诺缓慢地眨了两下眼睛："燕子，你看到过跟踪者的样貌吗？"

"没有，我回头的时候什么都没看到。"

"会不会是你的错觉，或者是路边的小动物在盯着你？"

"错不了的，我真的感觉到了。"梁欣燕说着，不自觉提高了音量。

"你先别激动，让我再想想。"肖柠诺抬起手，做了个安抚情绪的手势，"燕子，你是从什么时候开始觉得自己被跟踪的？"

"上个月初，具体是哪天我也记不清楚了。"

"也就是说已经有将近五十天了。那么跟踪者除了跟在你身后，还有更进一步的举动吗？"

"没有。"

"就只是一路跟踪到你的住处吗？"

"也没有，只有一段比较狭窄的路我能感觉到被人跟着，再往前是个三岔路口，还有个口袋公园，灯光也相对明亮些，每次走到那儿，被人跟着的感觉就消失了。"

肖柠诺想起一些在恐怖片里见过的桥段，但为了不让梁欣燕更加担惊受怕，还是觉得不说为好。

"你试过报警吗？"

"有，不过警察听完只是无奈地摇摇头，他们说假设真的有人跟踪我，对方没有采取进一步行动，没有对我造成实质性的伤害，也没有给我寄照片、留字条等恐吓威胁的行为，这种情况下，他们很难受理。而且，他们说可能只是我的错觉，毕竟走在光线不足的狭窄区域，容易产生一些猜忌心理是人之常情，或者那只是恰巧部分路段与我重合的同路人。最后，他们建议我随身携带防狼喷雾之类适当的防身道具，以备不时之需。"

"这确实是最稳妥的办法。"

"道理是这个道理，但是我考虑到自己的胆量，如果真的遇到危险，还能有力气逃跑就已经是万幸了，拿起道具防身是绝对做不到的。恰巧在这时候，我在网上看到了那家号称有求必应的海纳百川中介所，就决定试一试。"

肖柠诺听完，忍不住在心里默默吐槽姚辰的广告词真是越来越离谱。

"中介小姐说虽然这个侦探所的名字听着奇怪，但是里面的侦探个个能力出众，完成委托率高达百分之百，而且协助市刑警队破获多起命案。她还说这里有位身手极好的女侦探，所以才极力推荐我来这里。"梁欣燕抬起头看着眼前的呆萌少女，犹疑地问，"或许？"

肖柠诺点点头："正是我。要说破解复杂的杀人手法，那还得是我的另外两位伙伴更为擅长，但如果担当护卫之职，我便是那最佳人选。"

"那么你愿意保护我吗？"梁欣燕再次确认。

"当然，这个委托我代表菠萝包侦探事务所接下了，请放心，我一定会保护你的人身安全，并且帮你把跟踪者抓出来。"肖柠诺信誓旦旦地说。

跟踪者现身

离开侦探事务所后，梁欣燕带着肖柠诺前往自己工作的甜品屋。由于不是上下班的高峰期，地铁车厢里空荡荡的，倒是也更加方便说话。

"燕子，关于跟踪者，你心中有怀疑的对象吗？"肖柠诺问。

梁欣燕沉思了一会儿，说："这个嘛，或许有两个人。一个是我的前男友高值正，分手之后还总是骚扰我，为了摆脱他的纠缠我才被迫辞掉原来的工作，搬到现在的住处。另一个是隔壁店的江福，此前追求我，被我明确拒绝后似乎仍然不死心。"

"江福的工作地点就在隔壁，那岂不是天天都能见到？"

"我的用词可能不太准确，其实并不是完全紧挨着的，中间还隔着两家店。"

"那么稍后我们去你店里的时候，从他店门口路过，你告诉我哪个是他。"

"没问题。"

"至于你前男友那边，或许你还留着他的照片和住址？"

梁欣燕有些难堪，但还是点了一下头："我不清楚他是否搬家，不过，公司的地址我也有。"

"你的下班时间是？"

"晚上八点半，不过今天休息，晚上我就不出门了。"

"也好，那护卫你的任务就从明晚开始。接下来的时间，我会先试着调查江福和高值正。"

"你打算怎么做？"梁欣燕问，看起来有些担忧。

"放心，我不会把他们怎么样的。"肖柠诺显然弄错了对方真正担忧的对象，自信地回答。

根据肖柠诺两天的初步观察和调查了解，江福是某运动品牌用品店的导购员，如果上的是晚班要到夜里十一点休息，可如果是早班则下午四点就能下班。高值正是朝九晚六的普通上班族，所以从时间上推算，这两个人都存在跟踪梁欣燕的可能。肖柠诺盯着笔记本犹豫了片刻，最终还是无法在他们的名字背后打上叉。

晚上八点半，梁欣燕换好自己的衣服下班，看见已经等在门口的肖柠诺，开心地递上了一袋面包。

"芋泥虎皮卷，给你当早饭的。"梁欣燕说。

肖柠诺接过面包，道了谢，护送任务正式开始。出发之前，她的余光瞥向不远处的运动品牌店，江福今天是早班，此时已下班，不在店里。

两个人沿着热闹的街区走了几分钟，随后过马路拐进巷子。巷子蜿蜒向前，一眼还望不到头，每隔一段路倒是有个路灯孤零零地竖立着，或许是年久失修的缘故，灯光都不算明亮，独自走在其中确实有些瘆人。巷子两侧都是老旧民房，不过都黑着灯，看起来不像是有人居住的样子，而且肖柠诺发现这里岔路众多，非常适合跟踪者躲藏和逃跑，不禁皱起眉头。

走出巷子，周围一下子变得宽敞明亮，左右前方各有一条道路，其中右前方这条通向梁欣燕的出租屋。道路中间夹着一个口袋公园，此时公园里共有三个住在附近的居民，看样子都是梁欣燕的熟人。

据梁欣燕介绍，那三人分别是张阿姨和她的儿子小杰，还有几乎每天都来公园练太极的马老师。

"跟踪？还有这种事情吗？"马老师很是诧异，他低头沉思了一会儿，忽然"啊"地叫出了声，"或许你们说的是那个戴帽子的人。"

"戴帽子？具体是什么样子？"肖柠诺问。

"我没有过多注意，只记得那人瘦瘦的，戴着个鸭舌帽，帽子是红色的，不，应该是黑色的，呃，好像是红黑相间，我也不确定。那人把帽檐压得很低，看不清脸和五官，裤子应该是牛仔裤。"马老师回答。

肖柠诺想起江福和高值正都是瘦高个，于是，转头问张阿姨："张阿姨，您对这个人有印象吗？"

张阿姨摇摇头："没太注意。"

"马老师，除此之外，那人还有其他特征吗？"肖柠诺又问。

"我想不起来了。抱歉，没提供什么有用的信息。"马老师回答。

肖柠诺摇摇头："非常感谢您的帮助，您所说的这些线索很有价值。"

"是吗？那就好。"马老师欣慰地笑了，但很快面露疑惑，"你真的被人跟踪了吗？那人有没有对你做过什么不好的事情？报警了吗？"

梁欣燕无奈地说："我只是隐隐觉得有人跟在我的身后，像影子一样挥之不去，但除此之外，什么都没发生，我向派出所求助也无济于事。"

这时候，小杰双手叉腰，用稚气未脱的声音大声说："姐姐，让我来保护你！"

"哟，小杰，你这小胳膊小腿的，还想保护姐姐啊。"梁欣燕笑着说。

"我已经是男子汉了。"

"那我们的小男子汉打算怎么保护姐姐？现在姐姐演坏人，你展示给我们看看。"

小杰摆好姿势，嘴里自信地喊道："当然是用我的正义光波，发射。"

梁欣燕往旁边一跳："没打着。"

"看我再发射，biubiubiu！"

"哎呀，被击中了，好痛呀。"

就这样，梁欣燕和小杰开始你追我赶，打打闹闹的别提多开心了。

"他们感情真好。"肖柠诺欣慰地笑着。

"小梁虽然刚搬过来不久，但是啊，和这附近的小朋友们玩得可好了，我听小杰说，孩子们都说要选她做新任的孩子王。"张阿姨说。

马老师点头赞同，说："依我看，她就是平常的穿衣打扮显得成熟，实际上就是个孩子，幼稚着呢。"

当晚，肖柠诺护送梁欣燕到楼底下，随后目送她上了楼，看见她从家里的窗户与自己挥手道别后才放心离去。第二天亦是如此。

第三天，临近分别之际，肖柠诺问："燕子，这几天你还有被人跟踪的感觉吗？"

梁欣燕有些纠结地仰望着肖柠诺，摇了摇头："诺诺，抱歉，会不会是我胆子小，走夜路的时候害怕，所以总觉得有人在跟着我？"

"有可能，但是无论结果如何，你都不需要道歉。"肖柠诺温柔地说，"你放心，在事情彻底水落石出之前，我每天晚上都会护送你回家。就算以我的能力最终无法查出真相，再过几天我的同事就会陆续回来，他们都是超级厉害的侦探，绝对不会让你失望的。"

"我相信诺诺。"梁欣燕坚定地说，然后露出孩子般灿烂的笑容与肖柠诺道别，蹦蹦跳跳地上楼。

其实，肖柠诺是怀着忐忑的心情回到事务所的。为了能够拍摄到背后的画面，那天出门前，她在腰间绑了一个 GoPro 相机。

而事实证明，她的忐忑是对的，因为当她们走进巷子不久之后，画面里突然有团黑影探了出来。

巷子里光线昏暗，无法清晰地捕捉到黑影的样貌，但那是一个人的轮廓，这点毋庸置疑。

不会有事的。肖柠诺在心里安慰自己，她端起桌上的杯子，将最后一口不加糖的黑咖啡送进咽喉。

所长十万火急的求援

邓钟下了飞机，拖着行李箱快步穿行航站楼，突然他在指示牌前犹疑了半秒钟，地铁还是出租车？最终他还是选择可以最快直达目的地的后者。眼下必须尽快赶去和段琪妤会合，因为就在五个小时前，这位侦探所的所长发出了十万火急的召集令。

是被卷入麻烦的案子里无法脱身了吗，还是碰上了棘手的命案？怀着诸如此类的担忧，邓钟拍了拍驾驶座的椅子，催促司机再提提速。

可是，当他从出租车上下来的时候，双胞胎姐妹正以相同频率优哉地舔着甜筒冰激凌，面对自己的质问，段琪妤也只是云淡风轻地递过来一张印着"推理比赛"字样的广告单。

"推理比赛？你应该不会就为了这么点小事火急火燎地给我打电话，还要我速速赶来吧？这背后一定还有不可告人的阴谋对吧？"邓钟问，他的心中还抱有一丝幻想。

"什么叫小事，优胜者可以获得一千元巨额奖金呢。"段琪妤反驳道。

邓钟恨不得将手中的广告单撕成碎片："区区一千元还不够报销我的机票钱。"

"而且身为侦探见到这种送到嘴边的肥肉很难不心动吧？"段琪妤反问。

"那你贵为侦探所所长，倒是凭借自己的能力把谜题轻松解决掉呀。"邓钟已经无力吐槽。

"我姐尽力了，不过毫无头绪。"段琪婕摊了摊手。

"闭嘴，你怎么净揭我短？"段琪妤瞪了妹妹一眼，又转向邓钟，"首先我不可能给你发微信，因为你要么已读不回，要么等明天才回，到那时候奖金早就落入别人的口袋；其次如果给你打语音通话或者视频通话，你一定也会认为我是让你带些特产或者代购，装作没看到。"

"你也不是没有这么干过。"邓钟说。

"彼此彼此，排除以上，就只剩下直接打电话这个选项，但是如果我选择详细叙述前因后果，那么没等我说完，你就会用现在是假期，有什么事等回去之后再说当借口挂断，所以我必须将事情说得越严重越好。"段琪妤说。

"这么听起来倒是有点道理。"邓钟承认道。

段琪婕有气无力地拍着手掌，也不知道是不是真的打算给予姐姐鼓励："厉害啊，姐姐，你这不是推理得头头是道吗？快接下去把推理比赛的谜题也顺势解开。"

"这也能算是推理吗？明明是出于对日积月累的经验总结得出的虚空预言。"邓钟立刻反驳道，然后挠了挠鬓角，"你不会把苏则和诺诺也喊过来了吧？"

"倒是给苏则发了信息，不过等他来估计也是半天之后，应该指望不上。至于诺诺，她这次留在侦探所，还接了个案子。"段琪妤说。

"她需要援助吗？"邓钟诧异地问。

"不，她说要凭借自己的力量独立解决。"段琪妤回答。

邓钟露出欣慰的笑容，感叹道："真难得，那个孩子终于不打算隐藏真正的实力了。"

段琪妤郑重其事地宣布："总而言之，我们现在要做的就是拿下奖金。"

"你先说说赛制。"邓钟说。

"没有赛制，只要解开主办方设下的谜团，就能赢得奖金，不过，奖金只有一份，先到先得。"段琪妤解释说。

"就这么简单？那么谜团是什么？"邓钟一脸狐疑地问。

"就印在那张广告单上面。"段琪婕说。

所谓谜团其实是一起背景设定在古代的命案，大致内容如下：

村民赵某邀请邻居孙某至家中饮酒，后来赵某不胜酒力昏睡过去，孙某趁机盗走其家中一袋银两藏于自己家中。第二天赵某醒来发现银两不翼而飞，认定必是孙某偷盗，于是报官。孙某听闻之后，表示完全配合官府在自己家中搜查，没想到官府刚进到孙某的院子搜查，就在院墙下发现一枚碎银，而且地上有近期翻动过的痕迹，于是立即向下挖，可是挖了三丈深也不见银两。赵某不甘心，请求官府继续搜查孙某屋内，官府应允，但还是没能找到银两，最终只能认定孙某是无辜的。当晚，孙某见事已平息，于是从院子里将银两挖出。

问，孙某究竟将所盗银两藏在哪里？

邓钟看完之后，双手抱在胸前，陷入全神贯注的沉思，不过这个姿势并没有维持太久，他拿出手机，搜索了比赛的主办方，然后若有所思地说："果然是不存在的。"

"教授，你在说什么？"段琪婕问。

段琪妤连连摆手："你不会是想从网上寻找问题的答案吧？没用的，我早就试过了。"

"我才不会干那么无聊的事。我发现比赛的主办方是瞎编的，压根儿不存在这家公司。"邓钟解释道。

"主办方是假的？那就算解开了谜团，岂不是也拿不到奖金？"段琪妤惊呼道。

邓钟意味深长地笑了笑："这倒是未必。小妤，你应该知道提交答案的地点吧，前方带路。"

"邓教授，难道你这么快就想出答案了吗？"段琪婕用手捂着嘴，装作很是惊讶的样子，目光却在偷瞄她的姐姐，"骗人的吧，姐姐刚才明明冥思苦想了五个小时，头发都快揪下来也没有半点进展。"

段琪妤的拳头很自然地落在了妹妹头顶："都说了让你别揭我的短。邓教授，快告诉我答案。"

"答案就是孙某将所盗银两藏在院子里的一个不起眼角落。"邓钟说。

"那一开始地上的碎银和近期翻动过的痕迹又是怎么回事？"段琪妤问。

"当然都是孙某有意为之的陷阱，目的就是引导官府的注意力，使其集中于一小片区域，而忽略院子里的其他地方，尤其是挖掘无果之后，就很容易造成一种院子里没有的错觉，从而放弃搜查院子，转向搜查室内。"邓钟顿了顿，接着信誓旦旦地说，"其实这题并不难，而且是开放性问题，也就是说答案有很多种。"

五分钟后，广场一处不太起眼的阴影处。

自称是主办方的男人三十岁出头，西装革履，目若朗星，他笑容和蔼地说："请二位将答案写在面前的纸上。我多提醒一句，谜团只有唯一解，且回答问题的机会只有一次，多种答案或者多次作答均不作数。两位可听清楚了。"

和邓钟同时作答的还有一个戴着鸭舌帽的中年男人，帽檐压得很低，几乎将额头全部遮盖，他的皮肤黝黑且粗糙，相比起惨遭打脸的邓钟，这个男人显得格外自信满满，已经在纸上奋笔疾书。

"这位先生，可以开始动笔了。"西装男人见邓钟迟迟不动，笑着催促道。

邓钟见状，也懒得重新思考，索性将之前想到的答案写下来。

西装男人看过两个人的答案，困惑地皱紧眉头，他的视线在邓钟和鸭舌帽男人脸上来回移动，问："二位的答案都正确，你们确实不认识吗？"

"不认识。"鸭舌帽男人回答。

邓钟摇摇头回应。

主办方露出苦涩的笑容，无奈地说："这我可就为难了。"

原本坐在邓钟身后的段琪妤一下子向前探出身子："喂，总共就这么一千元钱的奖金，你们不会也打算赖账吧？"

"那倒不至于。"西装男人犹豫了片刻，最终还是下定决心般"唉"了一声，"实话告诉几位，我也是主办方请来的临时工，所以奖金的事我真的做不了主。原本主办方就让我找到能回答出问题的那个人，现在倒好，你们都答上来了。要我说不妨这么办，我把你们都带去见主办方，究竟谁的回答更准确、奖金该给谁都由主办方说了算，你们意下如何？"

"主办方在哪儿？离这儿远吗？"段琪婕问。

"不远，就几步路，我出来的时候他正坐那儿喝茶呢。"西装男人笑着回答。

"行，那就走一趟呗。"段琪妤说。

"等等，奖金不会真的只有一千元吧？"鸭舌帽男人拉住西装男人，低声问道。

西装男人抬起手，五指完全张开，语气明快地说："你放心，奖金是这个数。"

鸭舌帽男人听完，满意地笑了。

"邓教授，你听到了吧，有五千元这么多嘞，这回别说是机票，连这几天的住酒店的费用也能报销一部分了，必须给我拿下。"段琪妤兴奋地说。

邓钟看着却一点也高兴不起来，他把段琪妤姐妹拉到旁边，说："小妤，依我看你和小婕就在这里等我。"

"为什么？邓教授你不会是打算背着姐姐和我自己私吞奖金吧？"段琪婕问。

"小婕，在你眼中我有这么不诚实吗？我是为了安全着想。"邓钟说。

段琪妤盯着邓钟不苟言笑的面庞，不禁也有些担忧："教授，你是不是察觉到什么了？"

"目前还不确定。"邓钟回答。

他回过头，那位西装男人正面带微笑朝着他们走来。

"三位，这边请。"

邓钟正打算拒绝，猛然发现几个此前不曾注意到的，穿着印有

STAFF 字样黑色背心的人慢慢围了上来，而且手掌紧贴裤子口袋，看样子随时准备从里面掏出东西来。

"只能走一步看一步了。"邓钟咬着后槽牙说。

推理比赛的真相

西装男人将众人带至广场地下的一间仓库，仓库空荡荡的，没有堆积物品，只有一张长桌，几把折叠椅。长桌后面坐着一个五十岁左右的短发男人，神情严肃，两鬓已有银丝。

按照这个男人的要求，鸭舌帽男人与邓钟三人隔着长桌坐在他的对面。紧接着他介绍称自己是主办方的助理。

"各位，我家主人说了，他要找的有且只有一个人，而且是中年男人。既然答题的二位都符合这个特征，所以临时决定再加一道题。"助理面无表情，缓缓说道。

鸭舌帽男人不耐烦地咂了咂舌："哪需要那么麻烦，把你家主人叫出来，我来与他谈，三两句就能说清楚。"

"如今我家主人身份高贵，可不是什么人随随便便想见就能见到的。"助理轻蔑地说道，然后动了动手，身后的工作人员就给邓钟和鸭舌帽男人面前各放了纸和笔，"题目很简单，请两位在纸上写出对我家主人的印象。"

五分钟后，助理宣布时间已到。

鸭舌帽男人像个胸有成竹的考生爽快地把纸递了过去，助理看着写得满满当当的纸，会心一笑。他转头看向邓钟，只见后者面前的纸和笔原封不动地摆在那儿，面露愠色："你这是什么意思？"

"我们没见过你口中所谓的主人，也不是你们要找的人，所以写不出来。"

"那你们是谁？"

"菠萝包侦探事务所的侦探。"

"侦探？是谁委托你们前来调查什么事吗？"

"我们只是单纯盯上了那一千元钱的奖金，没想到误入你们设下的陷阱。"

"陷阱？什么陷阱，怎么回事？"

"你的反应真是迟钝啊，大叔，这一切都是为了抓捕你设下的陷阱，没错吧，警察先生？"

那鸭舌帽男人听到是警察，转身就要逃跑，可是还没等他站起身，就已经被周围蜂拥而上的警察牢牢摁住，戴上了手铐。

自称是助理的男人重新打量起邓钟："你是怎么看出我们的身份的？"

邓钟笑了笑，带着傲然的情绪："当我听完题目之后第一反应就是这个价值一千元的答案太过容易，于是我上网查了一下作为主办方的公司，发现并不存在，所以我猜想本次比赛的主办方应该是某位推理作家，希望通过这种方式收集灵感。

"可是，当我来到这儿之后就推翻了之前的假设，因为你告诉我问题有唯一的标准答案，没有更多的提示和相关限制，怎么看都应该是开放性问题偏偏有唯一解，于是我又有了新的猜想，那就是主办方在利用问题寻找那个唯一的人，刚才那位穿西装的警官已经证实了这一点。

"而被寻找的人，暂且称作目标者，必须满足以下条件：第一，主办方无法确定目标者的容貌，有可能是由于多年不见，也可能是失忆，甚至可能原本就没有互相见过真容，例如彼此都戴着面具；只存在唯一解就意味着答案是一个既定的事实，或者说是一个真实发生过的事件，所以才能言之凿凿地判定哪个是正确答案，而能够做到这一点，主办方和目标者都应该是事件的直接参与者、见证者，以及通过某些渠道或手段得知此事的知情者，这便是第二个条件；第三，目标者很清楚这次比赛的真实意图是取走应得的那份钱，所以进来之前，大叔特意询问了奖金的数目，当西装警官向他摊开手掌时，他会心一笑，于是我确定他才是那个目标者。

"而且，西装警官摊开手掌的意思应该是五，当然不会代表五百，恐怕也不止五千，甚至还得在末尾多加几个零，如此一来，我便想到了十年前那起轰动全国的金店盗窃案，两名犯罪嫌疑人盗走了价值超过一百万元的财物逃之夭夭，至今下落不明。因此不难联想到，当年各自躲藏的两名嫌疑人一定做了某种约定，十年后的今天平分赃款，而眼前的这位大叔无疑就是当年其中一名嫌疑人，那么主办方是谁大概也就能猜到了。"

说完这么一大段推论，邓钟长长地吸了一口气。

那位自称是助理的警察眯起了眼睛，问："那你们还不找机会跑？"

"我倒是想跑，你的同事们当时就围上来了，所以我只能赌上最后一种可能性。"邓钟无奈地说。

"那又是什么？"

邓钟凝视着眼前流露出期待神情的男人，缓缓说道："主办方是知情者，而且动用这么多人手，还能做到调度有方，八成就只能是警察了，所以我赌其中一名嫌疑人已经落网，交代出十年后的交易地点和方式，于是警方将计就计，设下陷阱，就等嫌疑人自己上钩。"

"精彩的推理。"男人站起身，握住邓钟的手，"我是本市公安局刑侦支队支队长叶昌林，日后还请多多指教。"

"菠萝包侦探事务所，邓钟。这位是我们所长段琪妤，以及她的妹妹段琪婕。"

"幸会，幸会。"

叶昌林和段琪妤姐妹也握了手，接着说："事情的来龙去脉就如同你们刚才推理的那般，当年的那起案子迟迟未能告破，对我们来说简直就是如鲠在喉，今天终于能够得偿所愿，实在叫人欣喜，而能够遇见几位优秀的侦探，可谓双喜临门。"

"叶队过誉了。"

"如果以后我遇到棘手的案子，届时还希望几位能够伸出援手。"

"承蒙叶队厚爱，我们一定尽力。"

"那我就提前谢过了。"叶昌林突然话锋一转，看着邓钟说，"不过，你刚才有一点说得不对。"

"请叶队赐教。"

邓钟略感诧异，当真以为自己的推理有什么疏漏，没承想叶昌林嘴角上挑，指着刚刚抓获的嫌疑人，打趣了一句：

"我看你们年龄相当，怎么能喊他大叔呢？"

此话一出，把在场的所有人都逗乐了，就连嫌疑人也觉得又气又好笑。

三人做完笔录从公安局出来后，苏则突然打来了电话。

邓钟接起电话："我不中用的助手哟，你不会也遇到麻烦了吧？"

苏则的语气十分焦急："什么叫也？算了，先说正经事，你现在在什么地方？小妤似乎遇到大麻烦了。"

"她们就在我的眼前，大概十米的距离。话说你又是怎么知道的？"

"她给我发信息了，写着十万火急，速来救驾。于是我马不停蹄赶到机场，买了最近的一班飞机，现在刚落地，正准备过来找她会合。

但是，到底发生了什么事？很严重吗？"

"把这出给忘了。"邓钟小声嘀咕道，他有些犹豫是否要全部如实相告，"这个该怎么说呢？"

"果然情况很糟糕吗？"

"也不是，那个，你先冷静听我说。"

"我现在无比冷静。"

邓钟见隐瞒不下去了，只得如实相告。

"欸？"苏则沉默了几秒钟，相当平静地说，"我知道了。"

"啊，嗯。就是这么回事，所以你不需要着急，一路上可以慢点，仔细欣赏沿途的风景，缓解……喂，喂？"

手机里只剩下"嘟嘟嘟"的声音，邓钟默然，放下了手机。

正巧段琪妤走了过来，见到邓钟脸上异样的表情，问道："教授，怎么了？"

邓钟挠了挠脸颊，问："有一个好消息和一个坏消息，你想先听哪个？"

"当然是好消息。"段琪妤想也没想，乐观地回答。

"苏则到机场了，正准备来找我们会合。"

"动作很迅速嘛。那坏消息呢？"

"我把这边的情况告诉他了。"

"都……都说了？"

"我听他的语气十分焦急，所以就如实相告了。"

段琪妤听完之后也默然了，稍作停顿后，说："这下坏了，他一定是来找我算账的。"

邓钟耸了耸肩："反正他挂电话前最后一句话的语气不像是来救驾的。"

螳螂捕蝉，蝉不见了

执行护卫的第四天，星期六。

肖柠诺决定主动出击，于是她让梁欣燕下班后独自回家，自己则提前在那条巷子入口的对面埋伏起来，等待跟踪者现身。

时间来到八点四十六分，梁欣燕按照计划走进了巷子。半分钟后，跟踪者也如期而至，那人穿着一件灰色的连帽衫，头戴一顶深色的鸭舌帽，五官被口罩遮了大半，鬼鬼祟祟地跟在梁欣燕身后，还不时左右看看，甚是可疑。

肖柠诺见目标出现，也立刻跟了过去，只不过视线光顾着看前面，没注意路上过往的车辆，险些与两轮电动车发生碰撞。那电动车车主是个暴脾气，嘴里开始骂骂咧咧起来。

那跟踪者听见动静也跟着回头，看见是肖柠诺后撒腿便跑。肖柠诺见已然暴露，立即追了上去，可是没追几步，就遇见被撞倒在地的梁欣燕。肖柠诺连忙上前察看，所幸没有受伤，但显然是受到了惊吓。

梁欣燕说似乎看见跟踪者拐进了左前方的岔路口，于是，肖柠诺先将她送出巷子，并且嘱咐她回家去，自己则跑步返回巷子里搜索那名跟踪者。然而，那些岔路口四通八达，肖柠诺在里面差点迷路也没有找到人，无奈之下只能先回去找梁欣燕。

但是，梁欣燕不见了，手机也是关机状态。

燕子被绑架了。肖柠诺心中闪过一丝糟糕的感觉，她立刻拨通了严桓正的手机。

严桓正听完肖柠诺的话，语气相当严峻："如果是绑架案，那性质可就完全不同了。诺诺，你能确定是绑架吗？"

"我大概……八成可以。"肖柠诺的语气并不自信，"当时我去追可疑分子，让她先回家等我，除非被绑架，否则她没有理由改道去其他地方。"

"你的分析也有道理。"严桓正沉思了片刻，说，"我正在市局里参加一个重要会议，短时间内也脱不开身。这样吧，我让虎子和哲儿过去支援你，你直接把地址发给他们。"

五分钟不到，援兵就登场了。肖柠诺与赶来的两名警察在出巷子后的三岔路口碰面了。

"两位警官好快。"肖柠诺说。

"我们正好在隔壁社区走访，收到消息就立刻赶过来了。"李虎说。

"真是难得一见，诺诺你的手上竟然没有甜品。"王哲说，原本他只是想缓解看起来十分紧张的气氛。

"王警官，玩笑还是确保梁女士安全之后再开。"肖柠诺用镇定和低沉的声音说，但是目光中明显带有责备的意思。

这让王哲不禁感到有些畏缩，身旁的李虎也用手肘捅了他一下。

"总而言之，先介绍一下目前的情况吧。"王哲说。

"……大致就是如此。"肖柠诺简要地说明了情况。

听到这里，李虎与王哲对视了一眼，他们的表情显然是在互相确认，然后李虎说："你形容的这个人我们刚才见过，就在前面的巷子里。"

"刚才我们过来的时候，那人似乎打算从旁边的巷子出来，但是见着我们又立刻退了回去，我们觉得可疑所以就多瞄了两眼，穿着打扮和你口中所形容的恰好对上。"王哲补充道。

"那我们这就行动，先去把那人抓住再说。"肖柠诺说。

王哲表示赞同，他们正打算行动，但是被李虎伸手拦下，紧接着，他把食指放在嘴唇前面，然后用眼神示意他们看向岔路口的左前方。肖柠诺与王哲看过去，只见远处一个穿着深色连帽衫、戴着口罩的瘦高个正在向他们走来。

"奇怪，刚才看见的好像不是他。"王哲低声说，"鞋子不一样，走路的姿态也不同。"

"而且他见了我也不跑。"肖柠诺补充说。

"嫌疑人有两个人，该不会是团伙作案吧？"李虎不安地转了转眼珠，提议道，"这里交给你们，我去刚才那个岔路口碰碰运气。"

王哲点头表示赞同，于是，李虎装作若无其事地走进巷子。肖柠诺则死死盯住逐渐靠近的瘦高个，王哲见状，将她拉到一旁，小声提醒：

"诺诺，你别用那种凶狠的目光盯着，会把猎物吓跑的，放轻松，尽量等他靠近些再动手。"

瘦高个走到距离他们三五米处突然停下脚步，有些不安地打量着眼前的两人，王哲见他已经进入可控制距离，快步上前左手搭住他的肩膀，右手出示证件。那瘦高个反应过来时，警官证赫然出现在眼前，吓得他转身就要跑，但奈何肩膀已经被王哲摁住，挣脱不开；同时，又被肖柠诺五指伸直呈手刀状抵住咽喉，逼得他只能举双手投降。

王哲摘掉那人的口罩，肖柠诺一下子就认出他来。

"他是燕子的前男友，高值正。燕子就是为了躲避他的骚扰，才搬到这里来的。"肖柠诺说。

"是这样吗？"王哲质问道。

"是，但是我对燕子确实还有感情，我是真心实意想和她复合的。"高值正辩解道。

"那是你一厢情愿，燕子可不愿意。"肖柠诺立即反驳。

"你来这儿做什么？为什么见了警官证就跑？别说是被吓得，这理由太老套了。"王哲接着质问。

高值正叹了一口气，说："我……我知道燕子还没有原谅我，所以就想看看她过得好不好。"

"老实交代，你是怎么找到这儿来的？"

"之前有一次，我趁她洗澡的时候在她手机里安装了一款有定位功能的插件……"

正说话间，李虎也押着一个人过来了。

"运气不错，正好迎面撞上的，不费吹灰之力就拿下了。"李虎说。

肖柠诺一看，李虎带来的正是江福，这下两个最可疑的人都到齐了。她板着脸，问："你们把燕子带去哪儿了？"

高值正与江福面面相觑，随后纷纷摇头，都声称自己只是偷偷跟踪，对于绑架的事情一概不知。

"看来确实不是他们。"王哲说。

肖柠诺一脸哑然，大大的眼珠不停地转动，她明确觉得自己忽略了什么，绝对少了什么。突然，她的视线停留在某处，然后，她发出了一声惊呼："两位警官，可以请你们帮我查一个人的信息吗？"

另一只螳螂

肖柠诺与王哲站在一间居民房门前。

眼前的居民房共有两扇门，外面一道是铁门，里面则是木门。居民房里没有灯光，也没有听见声响。

"王警官，确定是这里吗？"肖柠诺问。

"马千勘，四十一岁，离异，独居，目前在本市一家私立中学担任历史老师，按照户籍登记的地址就是这里没错。"王哲笃定地说。

"马老师，马老师在家吗？我是肖柠诺，马老师。"

肖柠诺又敲了几下门，依旧没人应答。

"没人在家，他会不会出去了还没回来？"王哲问。

肖柠诺不予置否，她闭着眼睛，鼻翼连续一张一合："王警官，你闻到什么香味没？"

王哲用力吸了几下鼻子："香味？没有吧，这一路跑过来身上出汗了，除了汗臭味没闻见其他味呀。"

"不，一定有。"肖柠诺自上而下闻着，慢慢地蹲下了身子，突然她停止了动作。

"怎么了？"王哲问。

肖柠诺没有立即回答，而是打开手机的手电筒照向地面，光亮之下几块白色的片状物尤为显眼。

"这是什么？"王哲捡起其中一块碎片，随即抬头看向刷着白漆的天花板，"难道是墙体掉落下来的碎片？"

肖柠诺将碎片凑近鼻子闻了闻，说："是烤制过的杏仁片。"

"楼道里怎么会有杏仁片？"

"它们不属于这里，而是来自甜品店，燕子这几天都会给我带面包，所以这应该是她留下的信息。"

说罢，肖柠诺站起身，神情严肃地凝视着马千勘家的大门。

王哲明白肖柠诺的想法，眼下最稳妥的办法当然是向队里求援，然后摸清周边情况再统一采取行动。梁欣燕如今生死未卜，究竟是被绑架，还是其他性质更恶劣的案件目前尚未可知，考虑到这一点，确实没有时间再从长计议，但是如果自己和肖柠诺推断错误，或者整件事只是个误会，那么擅自闯入他人家中的后果可就严重了。

肖柠诺也看出了他的顾虑，笑着说："折耳根警官，有什么后果都由我来承担。"

"说什么傻话呢，执法记录仪可全程录着呢。"王哲挠了挠眉角，对早已蓄势待发的肖柠诺说，"动手吧。"

肖柠诺深吸一口气，对着铁门连续使出两记回旋踢，声音在狭窄的楼道里被无限放大，如同惊雷般令人畏惧。

王哲瞥了眼塌陷变形的锁眼，愣在原地好几秒才反应过来。他走上前拉开铁门，突然觉察到有些不对劲，于是回过头，问："诺诺，你怎么站那儿不动，难道又想到什么了吗？"

"刚才好像用力过猛了，再让我缓个五秒钟。"肖柠诺尴尬地苦笑道。

王哲在心里倒数了十秒，然后一脚踹开木门，冲了进去。

屋子里没有开灯，借着外面微弱的灯光，王哲还是能够勉强分辨出屋子是二室一厅的结构，刚进门是一小段玄关，顺着玄关一直往里看是两间分列左右的卧室，中间分为两个区域，左侧是厨房和餐桌，右侧是客厅和阳台。马千勘就站在客厅中央，右手举着一把水果刀，他的脚下似乎有一团黑影，但是看不清楚。

"别过来。"马千勘拿刀指着王哲，叫嚷着。

王哲一边寻找墙上的开关，一边在后退的过程中将灯打开。

灯光瞬间照亮整个客厅，王哲和肖柠诺这才看清楚马千勘身前是一个失去知觉的女生，被他用左手拽住后衣领，勉强维持着坐姿。

"燕子！"肖柠诺立即喊道，可是对方毫无反应，她瞪着马千勘，眼中满是怒火，"你把燕子怎么了？"

"我可什么都还没做。"

事情要回到二十分钟前。

马千勘遇见了从巷子里出来的梁欣燕，见后者惶恐不安，上前询问得知竟然真的有跟踪者，心中顿时也生出歹意，于是他以自己练习太极能够保护梁欣燕为由，将她骗至自己家中，又给她喝下加了安眠药的水。

等了几分钟，梁欣燕昏睡过去，马千勘正打算为所欲为，猛然间听见外面肖柠诺正在寻找梁欣燕的声音，吓得他立刻关灯，也不敢发出半点声音。

就这样，五分钟过去了，十分钟过去了，正当他紧绷的神经放松下来时，肖柠诺竟然找上门来。

肖柠诺攥紧了拳头："马千勘，亏你还为人师表，竟然做出这种下流之事？你还有脸面见自己的学生们吗？"

马千勘一脸狼狈，但依然狡辩道："要怪就怪她，整天穿着短裙热裤，露出雪白的大腿在我眼前晃来晃去，谁能受得了？再说还有其他人也被勾引了，所以才偷偷摸摸跟在她身后，不是吗？"

"她只是选择自己喜欢的衣服穿在身上，这是她的自由，一点错也没有。真正错的是你这种见色起意、思想龌龊的人，因为自己的邪念无法得逞，就开始恶语中伤，用卑劣和无耻的手段宣泄自己的情绪，你就是不折不扣的人渣！"

"你又不是男人，你懂什么？"

"我是男人，我完全赞成诺诺所说。"王哲说。

"你……你闭嘴，没人问你的意见。"马千勘刀尖直指肖柠诺，继续叫嚣，"都怪你，也不知从哪儿冒出来的私家侦探，竟然坏了我的好事。"

王哲亮出证件："马千勘，我是市公安局刑警队的，你的阴谋已经破灭，我劝你不要继续做无谓的抵抗，乖乖放下武器投降，只要你态度端正，主动交代问题，还能争取宽大处理。"

"还宽大处理？我不稀罕，别以为我看不出来你们是一伙的，还敢在这里假冒警察，我呸，还敢威胁我，有本事你们过来啊。"

"好，我过去，你把欣燕放了。"

"你要做什么？"

"她已经被你吓得晕过去了，无法配合你的行动，与其说她是人质，倒不如说她更像是累赘，你不觉得吗？"

马千勘拽着梁欣燕的后衣领又向后退了退，虽然梁欣燕的体重在成年女性中算是较轻的那类，但是正如肖柠诺所说，她现在无法自行移动，全凭马千勘用单手拖曳确实需要消耗大量体力，再加之眼下紧张的气氛，越来越多的汗珠从马千勘额头渗出，滴在地面。

"我来和她做交换。"肖柠诺又说了一遍。

"怎么换？"马千勘最终还是动摇了。

肖柠诺指着左手边的那面墙："我转过身后退着向你靠近，直至你喊停，然后你放开欣燕，押着我去那边，让我的同伴先检查欣燕的伤势，可以吗？"

马千勘向下瞥了眼梁欣燕，又看了看门口的方向，终于还是选择答应。

人质交换进行得很顺利。

马千勘挟持肖柠诺一直移动到王哲之前所站的位置，他心想，这下至少保有了退路，便心满意足地笑了。

呆萌少女

王哲第一时间察看梁欣燕的状况，好在应该只是昏睡，没有受伤，于是，他冲肖柠诺轻轻点了一下头。

肖柠诺长舒一口气，右手伸向口袋，拿出一包棉花糖。

马千勘担心她要耍花招，警觉地问："你在干什么？"

肖柠诺晃了晃手中棉花糖，轻飘飘地反问："别紧张，只是棉花糖而已，要吃吗？"

"不吃。"马千勘难以置信地回答。

"随便你。"肖柠诺撕开包装袋，若无其事地将棉花糖送进嘴里。

马千勘觉得自己被小看了，手中刀子更加迫近她的脖颈，恼羞成怒地吼道："我都把刀架你脖子上了，还有心思吃糖，你是脑子不好用吗？"

肖柠诺根本不为所动："你好像对我有所误会，我不是笨蛋，只是不想因为尔虞我诈的事情动脑子，如果世界上的争吵与矛盾都能因为甜品而化解该有多好，这样就不会引发流血与牺牲。"她的声音波澜不惊，浑身上下顿时散发出强大的气场。

"啰里啰唆的，喂，那边自称警察的，这女的不会是个疯子吧？"

马千勘问。

王哲好心劝说道："我给你个忠告，放下武器投降，你现在的行为已经构成拒捕，而且你的处境很危险。"

"危险？你在说什么？"

"你挟持的这位女生曾经是奥运会自由搏击项目的预备役选手。"

"那个打断一下，是柔道，散打是初中时学的，跆拳道是黑带八段这点要提吗？"

"是吗？不好意思，我记错了。总而言之，虽然他是拒捕，但也请你下手别太狠，否则我回去不好交代。"

"你们少在这儿吓唬人，管她是什么预备不预备的，现在不还是在当我的人质。"

马千勘说着，示威性地又晃了几下刀，突然他发现手腕动不了了，紧接着是手肘下方遭到攻击，酸麻感使他的手掌不自觉地张开，随即手臂好像正在扭曲，身体也跟着大幅旋转。等他反应过来的时候，脸已经紧紧贴着地面，刚才还攥在手心的刀"当啷"一声落在眼前，右手则是以弯曲的姿态被固定在背后，剧烈的痛感强烈刺激着他的大脑。

"疼，快放开我！"马千勘发出痛苦的惨叫。

王哲苦笑着说："明白危险在哪儿了吧？实话告诉你，她这套行云流水的擒拿术放在我们警队内部都是教科书一般的存在。"

"你怎么不早说？"

"你都不相信我是警察，即便我说了又有什么用。"

马千勘实在痛得受不了，干脆学起电视里的拳击比赛那样，用还能自由动弹的左手连续地快速拍打地面，嘴里不住地求饶。

肖柠诺无动于衷，反而加大了手上的力度："这里不是擂台，要想投降，就把手放在脑后。"

此刻江福和高值正就站在门外，目睹了马千勘在瞬间被反杀，已然是呆若木鸡，看脸色估计都吓得不轻。

李虎故意咳嗽一声，善意地提醒道："都看到了吧？腿软了吧？以后再想骚扰梁小姐，就先回忆回忆今晚看到的这个画面。"

二人纷纷摇头，嘴里反复说着两个字：不敢。

"很好，我宣布本案顺利告破。"李虎说。

肖柠诺身上的气场瞬间退去，又回到平常那个呆萌状态："霸天虎警官，折耳根警官，要吃棉花糖吗？"

半个小时后，梁欣燕安然无恙地醒了过来，她只觉得美美地睡了一觉，对于被人架在脖子上这件事完全不知情。保险起见，警方还是将她送去医院做了个全面检查。

三名嫌疑人被押回市公安局接受调查，肖柠诺也跟着来做笔录。

王哲合上卷宗，满意地说："好，笔录这就算完成了，这次多亏了有诺诺在，真是帮大忙了。不过，我还有最后一个问题，凭什么你们叫我折耳根，到李虎那儿就变成霸天虎这么帅气的外号？"

诺诺眨了眨眼睛，天真地说："是李虎警官让我们这么叫的，他说警队的同事们都管你叫折耳根，管叫他霸天虎。"

王哲意味深长地"哦"了一声，转头发现正准备逃离办公室的李虎，大吼道："李虎，你小子给我站住，今天必须把事情给我说清楚咯。"说完，他就追着李虎跑了出去。

肖柠诺看着他们的背影，说："他们两位感情真好。"

"毕竟那两个人在警校就是同期，后来又一块儿来了这里，成了战友，交情自然不一般。"严桓正说，"诺诺姑娘，这次的案子你表现得很出色，老实说真是对你刮目相看哪！"

"严队长过奖了。"肖柠诺忽然把脸耷拉下来，问道，"严队，笔录都做完了，我可以回去了吗？"

"倒是可以，不过，你这是怎么了，身体不舒服？"严桓正问。

"不是这样的，原本我是想趁着这几天放假去吃甜品的，结果假期都要结束了。"肖柠诺遗憾地说。

"诺诺姑娘真是喜欢甜食啊。"

"最喜欢了。"肖柠诺说，她的眼神坚定而清澈。

严桓正挠了挠脸颊："那就明天再吃吧，时间也不早了，我先送你回去休息吧。"

二十分钟后，车子停在了侦探事务所门前。可是，下车后的肖柠诺盯着那块写着 Love & Peace 的木牌停下了脚步。

"诺诺姑娘，有什么东西忘记拿了吗？"严桓正问。

"我明明是下午出的门，现在事务所里怎么会有灯光？"肖柠诺的语气有些紧张。

严桓正听完之后眼神瞬间变得锐利，他立即下车，走到肖柠诺身前，他们对视了一眼，小心翼翼地接近那扇木门，缓慢推开。随即就听到两个人说话的声音，声音能穿过玄关到达门口说明里面的人并非窃窃私语，而是更接近于喊叫。

肖柠诺和严桓正相继叹了口气，原本紧绷的神经也一下子跟着松弛，因为仔细听过后就能辨认出那两个声音无比耳熟，只是虚惊一场。

似乎有一条无形的线将办公区域分割开，形成两种截然不同的景象：沙发上，邓钟正沉迷于煮咖啡，段琪婕则优雅地端起了杯子；另一边，苏则和段琪妤围绕着餐桌时而你追我赶，时而又停下来陷入微妙的对峙。

"苏则，你还有完没完了？"段琪妤扶着桌子，疯狂喘气。

"难得的假期都让你给搅黄了，我精心准备的攻略全都浪费了。"苏则也消耗了不少体能。

"诺诺，快来救我。"

"这是我和她的私人恩怨，诺诺，你别插手。"

说着，苏则又发起新一轮追击。据段琪婕的不完全统计，这是两个人绕着桌子跑的第二十八圈。

"严队，诺诺，看你们的表情，这次的委托已经顺利解决了吧？"

"这次诺诺姑娘可以说是大显身手，令我刮目相看。"

"厉害啊，诺诺姐，我买了超好吃的马卡龙，还有邓教授带回来的五星级酒店使用的咖啡豆，你们快过来尝尝。"

"甜甜的马卡龙搭配香醇的咖啡，太棒了。"肖柠诺来回看了看几个人，既好奇又惊喜，发出了一连串疑问，"大家不是出去旅行了吗，怎么这么快就回来了，而且还是一起回来的？还有，小妤和阿则又是怎么回事？"

"说来话长，不说也罢。快坐下，咖啡来咯。"邓钟说。

就这样，菠萝包侦探事务所又在和谐融洽的氛围中度过了平静的一天。

找上门的司徒

"叮咚，叮咚。"

菠萝包侦探事务所的办公区域里有个门铃，是为了应对人都在生活区域时有客人上门的特殊情况，所以，门铃刻意挂在显眼的位置，下方还特意贴了张温馨提示。

这天一大早，这个门铃响了。

"昨天谁最晚从办公区离开的，又忘记锁门了吗？都有客人找上门了。"段琪妤娴熟地将锅里的荷包蛋翻了个面，抱怨道。

"有人又刷副本到半夜呗。"正在刷牙的苏则说。

"胡说，昨晚十一点五十七分就顺利通关了。"邓钟自豪地反驳道。

段琪妤从厨房探出头："教授，要是还想吃早餐的话就快点出去看看。"

"遵命。"

邓钟应和着，从玄关的鞋柜里取出皮鞋换上，不情愿地穿过连接两个区域的走廊。一眨眼已是九月末，盛夏的燥热正在悄然退去，柔和的阳光均匀洒在院子里，今天又会是风和日丽吧。

推开门，香气立即涌入邓钟的鼻腔，这是食物的香味。除此之外，还有淡淡的清香，像茉莉花香，又稍有不同。

"早上好，教授。"

轻柔到一塌糊涂的美妙声音让邓钟瞬间清醒，眼前的美人身着一袭白色长裙，上身搭配一件浅紫色针织披肩，完全不同于在 D&M 见到的飒爽和端庄高雅，今天的她就是邻家的妙龄淑女。

"早上好，今天是个好天气呢！"邓钟说，其实他已经不知道自己在说什么了。

"教授，应该洗漱过了吧？快过来吃早餐，有煎饺、烧卖、油条，还有豆浆，都是小女子一大早起来准备的。"裴尘烟说。

"你亲自准备的？谢谢，但是，轸，你怎么会来这里？"

"不是都说了叫名字就好嘛，代号总归是给外人叫的。"

司徒若星靠在沙发上，面对着邓教授，跷起二郎腿："抱歉，我这个外来人也在这里，真是打扰二位你侬我侬地共进早餐了。"

那张厌恶到刻骨铭心的精致面庞让邓钟攥紧拳头，眼前被他认定为一生宿敌的男人慢悠悠地啜饮着冰美式，嘴角带着一抹戏谑的笑容。顺带一提，司徒今天穿的是黑色的衬衫，邓钟稍微回忆了一下，此前几次见到他的时候，似乎也穿着款式差不多的衬衫，只是颜色不同罢了。

"你还在这里啊。话说你是衬衫控吗？"说完，邓钟端起豆浆，喝了一口，满足地笑了。

"我喜欢，要你管。对了，我在豆浆里下了毒哟。"司徒说。

听到这里，邓钟直接将豆浆一饮而尽："再来一碗。"

"好。但是不用那么着急，小女子准备了十个人的量。"裴尘烟笑盈盈地说。

这时候，苏则和肖柠诺也出来了。

"又见面了，尘烟小姐，哦，司徒也在啊，现在是什么情况？"苏则问，他的表情不算诧异，更像是单纯的好奇。

"'也'是什么意思？一点都不尊重人。"司徒抱怨着，可是因为收不到回应，所以抱怨无效。

"我给侦探所的各位做了些早餐，快坐下来尝尝。"裴尘烟说。

肖柠诺听完双眼放光："早餐啊，闻着好香。"

"你们家所长呢？再不出来早餐就该凉了。"裴尘烟亲切地说。

"是啊，差点把这事儿忘了。"邓钟一脸坏笑地推开门，冲着生活区域喊道，"小妤，司徒那个浑蛋把侦探所的大门给拆了！"

"司徒！"虽然只有短短两个字却饱含着无限情绪的怒吼响彻整个走廊，然后系着围裙的所长大人登场了。

段琪妤扬起手中的锅铲，尖端直指司徒："一大早的就上门挑衅，你是活腻歪了吗？"

残留的油珠沿着锅铲表面向下滑动至底部停住，看起来摇摇欲坠，司徒慌忙解释道："别听教授造谣，我是用工具将门打开的，绝对不会破坏锁芯。"

"这点小女子可以做证。"裴尘烟说，然后淡定地将餐巾纸举至锅铲下方，正好接住下落的油珠。

段琪妤虽然暂时放下锅铲，但是怒意未消："所以你们今天又是送早餐，又是亲自露面的，到底有什么企图？"

司徒举起一个白色的信封："原因就在这里。"

说完，他信手一甩，信封就如同飞镖在空中划过一道弧线，只是在经过餐桌的时候被肖柠诺用空闲的左手轻松接住。

司徒目瞪口呆地问："不会吧，你明明在专心吃早餐，怎么还能接住？"

肖柠诺咽下口中的食物，不以为意地说："大概是肌肉记忆。"

司徒怅然若失："我之前练习了几十次全部失败，难得扔成功一次，竟然被你这么轻易就破坏了。"

"少废话。"段琪妤接过信封，只见信封正面赫然写着两个大字，"战书"，随手就把信丢了，说，"果然是来找碴儿的，诺诺，给我弄他。"

"终于又能揍他了吗？"肖柠诺欣然起身，盯着司徒忍不住笑出了声。

"打架这种事小女子可不参与。"裴尘烟温柔地说，"邓教授，这个烧卖也很不错哟。"

"谢谢，一个就够了。尘烟，你也别站着，快坐下。"

要不怎么说人类的悲喜并不相通，这边邓钟面带桃花笑得别提多灿烂，五米开外的司徒吓得只能抱住沙发上的抱枕。

"段琪妤，你好歹先把整封信看完再做判断。不是，就没有人来管管你们家所长吗？"

"信呢？"

"被你自己丢地上了。算了，还是我来看吧。"苏则说完，弯腰从段琪妤脚边捡起信。

信封比常见的尺寸要小一些，信封上除了"战书"两个字一片空白，封口处也没有使用过胶水的痕迹。信封里装着一张硬纸卡，有点像贺卡的材质。

信的左上角写着，致犯罪策划师。

来自司徒的新委托

"所以这封信是写给你的？"苏则问。

"这是其中一种可能。"司徒回答。

"或者是寄给你爷爷的。"邓钟说。

司徒会心一笑："我认为第二种可能性更高。信是丢在曾经我们和爷爷一起住过的老房子里，算是对那儿保留着些许幻想，我隔段时间会回去看看，这封信就是五天前在信箱里发现的。"

邓钟稍作思考，分析说："如果你没有撒谎，寄信人至少要满足两个条件：第一，知道你们家的老房子在哪儿；第二，知道你爷爷犯罪策划师这重身份。"

司徒点点头，随即补充道："第三，不知道爷爷已经从老房子失踪，也就是说，这个人应该是爷爷多年不曾联系的旧相识，可能是宿敌，也可能是朋友，甚至是雇主。"

"所以呢，这和我们有什么关系？"苏则问。

"我想委托你们，确切地说是只想请邓教授代替我前往赴这场约。"司徒说。

"这是打算让教授单刀赴会呀。"苏则说。

"凭什么我们要帮你？我才不想和你扯上关系。"段琪妤说。

司徒拿出一张银行卡放在桌上："这里是五万元，算是定金，事成之后，还有十五万元。"

"我同意了。"段琪妤立即答应，但转念一想，还是恢复了理智，"不对劲，你怎么不自己去？"

"如果我们刚才的推论没错，那就意味着对方的目标应该只是爷爷，而且目的不明。在这种情况下，我处于暗处显然是更为明智的选择，再者，如果你遇到危险，可以亮出作为代理人的身份，我想，对方是不会为难你的。"

"等一下，听你这话我怎么觉得此行危险重重，还有为什么非得是我，让苏则替你去不行吗？或者你们组织里应该还有其他人吧？"

司徒摇摇头，解释说："井大叔有严重的社交障碍，无法与陌生人交流；翼所在的话剧团最近忙于排练新剧，首演结束前是不可能看到他的。"

"不是还有关医生吗？"苏则问。

司徒面露难色："柳倒是有时间，就是他确实不合适。"

裴尘烟第一次露出嫌弃的表情："小女子最讨厌两个东西：第一是柳絮，因为会过敏；第二就是和那个闷葫芦一起出任务，太无趣。"

"一起？"邓钟问。

"其实这次并非单独行动。"司徒意味深长地微笑着，"随信寄来的还有两枚这样的戒指，应该是作为证明身份的信物，其中一枚还在我这里保管，至于另一枚嘛……"

"在小女子手上。"裴尘烟抬起右手，戒指就戴在她的食指上。

"司徒，你这家伙竟然派一个弱女子去执行这么危险的任务。"

"你误会了，邓教授，这次是小女子主动要求的。"

"为什么？"

"因为收集情报一直是小女子最引以为豪的能力，可是，关于战书里提到的别墅竟然找不到半点资料，这无疑是在践踏小女子身为情报员的尊严。"裴尘烟站起身，双手叠放在腹前，鞠了一躬，"恳请邓教授出手相助。"

"这下你该明白了吧，邓教授，这次就是约会。"司徒说。

"喂，邓钟，你居然背着我们，偷偷摸摸把关系发展到这种程度了吗？"苏则问，虽然他对此早有预感，但还是因为这一天来得太快而颇为震惊。

同样感到震惊的还有肖柠诺："竟然连邓教授也要去约会？这算是侦探所的大事件吧，不行，我要记在案卷里。"

"这要是放在古代应该算勾结敌营，暗通款曲，依军法当斩。"段琪妤说，她倒是相当淡定。

"我们不是要约会的关系，而且什么叫连，我就算是约会也很正常，还有现在是二十一世纪，你们都给我清醒一些。"邓钟快速将三个人都吐槽一遍之后，缓了口气，接着问，"话说战书里约定的日期是哪天？"

"九月二十七日。"苏则回答。

"那应该还有时间准备。"邓钟眉头一皱，"等等，今天是？"

"九月二十六日。"裴尘烟轻声回答。

"司徒，你这家伙五天前就收到信，现在才想到来找我补救。"

"邓教授，凡事都有两面性，你要换个角度想，委托你赴约是我深思熟虑了五天时间才得出的结论，足以说明你对这次行动的重要性。"

"重你奶奶个孙子，要不是看在尘烟的面子上，我早就把你丢出去了。"

"总而言之，你们不必为人身安全担忧，这是井大叔最新改装的加强信号可视蓝牙耳机，不仅可以实时通话，耳机外侧还搭配微型摄像头，因此我们也可以远程看见你们所看见的。到时候我们就在附近待命，一旦情况有变，我们立即前去支援。"

"我应该相信你的胡说八道吗？"

"你可以质疑我，但是别质疑井的手艺，那位大叔超级厉害的。"司徒若星信誓旦旦地拍着胸脯保证。

如果真是这样就好了。

一天后，深山，不知道名字的巨大建筑物前。

"星，星，能听到我的声音吗？星，回答我。"

邓钟将手搭在裴尘烟的肩膀，轻轻摇了摇头。

裴尘烟有点不知所措："不可能，之前在草臧岛失联是因为地处偏远的海岛，缺少接收信号的基站。可是，我查过这片山区距离最近的基站只有四公里，而且井大叔改装的耳机特意加强了信号接收，怎么会还是不行呢？"

"冷静点。"邓钟安慰她，说道，"至少我们已经到目的地了，既来之，则安之。"

裴尘烟第一次在邓钟面前流露出恐惧的神色："可是我们对眼前的建筑物一无所知，等待我们的是谁，怀有何种企图，我完全束手无策。"

邓钟往前走了两步，回眸一笑："并不是束手无策，放心，接下来就交给我，无论前方有什么麻烦我都会轻松解决，然后带着你全身而退，这是我身为侦探的尊严。"他说，目光无比坚定。